www.mayabooks.co.kr

www.mayabooks.co.kr

대륙 최강의 복수는
2회 차부터

대륙 최강의 복수는 2회 차부터 ❶

지은이 | AKARU
펴낸이 | 권순남
펴낸곳 | (주)마야・마루출판사

등록 | 2008. 1. 7(제310-2008-00001호)

초판 인쇄 | 2019. 11. 8
초판 발행 | 2019. 11. 12

주소 | 서울시 노원구 상계 1동 1049-25 신영산업 **BD 602호**
대표전화 | 02-2091-0291
팩스 | 02-2091-0290
이메일 | marubooks@hanmail.net

ISBN | 978-89-280-9596-4(세트) / 978-89-280-9597-1
정가 | 8,000원

잘못된 책은 교환하여 드립니다.
저자와 협의하여 인지를 붙이지 않습니다.

「이 도서의 국립중앙도서관 출판시도서목록(CIP)은 서지정보유통지원시스템 홈페이지(http://seoji.nl.go.kr)와 국가자료공동목록시스템(http://www.nl.go.kr/kolisnet)에서 이용하실 수 있습니다.」
(CIP제어번호:CIP2019007418)

MAYA&MARU FUSION FANTASY STORY

대륙 최강의 복수는 2회차부터

AKARU 퓨전 판타지 장편소설

1

마야&마루

✧ 목 차 ✧

제1장. 1회 차입니다만? ···007

제2장. 2회 차 튜토리얼 ···077

제3장. 바꿔야 하는 것 ···131

제4장. 암흑 신관 ···169

제5장. 호구는 죽어서도 호구 ···191

제6장. 쇠락한 자들 ···217

제7장. 숲 도시 ···253

대륙 최강의 복수는 2회 차부터

제1장

1회 차입니다만?

대륙 최강의 복수는 2회 차부터

 신은 잔혹하다. 우리는 그 어떤 경우에도 다가온 운명에 저항할 수 없다는 걸 분명 그들도 알고 있으니 말이다.

 그것은 필시 다른 세계의 신이라도 똑같이 적용되는 말일 것이다.

 "어?"

 그리고 그 신이 내몬 가혹한 선택에 휘말린 한 사람은 놀란 얼굴로 자신을 감싼 광경을 바라보고 있었다.

 "어라?"

 20대 초반으로 보이는 이 청년은 기름때가 묻어 있는 청바지에 후줄근한 셔츠 차림으로, 손에는 방금 슈퍼에 들렀다 왔는지 식료품이 담긴 비닐 봉투를 들고 있었다.

"뭐, 뭐야아아?"

그는 마치 귀신에게 홀린 것처럼 얼굴이 새파래지며 놀란다. 그러곤 금색 술이 달린 붉은 카펫에 주저앉으면서 손에 든 비닐 봉투를 떨어뜨린다.

'이거 뭐야? 내가 왜 여기에?'

그는 놀라서 자신의 기억을 되짚기 시작한다.

주유소에서 아르바이트를 하고 동네 마트에서 1+1 세일을 하는 소시지를 산 뒤, 기분 좋게 돌아가고 있었다.

'끄으응~ 오늘도 힘들었어.'

잠깐 기지개를 켠 사이에 눈 한 번 깜빡하니 모든 것이 바뀌었다.

"여, 여기가 어디죠? 저기? 이봐요?"

"Vonzoul?"

장소가 바뀐 정도라든가, 하수구에 빠진 정도라면 모를까……

"여긴 암만 봐도……"

아스팔트와 아파트, 빌딩으로 가득했던 현대 도심의 풍경은 거대한 중세의 성 내부로 바뀌어 있었다.

"게다가 이 사람은?"

거기에 자신의 눈앞에는 드레스를 입고 새하얀 백금발을 하고 있는 서양인 여성이 알 수 없는 언어로 말을 걸고 있었다.

[여신의 축복이 내려지고, 기프트 스킬이 부여됩니다.]

'목소리?'

당황하는 그의 머릿속에 알아들을 수 있는 말이 들려온다.

동시에 마치 SF 영화에서 미래형 컴퓨터를 보는 듯한 반투명한 창이 열렸다 닫히면서 몸이 빛나기 시작했고, 몸 전체를 싹 훑고 지나간다.

"우와아아아?"

청년은 더욱 놀라서 버둥거리고, 잠시 후 빛은 꺼지게 된다.

'뭔데? 이거 뭐냐고? 대체 뭐냐고!'

"괜찮으신가요? 아마 지금쯤이면 이야기하실 수 있을 거라고 생각되는데……."

"어? 하, 한국말!"

한창 당황하던 그는 반가운 한국말이 들리자 튀어 오르듯 일어나 그녀에게 다가간다.

이 상황에 대해 알 방법을 찾았기 때문에 기뻐서 반응한 것이지만, 그녀의 주변에 있던 갑옷을 입은 채 창을 들고 있는 병사들이 그를 제지한다.

"물러서라! 무례한 놈!"

"왕녀님께 무슨 짓이냐!"

"왕녀? 저기… 무슨 이야긴지 하나도 모르겠는데요? 게다가 다들 한국말을 잘하시는데……. 영화 세트장이나 몰래카메라인가요? 하하!"

청년은 흉흉한 창날을 보고 물러서면서 이 비정상적인 상황을 어떻게든 자신의 인식 아래의 것으로 바꿔 보려고 했다.

생각의 저편에서 몰려오는 불길한 예감을 거두기 위한 질문을 하지만 그의 바람은 이루어지지 않는다.

"아뇨. 당신이 말하신 것 중 어느 것도 해당되지 않으며, 이곳은 당신들 기준으로 다른 세상입니다. 소개가 늦어서 죄송합니다."

우아하게 인사를 한 그녀는 자신의 소개를 한다.

"저는 이 성의 주인이자 이곳 이세니아 왕국의 국왕 대리를 맡고 있는 프리실라 왕녀라고 합니다. 당신은?"

"그, 그… 서, 서준아입니다. 올해 21살로 대학생인데……. 저기, 농담은 적당히 해 주세요. 무슨… 국왕이니 성이니……. 하하! 마치 중세에 온 것처럼……."

"라이트!"

어떻게든 부정하려는 그의 눈앞에 새하얀 빛이 번쩍인다.

아무것도 없는 맨손에서 빛이 일어났다 사라진다.

TV에서 보는 마술 같은 거라고 생각하며 끝까지 부정하고 싶었지만, 그 선명한 빛은 계속해서 시각 정보로 들어오고 있었다.

"잠깐만……. 말도 안 돼. 설마 여기… 진짜 이세계라는 겁니까?"

"예. 당신들이 말하는 그곳이 맞습니다. 지금 이 세계는 거대한 위협을 받고 있습니다."

마치 RPG 게임의 프롤로그 같은 설명을 그녀가 이어 나간다.

"그래서 저희의 신에게 빌어 도와줄 사람을 부르게 된 거죠. 당신은 그 선택을 받은 사람입니다. 그 증거로 본래는 대화가 되지 않았지만 여신의 축복으로 되지 않았습니까?"

"……."

"여신에게 선택받은 자인 당신은 그 축복으로 인해 우리와 대화도 할 수 있으며, 특수한 능력인 '기프트 스킬'을 부여받고, 거기에 우리와 다른 법칙으로 강해질 수 있는 '시스템'이라는 것을 부여받으시니 싸움에 대한 우려는 안 하셔도 됩니다. 그리고……."

'시스템?'

[Lv.1 모험가]

Str:5 Dex:3

Wil:5 Mag:1

시스템이라는 것에 대해 상상하니 눈앞에 반투명한 상태창 같은 것이 떠오른다.

현실적인 증거도 보았고, 여기까지 이야기가 진행되면 그 또한 모를 수가 없었다.

이런 전개나 상황에 대한 지식이 아예 없는 것은 아니었다.

'이거 완전 만화나 소설의 그거잖아? 심지어 레벨이나 스테이터스, 스킬창까지 있어?'

평소 즐기던 소설이나 만화책에서 인기 있는 소재로, 오히려 그와 관련된 작품만 범람하다시피 나오는 바람에 업계에서 경종까지 울리고 있었으니 말이다.

'근데 왜 하필 나야?'

다만 그만큼 사람들이 원한다는 뜻이기도 했지만, 그는 반갑지 않은 표정으로 변해 간다.

"자, 잠깐만요. 하지만 저, 저는 안 됩니다. 돌려보내 주십시오. 다른 사람으로 대체하든가 하세요! 오늘 일어났던 일은 아무에게도 이야기하지 않을 테니 말이죠."

"예? 꼭 그래야 하는 이유가 있습니까?"

그는 간절한 표정으로 돌려보내 달라고 호소하고 있었다.

프리실라 왕녀는 당황한 듯한 표정을 지으며 의문을 표한다. 그러자 그는 자신이 떨어뜨린 비닐 봉투를 잡아 들고 간절하게 말한다.

"집에는 병석에 누워 계신 어머니랑 아직 어린 여동생 둘이 있습니다. 아버님이 돌아가시고 사실상 제가 가장으로서 돌봐야 합니다. 아르바이트가 끝나고 이제 집에 가서 밥을 해 줘야 하는데…….”

이세계에 소환된 이 서준아라는 청년은 현실에 책임져야 할 가족이 있는 몸이었다.

아버지가 죽고, 가족을 부양하기 위해 몸을 혹사하다 쓰러진 어머니를 대신해 가족을 지키고 있었다. 그가 없으면 당장 내일의 식사도 불안할 지경이었다.

“저런……. 잠시만 기다리세요.”

프리실라 왕녀도 이런 경우는 처음인지 당황하면서 뒤로 물러난 뒤, 신하와 마법사들을 모아 이것저것 묻기 시작한다.

대부분 이런 상황을 꿈꾸거나, 혹은 죽음에 달하는 경험을 하기 때문에 인간들은 이세계행을 환영하는 편이었다.

“어쩌죠?”

“이런 일은 처음인데…….”

“돌려보내는 건 가능한가요?”

“그게… 저…….”

‘설마 돌려보내지도 못하면서 날 부른 건가?’

서준아는 그들이 떠드는 이야기에 귀를 기울이면서 불길한 느낌을 받기 시작했다.

자세히 들리지는 않지만 맥락을 대략 이해해 보자면 자신이 못 돌아간다는 뉘앙스로 느껴지고 있었다.

‘애초에 순순히 보내 줄 거면 저렇게 긴 이야기가 오고 가지 않았을 텐데…….’

"크, 크흠! 나는 궁중 마법사 아르넬 폰 글라스트일세."

인파 사이에서 로브를 걸친 노인이 앞으로 나와 입을 열었다.

"진정하고 내 말을 잘 듣게. 비록 이 시공간 이동은 신탁으로 인해 이루어졌으나, 그 원리는 마법적인 법칙으로도 구현이 가능한 것일세."

요점만 말하자면 돌려보내는 것도 가능하다는 뉘앙스였다. 서준아는 표정이 밝아진다.

"그러면 돌려보낼 수 있다는 건가요? 그러면 지금 당장……."

"그게… 지금 당장은 무리일세. 시간과 공간을 넘는 일은 매우 힘들며, 엄청난 마력과 계산이 필요하네. 제대로 된 연구 없이 실행하면 자네는 시간과 공간 속에서 영원히 떠도는 망령이 될지도 모르네."

망령이 될지도 모른다는 말에 서준아의 안색이 파래진다.

"소환은 신의 기적을 빌린 것이지만 돌아가는 건 다르니 말일세."

즉, 이론상으론 가능하지만 그에 따른 준비와 필요한 물자가 많다는 이야기였다.

결론은 지금 당장은 못 돌려보낸다는 의미였다.

밝아지던 표정은 금방 실망으로 물들고, 어깨가 축 내려가게 된다.

그래도 아예 희망이 없는 것은 아니었다.

"그러면… 그 마력과 계산만 이루어지면? 돌아갈 수 있다는 건가요?"

"그것뿐만 아니라……. 자네의 복장으로 보아 우리의 시간축과 자네 세계의 시간축은 분명 다르네. 어느 정도 어긋나 있다는 걸세."

그는 서준아가 들고 있던 비닐 봉투를 가리키고는 계속해서 말을 이어 나간다.

"그리고 우린 좌표를 알 물건만 있으면 여기에서 자네를 소환한 직후로 돌려보내는 게 가능하다는 이야기지."

"그렇군요. 그거라면… 그거라면! 소환 직후의 시간대로 돌아가면 되겠네요!"

서준아는 절박하면서도 머릿속에서 희망이 구체화되기 시작한다. 여기서 얼마의 시간을 보내도 이곳에 온 시점으로 돌아갈 수만 있다면 가족의 문제는 해결되는 것이다.

'내가 비록 좀 늦겠지만……. 그래도!'

"아무튼 우리를 좀 도와주게. 지금 우리 세계의 인류는 엄청난 위기를 맞이하고 있네."

아르넬은 아까 전 프리실라가 언급했던 위기를 자세히 설명해 나간다.

"암흑신이 보낸 마왕이 강림했으며, 흑천(黑天)군이라 불리는 연합군에 의해 대부분의 국토는 불타고 사람들은 지금도 죽어 가고 있네. 이런 상황에서는 그 연구와 계산,

필요한 것을 모두 얻지 못해."

"…알겠습니다. 결론은 마왕을 잡으면 돌아갈 수 있다는 거죠?"

그렇게 올해 나이 21세, 갑작스럽게 이세계에 소환된 대학생 서준아의 이세계 생활은 시작된다. 자신의 의지라고는 하나도 부여되지 않은, 신이 멋대로 택해서 말이다.

그러나 그 과정은 쉬운 게 아니었고, 수많은 문제가 있었다.

"무구친애(武具親愛)'?"

[무구친애(武具親愛)-기프트 스킬]
이 스킬 보유자는 모든 종류의 장비와 무구에게 사랑받아 착용에 대한 페널티 및 불이익이 사라집니다.

가장 먼저 문제가 되는 것은 이곳에 넘어올 때 받은 선물이었다.

현대인인 이세계인이 몬스터들이 날뛰는 세상에서 살아남으라고 준 여신의 선물인 '기프트 스킬'이었다.

'무구친애(武具親愛)'. 언뜻 보면 나쁘지 않아 보이고 저주받은 장비도 제한 없이 사용할 수 있었지만, 다른 이세계인들이 받은 스킬에 비하면 쓰레기나 다름없었다.

"뭔가 엄청 애매하다. 사용만 할 수 있는 거잖아. 나처럼 Dex 수치에 비례해서 시력을 얻는 '절대시야(絶代視野)'가

훨씬 낫겠다."

"아니면 나처럼 '고속주문(高速呪文)'이면 몰라?"

"그 스킬의 적성을 살리려면 뭘 해야 하나?"

"너 스테이터스도 애매하네."

 소환은 혼자만 이루어진 것이 아니라서 다른 소환자들과 만나 교류하면서 알아봤지만 자신의 스킬은 애매하기 짝이 없었다. 무구의 사용은 좋지만 결국 그것을 다룰 실력을 겸비해야만 빛을 발하는 스킬이었으니 말이다.

 거기에 스킬만 모자랐으면 모를까? 그의 발목을 잡는 문제는 또 있었다.

"서준아 씨는 스테이터스가… 너무 낮으세요. 이건 거의 전투 클래스는 하지 말라는 수준이에요. 그러니까 삼국지로 치면 황호나 유선급이에요. 여기 넘어오기 전에 몸이 얼마나 안 좋았던 거예요?"

"아르바이트를… 하느라……."

 가족을 먹여 살리느라 하루 3개의 아르바이트를 동시에 하던 점과 갓 미성년자를 벗어난 육체를 가혹하게 다룬 것이 맞물린다. 그로 인해 여신으로부터 적성 체크도 낮게 받아서인지 스테이터스도 최악의 수치를 배정받았다.

"그래도 나는… 집에 가야 해."

 서준아는 스킬의 절망에 포기하지 않고 여러 우려를 들었지만 왕국군 병사로 들어간다.

그러나 이곳은 정규군이라지만 결국은 중세의 군대이며, 현대 문명과 다른 불편함은 둘째 치더라도 엄청난 폐단들이 그를 기다리고 있었다.

"고개 숙여라, 평민! 이세계 놈이지만 병사인 이상 네놈도 결국 평민이야!"

 신분제의 문제, 대륙인들과의 갈등, 가혹한 단련, 몬스터와의 전투로 인한 피로와 스트레스, 매일 사망자를 보고 정신이 나갈 것 같은 나날이 계속되었던 것이다.

"와, 저 인간 진짜 안 죽네."

"레벨도 20까지 겨우 올렸지만 성장률도 나빠서……. 코볼트 하나 상대도 못하더만."

"코볼트 근력이 아마 30이었나? 저 이세계인들 기준으론 그렇다던데?"

"겨우겨우 턱걸이로 클래스 업은 했다는데……."

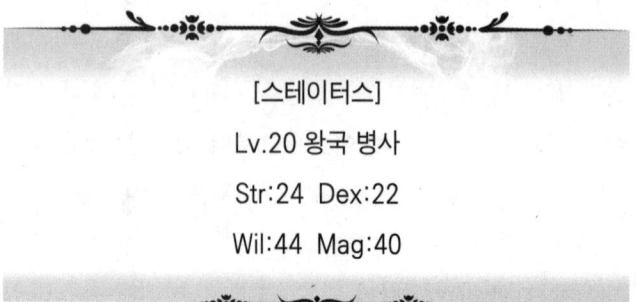

[스테이터스]

Lv.20 왕국 병사

Str:24 Dex:22

Wil:44 Mag:40

"나는… 집에 가야 해."

이세계에 온 지 2년. 남들은 좋은 특성 스킬과 적성으로 날뛰었지만, 그는 불행하게도 애매한 '기프트 스킬'과 낮은 적성이 맞물려 클래스 업도 늦었다.

그렇지만 서준아는 결코 포기하지 않았다.

"하아… 하아……. 집… 집에… 가야 해."

"크르륵! 죽어랏!"

그러나 그가 가진 한계는 명확했고, 레벨 업을 열심히 해도 특출 나게 강해지지 않는 그에게 잔혹한 이세계는 생의 최후를 선고한다.

변하지 않는 자신에게 절망하면서도 힘겹게 버티던 나날 중 어느 날, 그가 속해 있던 부대는 흑천(黑天)군 소속 리자드맨 부대에게 포위당하는 바람에 전멸한다.

서준아도 그 군에 속해 있었기에 이세계의 산속에서 피를 흘리며 죽어 가고 있었다.

"쿨럭! 죽으면… 안 되는데……. 컥!"

서서히 힘이 빠져 가는 신체의 감각과 복부의 고통 속에서 의식을 놓지 않으려는 서준아였지만, 물리적으로 죽어 가는 것에는 어쩔 도리가 없었다.

하지만 그의 눈빛에 서린 의지는 흔들리지 않았고, 하늘을 뚫을 듯 바라보고 있었다. 그리고 생의 밧줄을 놓지 않고 끊임없이 일어나려고 발악하고 있었다.

"집에… 가야 해! 쿨럭!"

"카하하핫! 심상치 않은 기운이 느껴지더니, 운명을 거부하는 의지가 있을 줄이야."

죽음 직전에 몰려 있음에도 하늘을 보던 서준아의 눈에 사람의 얼굴이, 귀에는 목소리가 들려온다.

자신을 맞이하러 온 신의 사자로 착각할 만큼 아름다운 미모를 한 남성이 재미있는 걸 발견한 얼굴로 웃으며 바라보고 있었다.

"카하하! 좋아. 운명의 뒤틀림이라면 내가 아주 좋아하는 거니 말이야! 카하하하핫!"

모자란 스테이터스, 모자란 스킬. 그러나 집에 돌아가겠다는 의지 하나로 운명을 헤쳐 나가려 했지만 결국 죽음을 맞이한 그때, 서준아는 기연을 만나 죽음으로 끝났을 운명의 길을 비틀어 열게 된다.

✧ ✧ ✧

서준아의 운명은 여기서 크게 변하게 된다.

기연. 그야말로 기이한 인연으로, 흔히 무협물의 클리셰 같은 것이었다.

그런데 설마 자신이 그것을 만나게 될 줄은 상상도 못한 그였다.

심지어 죽음으로부터 구해진 것도 모자라 자신에게 모든 것을 베풀어 주었다.

"저기… 이래도 됩니까?"

"집에 가고 싶다며? 카하하핫! 애초에 받아도 되니까 구한 거지. 다만 훈련은 빡세게 할 거니까 각오하고, 시킨 건 절대 거르지 마라."

"옙, 스승님. 집에 갈 수만 있다면 뭐든지!"

[당신은 '왕국 병사'에서 '프라이멀 드래곤 브레이커(태고룡 제압자)'로 클래스 업 했습니다.]

턱걸이로 전직했던 최하위 '왕국 병사'에서 기적이라고 할 수 있는 클래스 업, 바뀐 클래스로 인해 폭발적으로 늘어난 스테이터스.

모든 것이 개선되고, 서준아는 힘들고 가혹한 훈련을 받았지만 의지 하나로 이겨 낸다.

그렇게 반년, 기연으로 만난 스승은 그에게 하산을 명한다.

"카하하하! 이야~ 진짜 해냈어. 카하하핫! 겁나 굴렸는데. 뭐, 이 정도면 끗발 좀 날릴 거다. 수련 계속하는 거 잊지 말고. 아침저녁으로 절대 거르지 마라."

가벼운 말투였지만 몇 번이고 수련을 하라고 당부한 그의 말에 서준아는 고개를 끄덕인다.

"너는 그 여신인지 뭔지가 준 시스템 때문에 스킬이 등록되는 거라 숙달되는 거랑은 다르니까 말이야."

"옙, 스승님."

"그리고 집에 꼭 가길 빈다. 카하하하핫! 네가 또 우려할까 봐 말하는데, 너는 충분히 대단한 녀석이야. 알았지? 자신감 가져. 아, 그리고 나 여기 있다는 거 알리지 말고~"

"예, 스승님. 반드시 집에 가겠습니다."

죽음의 운명을 뒤틀고 일어난 서준아는 희망을 얻었다.

누가 봐도 강한 힘을 얻은 그는 자신을 지탱한 의지를 양식 삼아 파죽지세로 왕국의 희망이 되고, 대륙의 전세를 바꾸는 바람이 되어 날뛰기 시작한다.

그리고 그 강함에 그동안 그를 거들떠보지도 않던 왕국이 드디어 태도를 바꾼다.

"용사님, 덕분에 살았습니다. 혹시 필요하신 거라도?"

"집으로 돌아갈 수 있는 방법. 없으면 제국으로 가겠다."

"예, 예! 물론이죠! 준비하겠습니다!"

마왕의 군대와 싸우는 것도 문제였지만 대륙엔 왕국 말고도 제국과 연합이라는 다른 인간 국가가 있었다.

힘을 얻은 서준아는 드디어 왕국에 자신의 요구를 강요할 수 있게 되었고, 집으로 돌아가는 일과 마왕의 목을 따는 일, 이 두 가지만을 바라보면서 싸워 나간다.

((내가… 사천왕인… 내…….))

"말이 길다."

서걱!

그저 목적만을 바라보며 베고, 부수고, 쓰러뜨리고를 반복할 뿐이었다.

마족을 베고, 영토를 되찾고, 사람들의 모습을 보면서 보람도 느꼈지만 궁극적인 목적을 절대 잊지 않는 서준아였다.

전선을 드나들며 명성을 높이자 일행도 생기고 지원도 많아져 할 수 있는 일 또한 많아진다.

'할 수 있어. 돌아갈 수 있어.'

왕국에 집으로 돌아가기 위한 연구소를 세우고, 마족의 전선을 줄이고, 인간들을 해방시키면서 서서히 희망은 커져간다. 집으로 갈 수 있다는 꿈이 현실로 다가온다.

그러나 한 해 두 해 시간이 지나면서 마음은 점점 조급해져 갈 수밖에 없었다.

'올해로 몇 년째지? 이 망할 곳에 온 지가? 5년째인가? 그래, 나이가 조금 먹었을지는 몰라도 그때로 무사히 돌아갈 수만 있다면……'

불안감을 억누르기 위해 자신을 위로하던 그는 하사받은 보물들을 보며 긍정적인 생각으로 돌리고자 애쓴다.

'…게다가 갈 때 보석이랑 금붙이 좀 들고 가면 어떻게든 해결되겠지? 하지만 더 늦으면 안 되는데 말이지. 엄마랑 동생들이 알아볼 나이대로 돌아가야 하는데 말이야.'

조급하다고 해서 해결될 일이 아니었고, 자칫 잘못하면 현실로 다가온 희망을 저버릴 수 있었다.

그렇게 집에 가기 위한 열망과 의지를 다져 가는 그를 보면서 다른 이들은 위로를 하긴 하지만 이해하지 못한다.

"준아 님, 조금만 마음에 여유를 가지세요. 조급해해도 소용없습니다."

"…시끄러워. 불로불사의 약이라도 주면 생각해 보지."

"차라리 계속 여기 사는 게 낫지 않은가? 너 여기선 영웅이고, 왕녀님도 널 좋아하는 눈치인데 말이야."

"죽고 싶나?"

동료들은 그의 조급함을 달래고자 이야기한 것이었지만 그는 이 세계의 사람이 아니며, 원래 세계엔 소중한 가족도 있는 몸이다.

'아무도 이해해 주지 않는군.'

가족을 소중히 생각해서 집으로 돌아가려는 남자에게 이곳에서 호의호식하며 살라는 것은 오히려 역린을 건드리는 것에 가까운 일이었지만 그는 참아 낸다.

'어차피 집에 가기만 하면 저 더러운 꼴 더 안 봐도 되니 참을 수밖에……. 귀족이니 왕족이니 하는 놈들이니까 수틀리면 방해할 거야.'

가족이 있는 집으로 돌아가기 위해 속을 긁는 소리를 참아 내고, 온갖 상처와 가혹한 싸움이 있는 전장으로 스스로 향하는 서준아였다.

"서준아 만세!"

"용사 서준아 만세!"

사람들은 그를 용사라고 칭하며 세계의 구원자라고 칭송했지만, 사실 그는 집으로 돌아가는 목적 하나뿐인 남자였다.

"저, 예전부터 준아 님을 사랑하고……."

"죄송합니다."

달려드는 여성들의 고백과 추파도 무시하고, 계략과 미인계는 검으로 베어 내면서 서준아는 전쟁터에서 살다시피 했다.

그는 우직하게 싸워 나갈 뿐이었다.

그리고 그 결실이 맺어진 것일까?

'드디어! 드디어!'

그렇게 신의 제멋대로인 선택에 휘말려 이세계에 온 지 7년. 한 달에 걸친 마왕성 공성전과 침투전 끝에 드디어 그는 '흑천군'의 지도자이자 암흑신의 사도, 대륙을 지난 30년간 전쟁판으로 만든 마왕 루미네시아를 만날 수 있었다.

"어서 오너라."

자신을 반기는 목소리, 자신의 여행과 모험이 드디어 종착지에 도달한 것을 알리는 목소리에 서준아는 잠시 감회에 젖는다.

"드디어 왔어."

서준아의 눈앞에 마왕이 있었다.

"그렇게 뜨거운 시선을 보내 주니 좀 부끄럽구나~ 후훗!"

검은 로브와 위로 높게 솟아오른 뿔, 등에 난 검은 날개, 그리고 붉은 눈동자에 새하얀 백발의 머리칼을 길게 기른 요염한 미인인 그녀의 모습을 보자 그는 눈물이 글썽거리는 것을 간신히 참아 낸다.

남이 보면 마치 오랫동안 헤어진 연인을 만난 것으로 착각할 정도였으니 말이다.

"오, 집념 어린 눈빛이 마음에 드는 남자로구나. 신의 변덕으로 이세계에서 부른 나약한 놈들치곤… 정말 아름다운 자로구나."

"아름답다니, 놀리는 건가?"

"아, 내 소개가 늦었구나. 위대하신 암흑신의 부하이자 흑천의 마왕 루미네시아다. 그대의 위명은 익히 들어서 알고 있다, 용사여."

애틋한 눈빛으로 자신을 바라보는 마왕의 모습에 순간 당황했지만, 이내 의지를 다지고 감정을 잡은 그는 검에 손을 얹고 곧바로 싸울 준비를 한다.

"마왕인 너에게 아무 감정은 없다만, 네가 죽어야 내가 돌아간다. 더 이상 긴말은 하지 않겠다."

"돌아갈 수만 있으면 내가 죽지 않아도 된다는 이야기인가?"

"…뭐?"

"내가 지금 여기서 너를 너의 세계로, 원하는 시간대로 돌려보내 줄 수 있단 이야기다. 나 마왕 루미네시아의 이름을 걸고 말이다. 마침 오늘은 만월이다. 나의 힘이 가장 강한 날이지. 어떤가?"

아름다운 마왕은 마왕성의 살풍경한 모습과는 상반되는 살갑고 포근한 미소를 띠며 서준아에게 제안했다.

"어어……. 어어?"

그것은 너무나 달콤한 것이었다.

이세계의 전쟁터는 가혹했고, 집으로 돌아가기 위한 7년의 싸움은 자신의 스승님 빼고는 아무도 알아주는 이가 없었다.

지금 당장이라도 돌아갈 수 있으면 돌아가고 싶은 게 서준아의 본심이었다.

"어떤가? 일념으로 의지를 세워 최강의 무(武)를 이룬 그대에겐 세계의 절반보다도 이게 나은 보상일 텐데?"

"…지금 당장 보내 줄 수 있나?"

이곳에 온 지 어언 7년. 가족들의 얼굴은 서서히 흐려졌다. 게다가 자신은 괴로움에 사무치지만 주변 사람들은 계속 이곳 이야기만 하니 말도 안 통해서 더욱 고독했다.

간절한 눈빛으로 마왕을 보며 고민하는 서준아였다.

'갈 수 있다면 지금 당장이라도…….'

정말 기구하지 않은가? 너무나 그립고 걱정되는 마음을

알아주는 것이 쓰러뜨려야 하는 마왕이 유일하다는 게 말이 되는 건가?

마음이 흔들릴 만했다. 어린 여동생들과 병석에 누워 계신 어머니 생각에 하루도 편히 잘 날이 없을 정도였으니 말이다.

그의 태도에 동료들은 깜짝 놀라서 외친다. 당장 눈앞에서 마왕의 유혹에 빠질 지경이었으니 말이다.

"무슨 멍청한 소리를 하는 거야, 준아! 마왕의 말을 선뜻 믿는 거야?"

"그런 제안을 할 거면 예전에 했어야지요. 이건 그저 그녀의 술책입니다."

"여기까지 와서 그런 소리를 하는 겁니까?"

"우리들의 세계를 구해 주겠다고 하셨잖아요."

동료들의 목소리에 정신을 차린 서준아였다.

그러나 반대로 말하면 믿을 수 없는 정보라도 갈등을 불러올 정도로 서준아는 그 소원 하나에 모든 것을 건 남자라는 것을 알 수 있었다.

"아······."

생각해 보면 그녀의 말을 신뢰할 수 있는 요소가 없었다.

자신이 너무나 원하는 약점을 제대로 찌른 것뿐이지, 그것을 순순히 이루어 줄 것인가?

다시 생각하면 무리였다. 자신은 그녀의 야망을 저지했

으니 말이다.

"미안. 이제야 정신이 들었다."

그는 동료들을 안심시키기 위해 말한다.

"정말 정~ 돌아가고 싶으면 저 마왕을 쓰러뜨리면 된다고!"

"어떻게 여기까지 왔는데!"

"희생을 저버릴 순 없지 않은가?"

동료들의 말을 들은 서준아는 마음을 다잡고 마왕을 바라보며 말한다.

"…그렇게 됐다, 마왕. 널 믿을 처지가 아니라서 미안하군. 신뢰를 쌓고 계책을 썼으면 믿을 만했겠지만 말이야."

서준아는 검을 겨누며 냉정하게 그녀의 실책에 대해 말한다.

그러나 그녀는 아무런 동요 없이 미소를 지은 상태로 손에 마력을 모으면서 그를 바라본다. 그 눈빛은 마치 불쌍한 무언가를 보는 듯했다.

"후후훗! 맞다. 내가 무슨 말을 하든 그대에게 닿을 수 없겠지. 우린 서로 싸우고 죽여야 할 운명이니 말이다."

파지직!

검은 마력이 올라오는 걸 봐선 그녀도 싸움을 준비하는 듯했다.

"혹시 운명이 한 번 뒤틀린다면 신뢰할 수 있는 관계가 되지 않을까?"

"지금 그 질문은 의미가 없다. 난 여기서 널 쓰러뜨리고 돌아간다. 그게 전부다."

한 번 더 마음을 잡기 위해 맹세하듯 말하는 서준아였다.

"정말 안타깝군. 이세계인이지만 이토록 내 마음을 흔드는 남자와 서로 죽여야 한다니."

말투만큼은 정말 아쉬움을 담은 듯 그녀는 심호흡을 한 번 하고 말을 이어 나간다.

"하나 나 또한 암흑신의 명으로 세계를 멸망시킬 사명이 있는 몸. 여흥은 여기까지다. 와라, 서준아!"

마왕인 그녀의 도발과 함께 전투는 시작된다.

싸움은 하늘을 가르고 성을 뒤집으면서 치열하게 벌어진다.

그녀는 마왕이라는 이름답게 엄청난 강자였고, 서준아는 동료들의 힘을 빌려 하루 종일 싸우고 나서야 겨우겨우 승리의 깃발에 손을 올릴 수 있었다.

"하아… 하아……. 내… 승리다."

"내 패배다. 마음대로 해라. 후훗! 그대의 승리를 축하하지. 아니지. 집에 돌아가기 전엔 승리가 아니려나? 그대의 엔딩은 여기가 아니니 말이야."

"마지막까지 그런 기묘한 조롱을 할 정도면 패배를 인정 안한 듯 보인다만?"

서준아는 싸움 끝에 하나만 남은 팔로 눈앞을 가리는 피를 닦으며 그녀의 말에 답한다.

"나름 진심… 이다만? 일개 필부로 끝났을 자가 소망과 일념을 모아 본래 가지지 못한 재능과 힘을 얻고 한계를 뛰어넘은 것이 바로 그대다. 그것은 신이 정한 규칙을 깨는 것과 마찬가지지. 그렇기에 그대가 사랑스럽다."

"…유언은 그게 끝인가?"

"하나 더 추가하자면 그 한 가지에만 집중하는 탓에 주변을 못 보는 게 단점……."

서걱!

툭……!

더 이상 시간 끄는 건 싫었기에 말이 끝나기도 전에 마왕의 목을 베는 서준아였다.

말하던 중 베여서 그런지 아름다운 얼굴이 일그러지지 않은 상태로 굴러떨어진다.

'…드디어 집으로 갈 수 있어. 드디어… 드디어!'

그는 그녀의 머리에 달려 있던 뿔을 칼로 잘라 내고 돌아서며, 드디어 이 지긋지긋한 이세계 생활을 끝낼 수 있다는 기쁨에 전율을 느낀다.

✛ ✛ ✛

마왕을 쓰러뜨리고 난 뒤, 서준아가 눈을 뜬 것은 그로부터 3일 뒤의 일이었다.

 모든 기력을 쏟아붓고 팔과 눈을 잃을 정도로 치열한 싸움이었으니 몸이 회복하는 데 시간이 걸리는 것은 당연한 일이었다.

"으음……."

 그가 다시 눈을 뜬 곳은 수도에 있는 왕궁의 특실이었다. 동료들이 이곳으로 옮겼으리라.

"붕대……. 아, 꿈이 아니구나. 젠장! 이 망할 시스템도 남았네."

[Lv.98 프라이멀 드래곤 브레이커(태고룡 제압자)]

Str:604 Dex:443

Wil:599 Mag:305

마법력:305/305

상태 이상:팔 잘림, 과다 출혈, 골절, 몸살, 근육통,

내장 파열, 타박상, 화상, 내출혈

 잘린 팔은 아직 회복을 안 시킨 건지 그대로였다.

 그는 여신이 준 시스템창과 엉망진창이 된 몸 상태를 보면서 한탄한다.

몸 전체에 붕대가 안 감긴 곳이 없어 미라 같은 모습이었다.
"용케도 살아 있군."
 물론 이런 산더미 같은 병을 안고 있으면서도 살아 있는 건 이세계에 건너올 때 신이 준 이 게임 시스템 같은 것과 스승에게 배운 다양한 스킬들 덕분이었다.
"아무튼 나… 살아 돌아왔구나."
 서준아는 자신이 마왕을 쓰러뜨렸고 드디어 원래의 세계로 돌아갈 수 있다는 생각에 미치자,
"제길……."
 지금까지 한 고생이 떠올라 눈물이 나기 시작했다. 드디어 원하던 결과를 얻었고, 이제 바라던 바가 이루어지기 직전이었으니 말이다.
"아, 진짜 더럽게 힘들었어. 갑자기 이세계에 끌려와 가지고는 용사니 뭐니 해야 한다면서 검술을 익히라며 수련이라는 이름의 폭력에 살인, 살육, 방화, 폭력, 고문 같은 걸 다 하고, 미친 귀족들의 정치판에 머리 아픈 일도 겪고. 답답한 귀쟁이 여자가 귀찮게 구는 거 받아 줘야 하지, 또라이 같은 마법사들의 실험에 일일이 응해야 하지, 팔자에도 없던 중세 전쟁터도 구르지……. 미칠 지경이었어, 정말……. 흔하지 않은 것들이 이곳에서 흔한 일이었지."
 오랫동안 날카롭고 예리하게 다듬었던 긴장이 풀린 것일까, 그동안 안 좋은 기억들을 떨쳐 내고 싶은 마음을 표

현하는 것일까?

그는 이세계에 와서 마왕을 잡기까지 매우 혹독한 나날들을 겪었다.

문명 레벨이 훨씬 낮은 중세에서 현대인으로서의 답답함은 기본이고, 살아남게 해 준다면서 억지로 훈련도 시키고, 하고 싶지 않았던 살인까지 밥 먹듯이 해야만 했다.

"됐어. 이 망할 세상, 이제 돌아가면 땡이야. 한 번 더 소환하기만 해 봐라. 그땐 모조리 불태워 버릴 거야."

서준아는 그동안의 마음고생이 심했는지 어투가 점점 거칠어진다.

"용사는 얼어 죽을! 내가 무슨 용역이야, 셔틀이야? 이거 잡아 와라, 저거 잡아 와라. 이거 구해야 한다, 저거 구해야 한다. 개 같은 일만 산더미처럼 주고! 게다가 사람을 멋대로 불러 놓고 돌아가지 않으면 안 되냐고 계속 찔러 보질 않나!"

쌓아 둔 푸념의 보따리를 모두 풀어내려는 듯 서준아는 불평을 내뱉는 것을 멈추지 않는다.

"그러면 애초부터 앙케트나 선택지 같은 걸 주라고. 가고 싶은 사람? 가기 싫은 사람? 'Yes' 혹은 'No'라든가? 안 가고 싶은 사람도 있을 거라는 생각은 안 해?"

탕!

애꿎은 탁자를 후려치면서 화를 제어하려 애쓴다.

"생각해 보니 더 열 받네. 7년이나 삥이 쳤는데. 그리고 보니 돌아가면 군대도 가야 하······. 아, 부양가족 때문에 안 갈 수 있으려나?"

돌아가서 할 일도 머리에 들어오게 되면서 본래의 삶으로 되돌아갈 수 있는 것에 감격한다.

"이젠 피를 보기 싫어. 사람 비명도 싫고, 싸우는 것도 싫어. 싫어, 싫단 말이야. 됐어. 이젠 참지 않아도 돼. 됐어, 드디어 끝났어. 이 엿 같은 용사 노릇도 드디어 끝이야."

그는 드디어 용사라는 껍질을 벗고 서준아로 돌아갈 수 있다는 것에 기뻐한다.

"지영아, 소영아, 오빠 드디어 돌아간다. 미안해, 엄마. 이제 저 돌아가요. 드디어 갈 수 있어요. 알지도 못하는 세계에 끌려와서 7년이나 뺑이 친 끝에······."

그동안 의지로 묶어 둔 감정의 소용돌이는 쉬이 멈추지 않는다.

불만은 그동안 참아 왔던 다른 소환자들에 대한 불평으로 넘어가게 된다.

"젠장! 나 말고 다른 용사와 소환자라는 것들은 말은 엄청 잘하더니만 결국 한 명도 마왕 토벌에 적극적인 놈도 없었고, 기껏해야 귀족들에게 알랑방귀나 뀌면서 방탕하게 살거나 인간끼리의 전쟁판에 끼고 있고 말이지."

다른 이세계인도 장애물 같았다.

물론 그들도 살아가고 싶은 욕구가 있었다.

"오히려 이곳을 떠나고 싶지 않다고 생각하는 놈들 천지라서 난감하지."

특전 스킬과 스테이터스, 거기에 자기 멋대로 할 수 있는 자유를 얻어서인지 대부분은 이곳에 남고 싶어 했다.

"젠장……. 아무튼 이제 돌아가게 되니……."

똑똑.

한창 감정 발산과 스트레스 해소를 위한 푸념을 하고 있는데, 작게 노크하는 소리가 들려온다.

급히 스위치를 바꾸듯 한껏 떠들며 웃고 울던 얼굴은 금세 무표정하고 동요가 없는 모습으로 바뀐다.

"일어나셨군요, 용사님."

"프리실라 왕녀 전하, 예를 갖추겠습니……."

"아닙니다. 마왕 루미네시아를 쓰러뜨리고 세계의 평화를 가져오신 분에게 어찌 예를 강요하겠습니까? 편하게 누워 계십시오."

"예."

왕녀의 말대로 서준아는 편히 누웠고, 프리실라는 침대 옆에 앉아서 그를 지그시 바라보고 있었다.

두 사람 사이에 갑자기 어색한 공기가 감돈다.

일단 그녀가 찾아온 것이니 말을 기다리는 서준아였다.

"저기, 용사님?"

"예."

"용사님이 마왕의 뿔을 가져오신 덕분에 드디어 용사님을 돌려보낼 마법진 제작에 착수할 수 있게 되었습니다. 다만 궁정 마법사의 말에 따르면 2주일 정도 시간이 걸린다고 합니다."

2주라는 말에 서준아의 눈이 커진다.

한시라도 빨리 사라지고 싶은데? 이게 무슨 일인가?

"그렇게나요? 분명 토벌 전에 미리미리 준비하라고 했지 않습니까? 전 한시라도 빨리 이곳을 떠나 가족들의 곁으로 돌아가고 싶은 마음뿐인데 말입니다."

마왕 토벌 전투 전에 서준아는 분명히 말했다. '반드시 마왕 모가지를 따서 돌아올 테니, 오는 대로 돌아갈 준비를 할 수 있게 마법진이든 기계든 깔아 놓으십시오.'라고 말이다. 분명히 기억에 남아 있는 말이다.

'2주라고? 거의 군대 말년 휴가가 잘린 격이잖아!'

2주일이나 더 있어야 한다고? 이 망할 이세계에?

서준아는 화가 나려는 걸 간신히 참고 냉랭한 얼굴로 프리실라 왕녀를 바라보는 게 전부였다.

"진정하십시오. 특정 시간축 좌표로 돌려보내는 게 보통일이 아니기 때문에 점검과 계산을 거듭해서 확실히 보내 드리기 위함입니다."

그녀는 신중해야 한다는 표정으로 관련된 계산이 담긴 서류를 보여 주며 말하고 있었다.

"잘못하면 다른 시간대로 떨어지거나 알 수 없는 세계로 가거나, 아니면 영원히 시간 속을 헤맬지도 모르니 말입니다."

'이따위 변명 들을 거였으면 마왕 말을 들을 걸 그랬나? 걔는 그냥 확답을 주던데! 하아~ 정말 싫다. 이 망할 이세계! 돌아가면 집에 있는 소설이랑 만화 다 태워 버릴 거야.'

이젠 이세계의 '이'만 들어도 이가 갈릴 지경인 서준아였다.

'이세계 X 까라 해. 그녀의 말도 일리가 있긴 해서 뭐라 못하겠지만 말이야.'

"아무튼 그동안 아바마마도 만나시고, 왕국을 돌아다니면서 백성들을 안심시키는 일도 좀 해 주셨으면 합니다. 그리고……."

돌아가는 날까지 일을 주는 프리실라 왕녀의 태도에 심기가 불편했지만 끝까지 참아 내는 서준아였다.

그녀는 엄연히 왕족. 마왕을 쓰러뜨린 협력 관계이지만 괜히 예를 어긋나게 해서 심기를 거슬려 봐야 좋지 않았다. 마지막에 뒤통수치면 곤란하니 말이다.

"저기, 용사님? 이런 말씀 드리긴 정말 죄송스럽지만, 드려도 괜찮겠습니까?"

"예."

"마왕이 쓰러지긴 했어도 아직 그의 부하들은 건재하며, 리자드맨, 오크, 미노타우로스, 웨어 울프 같은 마왕의 군세에 합류했던 종족들도 후퇴했다곤 하나……."

"7년입니다, 왕녀 전하. 병드신 어머니와 어린 여동생들에게 먹일 식재를 사고 돌아가던 길에 갑자기 소환돼서 자그마치 7년이나 이곳에 있었습니다."

그녀의 의도를 깨달은 서준아는 먼저 말을 자르고 반발한다.

"또한 당초 계약대로 세계의 큰 위협인 마왕을 처리해 드렸습니다. 그런데 이제 와서 그런 말씀은 곤란합니다."

겉으론 평온하게 말했지만 속은 쌍욕을 남발하고 싶을 정도로 부글부글 끓고 있었다.

그러나 아까 생각했다시피 그녀는 왕족. 반발과 함께 강렬한 눈빛을 보내는 게 최선이었다.

"그렇… 군요. 시간이 되어서 전 이만 가 보겠습니다. 잃은 팔과 눈의 재생은 지금 여유가 없기 때문에 며칠 기다리시면 해 드리겠습니다."

명백한 거절 의사에 프리실라 왕녀는 표정이 좀 일그러졌지만 그렇다고 강요할 수는 없다는 걸 아는지 물러난다.

왕녀와의 신경전이 끝나고, 몸조리를 끝낸 서준아는 천천히 돌아갈 준비를 하게 된다.

2주일이나 시간이 생겼으니 신변 정리부터 시작해서 기존의 동료들과 술자리와 인사를 나누러 다니는 것이었다. 행사니 연회니 한다곤 해도 하루 종일 진행하는 것은 아니니 말이다.

"결국 가려고?"

"그래."

가장 먼저 만난 동료는 전 적색 이리 용병단 대장 자칼. 세상 물정 모르던 서준아에게 중세의 상식과 관념에 대해 끊임없이 태클을 걸며 알려 준 녀석이다.

'아니, 이 벽창호야! 귀족님한테 무슨 짓이야!'

올해 36세로 짙은 갈색의 피부와 얼굴에 흉터가 가득했지만 얍삽하게 생긴 남자였다. 전투력도 별로고 성격도 저질이지만 오랜 용병 일로 얻은 경험과 인맥 덕분에 요소요소 도움이 된 자였다.

"원래 세계의 가족을 소중히 여기는 마음이야 그렇지만~ 솔직히 나 같으면 여기 남겠다. 강하지, 마왕도 쓰러뜨려서 명성도 최고지, 돈도 많이 받지. 여자는 아예 골라 잡지."

자칼은 언뜻 보면 비열해 보이는 웃음을 지으며 술 한 잔을 하고 말을 이어 나간다.

"부러워 미칠 지경이라고~ 나라면 말이지. 미인들 100명을 쫙 알몸으로 늘어놓고 가슴으로 비비면서 행진하고 싶을 지경이라고~ 흐흐흐!"

"그래도 돌아가야 돼. 지금도 걱정돼서 미칠 지경이다."

"아~ 역시 그러냐? 하지만 왕국이라든가 귀족들은 별로 보내고 싶지 않은 눈치인데 말이지. 하긴 '마왕'과 암흑신 세력을 몰아냈으니 이제 대륙 각 국가들 간의 싸움이 시작되니 말이야. 용사 서준아를 보내고 싶진 않겠지. 어이, 뭐하냐? 어우!"

그가 한창 말하는 동안 서준아는 허공에 손을 넣고 꿈지럭거리다가 무언가를 꺼내 내민다.

"받아."

인벤토리. 이세계인의 특전이자 여신의 축복으로 받은 시스템 중 하나였다.

그곳에서 꺼낸 금과 보석으로 장식된 푸른 검집에 담긴 검을 보자마자 자칼은 놀라면서 펄쩍 뛴다.

"뭐야, 이거? 명검 '페이저 칼리버'잖아? 이걸 왜 날 줘? 미스릴로 정련되고, 드워프 최고 장인이 새긴 룬과 용의 숨결로 완성된 검인데?"

"내가 사는 세계에선 이런 거 필요 없어. 갑옷도 주고 싶지만 사이즈가 안 맞아서. 음, 이건 마르쉘 녀석이나 줘야지."

서준아는 계속해서 자신의 인벤토리에서 물건을 꺼내 그에게 넘겨준다.

"그리고 넌 무식하게 싸우니까 '화살 막이' 반지랑 '마법 저항' 아티팩트 반지도 주면 좋겠군."

마치 전역하는 말년 병장이 분대원들에게 물건을 풀듯이 싸우면서 모아 온 아이템들을 뿌리고 있는 것이었다.

"뭐, 고맙수다. 망할 위에 놈들은 천박한 용병이라고 금화나 몇 개 주고 땡 치려 해서 기분 상했는데. 역시 용사님뿐이구만~ 돌아가면 잘 사쇼~"

그렇게 인사하는 자칼을 보내고 다음으로 만난 것은 주신교단의 대사제가 된 펠리였다.

본명은 펠리리안 아크라이트. 선이 가는 미소년으로 함께 싸운 자다.

본래 간소하고 초라한 신관복을 입고 활동했지만 지금은 화려한 자수가 새겨진 것을 입고 있었다.

"이거 부끄럽네요. 제가 왕국에 4명밖에 없는 대사제라니……. 하하!"

"마왕 퇴치의 공으로 임명된 건가?"

"예. 게다가 많은 주교님들도 돌아가시고, 상징적인 의미도 있어서 된 것 같아요."

"아무튼 축하하고, 일단 이것들 좀 반납하자."

[빛의 성검:라이트 저스티카]
[바람의 성갑:윈드블레스]
[대지의 성신:우크레칵]

"그리고 더 있었지. 잠깐만, 이게 워낙 많아서 말이야."

인사치레를 마치고 서준아는 모험하면서 썼던 주신들의

성물과 보구들을 계속해서 반납한다.

다른 교단의 것도 있었지만 대사제 정도면 알아서 보낼 수 있다고 판단해서 모조리 준 것이었다.

"저기, 준아 님?"

"왜? 물건이 너무 많나? 자격이 된다면서 잔뜩 넘겨준 것은 교단 녀석들인데, 자업자득이지."

애매하다고 생각되던 기프트 스킬 '무구친애(武具親愛)' 덕분에 교단에 제약받지 않고 성물들을 쓸 수 있는 서준아였다.

이 스킬의 단점은 어디까지나 상당한 무력이 있어야 한다는 것이었으니 말이다.

"준아 님은 곧 돌아가시는 거죠?"

"그래. 난 그것을 위해 지금까지 싸웠다. 마법진 점검한다더라."

"하아~ 가족분들이 소중한 것은 당연하겠고, 분명 준아 님을 소중히 생각하고 계시겠죠."

"그러면 좋겠지. 동생은 아직 어리고, 어머니는 병으로 고통받고 계시니 말이야. 빨리 돌아가고 싶어. 난 원래 이곳에 존재해선 안 되는 존재이기도 하잖아."

"그렇지만 저희도 준아 님을 소중히 생각하고 있습니다. 그곳에 가서 과연 행복하실지 걱정이 됩니다."

펠리는 양손을 모아 기도하는 자세로 눈을 감으면서 걱

정스러운 어조로 말한다.

 같이 싸운 전우의 신변을 걱정하는 태도에 서준아는 머리를 긁적이며 말한다.

 "행복할지 안 할진 몰라. 하지만 돌아가지 않으면 난 분명 큰 후회를 할 거야."

 "준아 님이 사는 세계는 전쟁도 없는 평화로운 곳이라고 들었습니다. 하지만 이곳은 막 어둠의 세력과의 전쟁이 끝난 상태라 피폐해져 있는데, 각 나라의 지배자들은 이제 서로의 이권을 두고 다툴지도 모르는 상황입니다."

 그가 하는 말의 의도를 읽은 서준아의 표정이 차가워진다.

 "…그래서 남아 달라는 거냐?"

 "송구스럽게도 그러합니다. 마왕을 쓰러뜨리신 준아 님의 힘이 이 세계에 꼭 필요하니까요."

 "미안하지만 그래도 안 된다. 애초에 난 외부인이야. 이 세계에 존재해선 안 되는 사람이지. 이곳 신은 어떤 생각인지 모르지만 결국 순리를 생각하면 돌아가야 해."

 서준아 또한 마왕을 잡을 때까지 노력하고, 또한 본래 세계에 있던 지식이나 개념을 통해 헤쳐 나가려 한 적도 많았다.

 하지만 그런 것들을 실현하려면 역시 기초 지식이 있어야만 했다.

 '사실 나는 그런 지식이 없었고 말이지.'

서준아의 지식은 아르바이트로 단련된 노동 잡지식뿐이었다. 대학은 어머니가 가라고 해서 가는 거지, 사실상 여인숙 비슷한 용도로 사용했으니 말이다.

순리니 어쩌니 말하면서도 해당 사항이 없기에 조금은 찔리는 서준아였다.

"하지만 다른 이세계인들도 많잖습니까? 이미 이곳에 소환자로 온 분들은 신이 허락하신 분들입니다. 순리 또한 바뀔 수 있는 겁니다."

"그저 독을 제압하기 위해 다른 독약을 투여한 것이지. 독이 제압된 이상 계속 쓰면 결국 이 세계를 해칠 요소밖에 안 돼. 너도 알잖아. 다른 국가에 소환된 이세계인들이 사고 치는 걸 말이야."

그는 다른 이세계인들이 사고 치는 것을 많이 봐 왔다.

'사람은 태어나면서 평등합니다!'

겁도 없이 민중 해방과 평등주의를 퍼뜨리겠다면서 설치던 녀석이 화형당하던 꼴도 봤다.

'성공이다! 스팀 기관을 드디어! 컥!'

증기 기관을 만들어 산업혁명을 일으키려다가 엘프 레인저들에게 꼬챙이가 된 것도 말이다.

'…심지어 전쟁 시기에 생산성을 올리려다가 죽은 놈도 있었지.'

가장 어이없던 것은 곡식 생산량을 늘리다가 농노제 폐

지가 두려워 귀족들에게 죽은 놈이었다.

아무튼 이세계인들은 마왕 퇴치라는 목적이 없으면 이런 분란거리밖에 되지 않았다.

"결국 이세계인이 여기 있어 봐야 분란거리밖에 안 돼. 마왕을 잡았으면 얼른 돌아가야지. 펠리, 힘들겠지만 어쩔 수 없는 일이야."

"…알겠습니다. 그렇게까지 이야기하시면 할 말이 없군요."

결국 깔끔하게 포기해 주는 펠리였다.

서준아는 프리실라 왕녀도 그렇고 펠리, 자칼까지 이러는 걸 보면 아무래도 다른 사람들도 만날 때마다 귀찮게 굴 것이라고 예상한다. 그렇지만 예의상 얼굴은 봐야 했기에 발걸음을 옮긴다.

✝ ✝ ✝

며칠 뒤, 서준아는 자신의 예상이 맞는 것을 확인한다.

왕국에서 받았던 땅을 같이 모험한 귀족 출신 성기사인 체스트 드 콜드프라우드에게 넘겨주러 가니 그는 화를 내면서 인장과 성심껏 작성한 임명장을 모두 집어 던진다.

"뭔데 네 영지의 권리를 나한테 넘기는 거냐? 어이! 영주가 되었으면 평생 책임져라! 그리고 그 땅의 녀석들이 너 말고 다른 이들을 따를 거라 생각하느냐?"

"난 원래 세계로 돌아가야 하니까, 이걸 받을 때부터 적합한 자에게 넘기겠다고 약조를 받았었다. 아무튼 적지 않은 땅이다. 네 가신들과 부하에게 주든가 해라. 지금 영주 대리인 '메어리'에겐 미리 말해 놨으니 말이야."

그 말에 체스트는 반발하면서 서준아를 바라본다.

"정말 돌아갈 생각이냐? 네 녀석이 없으면 난 이제 누구와 가식을 놓고 술잔을 기울여야 하는데? 아직 세계엔 적들도 많고……."

"마왕을 쓰러뜨린 즉시 돌아가기로 분명히 약속했었다. 긍지와 명예는 약조를 지키는 것에서 나온다는 걸 귀족인 네가 모를 리 없을 텐데? 게다가 넌 성기사지 않은가? 나도 내 세계에 지켜야 할 사람이 있어!"

"크윽……!"

귀족으로서의 프라이드를 중요시한다는 걸 아는 서준아에게 약점이 찔린 그는 반박할 수 없었다.

다른 사람보다도 쉽게 해결했다고 생각한 서준아는 곧바로 다음 사람을 만나러 간다.

"보자. 여긴가? 이쪽 여관에 있다고 했는데……."

다음은 엘프 종족의 사절이자 모험에 합류해 주었던 '태고의 숲' 출신 하이 엘프 세라에일이었다.

그녀가 있는 곳에 도착하자 그녀는 서준아에게 싫은 듯

한 눈빛을 보낸다.

"스크롤이랑 금화들이야. 엘프 영토를 복구시키는 데 인력이 필요하지 않을 순 없잖아. 나무꾼들에게 나무 심으라고 고용하든가 하고, 리자드맨과의 영토도 가까우니까 요새랑 결계도 좀 만들고. 이건 결계 마법서야."

그녀에겐 같이 싸우는 동안 도움을 많이 받았기에 특별히 많이 챙기는 서준아였다.

"방어 시설 좀 잘 갖추고, 또 드워프랑도 너무 사이 안 좋게 지내지 말고, 경제관념 좀 공부하고, 수비대 애들한테 결계 꼭 일주일에 한 번씩 패턴 바꾸라고 하고……."

"그렇게 걱정스러우면 남으시면 되잖아요. 이렇게 구질구질하게 잔소리하지 말고 말이에요."

"내가 여기 있는 건 자연의 순리를 거역하는 일이야. 알잖아. 나는 이곳의 사람이 아니야. 이곳의 자연에서 나오고 만들어진 존재가 아니야. 그러고 난 고작해야 100년밖에 못 사는 인간이거든? 그중에 7년을 여기다 희생했어."

복잡한 감정을 한 얼굴이었지만 서준아가 자연의 순리를 들먹이면서 설득하니 결국 포기를 선언하는 세라에일이었다.

그는 엘프들이 좀 깐깐하고 편집증적인 성격이 있긴 해도 합리적으로 대하면 말이 통하는 편이라서 다행이라 생각하며 다음 사람에게로 향한다.

"어이쿠! 이게 다 뭐야?"

"가서 만들고 싶으신 거 만드셔도 좋고, 아니면 파셔도 좋아요. 드디어 다 처리했네."

서준아는 다음에 만난 동료인 드워프 빠실라 마운틴브레이커에게 가지고 있던 오리하르콘과 아다만티움, 드래곤본 같은 소재들을 싹 털어서 준다.

'이제 거의 없네. 휴우~'

이제 서준아가 몸에 지닌 이세계의 물건이라고는 지금 입고 있는 옷과 용사이자 왕국의 기사임을 입증하는 인장, 액세서리 몇 가지뿐이었다.

그는 후련한 듯한 표정을 지으면서 해방감에 감격한다.

"쩝! 애석한 일이지만 인연이란 그런 것이니 어쩔 수 없지. 하지만 추억 정도는 남겨도 좋겠지? 오늘 각오 단단히 하게. 죽어라 마실 거니 말이야! 하하하! 토해도 마시고, 또 마시고! 피 대신 알코올이 흐르게 해 줄 테야!"

소재를 받은 빠실라는 애석함이 묻어나는 표정으로 말하며 맥주가 가득 담긴 술잔을 내민다.

'그래도 드워프는 쿨해서 다행이군.'

드워프다운 호탕함에 서준아는 미소 지으면서 잔을 받는다.

"죽으면 못 돌아가니 딱 죽지 않을 정도까지만 마시죠. 그리고 저 중상자라서 그러는데 좀 자제해 주세요."

"껄껄껄! 마왕의 검에도 안 죽은 자네가 술에 죽으면 그 것도 웃기겠구먼! 술이 약이야! 걱정 말고 마셔! 오늘이 마지막 날이잖아!"
"뭐, 그러면 어쩔 수 없죠."
드워프의 주량이 엄청났기에 서준아는 그날 밤을 새고 다음 날 해가 중천에 뜰 때까지 술판을 벌이게 된다.
"더는 못 먹습니다."
"한 잔 더!"
중간에 어떻게든 빠져나오려고 했지만 술 취한 드워프인 빠실라는 시끄럽게 떠들면서 계속해서 술판을 이어 나간다.
"더는 안 돼……."
"이 한 통만 더 마시세나!"
결국 마지막이라는 생각에 그는 끝까지 어울릴 수밖에 없었다.

"얼마나 잔 건지 모르겠네. 여긴……. 아, 내 병실인가?"
서준아가 다시 눈을 떴을 때는 어느새 깊은 어둠이 깔린 밤이었다.
과음을 해서인지 숙취로 인한 두통과 갈증이 몰려오자 그는 손을 뻗어 물병을 찾으려고 하지만 이미 비어 있었다.
"그것참……. 직접 찾으러 가야 하네."

이미 늦은 밤이라 그런지 사람들도 보이지 않았고, 하녀를 기다리자니 소변의 기운도 참을 수 없어 일어나 움직이는 서준아였다.

당장 급한 소변은 성내에 있는 화장실을 찾아서 해결했지만, 갈증을 해결하려면 물이 있는 곳을 찾아야만 했다.

"하여간 이놈의 중세! 수도라도 있으면 수돗물이라도 마시는데……."

그래도 왕궁이니 화장실이 있는 거지, 밖이었으면 아무 데나 싸는 것이 일상이었다.

지긋지긋한 중세도 얼마 남지 않았다고 생각하며 그는 물을 찾아 성내를 헤맨다.

두통 때문에 머리가 잘 돌아가지 않아서 힘든 서준아였다.

"아, 그냥 아무 데나 들어갈 수도 없고……. 아고, 머리야."

남의 방에 멋대로 들어갈 수도 없고, 야간 순찰을 도는 이도 없어서 난감해하던 차에 빛이 새어 나오는 방을 하나 확인하고 그곳으로 향한다.

'음? 저긴 대신들이 회의하던 곳이었나? 하긴 마왕이 쓰러졌으니 더 바빠지겠지. 아무튼 다행이야. 온 김에 물이랑 좀 얻어 마실 수…….'

"결국 시공간 차원 이동 마법이 실패했단 말입니까?"

'음?'

다가가서 문을 열려던 순간 안에서 새어 나오는 소리에

정신이 번쩍 드는 서준아였다.

 공간 이동 마법에 실패. 이 왕국에서 시공간과 차원 이동에 대해 관련된 사람은 자신뿐이었으니 말이다.

 그것이 실패했다는 이야기에 그는 잽싸게 기척을 죽이고 문에 달라붙는다.

 '무슨 소리야?'

 두통이 언제 있었냐는 듯 정신이 번뜩인 서준아는 집중해서 내부의 소리를 들으려 한다.

 "어라? 방금 무슨 소리 안 들렸나요?"

 "음? 그럴 리가? 주변의 다른 하녀랑 사람들은 물렸을 텐데? 아니면 '그'가 일어나기라도?"

 "아냐, 그건 아냐. 내가 오늘 낮까지 술로 절여 놨으니 내일 아침까진 못 일어날 게야. 끄으으윽……! 푸하!"

 "빠실라 어르신 술 냄새 때문에 더 고생이잖습니까……."

 떠드는 목소리는 모두 익숙했다.

 서준아는 다급히 자신의 입을 막고 물러난다.

 '이런!'

 그리고 깜짝 놀라면서 다시 한 번 심호흡하며 문 뒤에 숨는다.

 며칠 전까지 죽음이 왔다 갔다 하는 전장에서 살아온 몸이기에 완벽히 숨과 기척을 죽일 수 있었다.

 "정말 지독히 마시셨군요."

"코가 마비될 지경이에요."

또 하나 다행인 점은 안에 있는 빠실라가 이미 술 냄새를 풍겼기에, 그 냄새에 익숙해진 덕분에 서준아의 술 냄새를 알아채지 못한다는 것이었다.

"음, 아무것도 없었습니다. 우리가 과민했던 것 같습니다."
"몹쓸 이야기를 하고 있으니 과민할 수밖에 없지. 하하하!"
"아무튼 렌드랄 로스브레인 경, 이유를 말씀해 주실 수 있겠습니까?"
"흠⋯⋯. 큰일이군."

렌드랄 로스브레인. 대륙 최고의 마법사 중 한 명으로 순간 이동과 전이 마법의 대가인 자. 마왕과 싸우다 쓰러진 서준아를 옮긴 것도 그였다.

분명 자신이 돌아가는 것을 도와주겠다고 한 자였다.

"이유? 그냥 차원 이동만 해도 지극히 어려운 난제인데, 거기에 시공간을 역행하는 조건까지 다는 게 쉬워 보이나?"

그의 말에 따라 사람들의 얼굴은 점점 굳어져 간다.

"애초에 이세계인들을 불러온 것 자체가 신밖에 할 수 없는 행위인데, 그걸 인간이 어떻게 따라가나?"

당연하다는 듯 내뱉는 그의 말을 서준아는 믿을 수 없었다.

"하, 하지만 그동안 그것을 위해서 지원과 연구비를⋯⋯!"

렌드랄 로스브레인은 어깨를 으쓱하며 태연하게 말한다.

"왜 할 수 없는지에 대해서 만드는 데 다 썼지. 리포트라면 얼마든지 제출해 주겠네. 12만 4,832장으로 요약되어 있으니 다 검토해 보든지? 2년은 걸릴 거다."

그의 말은 서준아에게 매우 충격적인 소리였다.

분명 이곳에 왔을 때 그 망할 궁중 마법사는 시공간 차원 이동으로 돌아가게 해 주겠다고 했었다. 그리고 그것을 위해선 이것저것 필요하다 해서 다 이루어 주었고, 마왕까지 때려잡아서 뿔까지 건네주었다.

'그런데 갑자기 저게 무슨 소리란 말인가? 내가 듣는 게 진실인가? 아직 취해 있는 건가?'

충격이 거대했지만 지금 여기서 멘탈 붕괴한 채로 있을 순 없었다.

그는 계속해서 안의 이야기에 정신을 집중한다.

"큰일이네요. 다른 분들 모두 설득에 실패하셨다고 했는데……."

"예. 워낙 완고하신 데다 그 일념에 모든 것을 집중하여 싸우신 분이고, 또한 다른 세계에서 온 자신이 이곳을 떠나는 게 순리라고 생각하셔서 도저히 무리였습니다."

"지금이라도 세라에일 님이나 왕녀님이 덮쳐서 기정사실로 만들고 책임지라고 하는 건 어떨까요? 술이 떡이 되어 있을 테니 이때를 노리는 건?"

하다 하다 이젠 유혹을 하자고 나서는 동료들의 말에 어이가 없는 서준아였다.

"그런다 해도 눈 하나 깜짝 안 하고 떠나려고 할걸요? 올 때 마을 처녀라든가 다른 부족 엘프와 귀족 영애들도 꽤 품었는데, 자기가 돌아간다는 걸 못 박아 두고 할 정도잖아요."

제아무리 용사라 할지라도 결국엔 남성. 성욕을 품는 건 자연한 일이며, 상대들 또한 미인계를 사용해서 그를 동요시키려고 한 적이 많았다.

그리고 왕국은 오래전부터 집에 가려는 그를 붙들어 두기 위해서 온갖 계략을 사용했지만 서준아는 눈 하나 깜짝 안 하고 냉정하게 선을 그었다.

"아무튼 다른 방안 없습니까? 준아 님은 진짜 갈 생각으로 가지고 있던 무구까지 다 뿌리셨는데 말이죠."

"그 강건하고 냉철한 성격으로 볼 때 엄청 원망하면서 난리 치겠죠? 상상만 해도 무섭네요."

"일단 감정이 상하는 건 기본이고, 다신 보지 말자고 하고 떠나는 건 불 보듯 뻔하겠지요. 우린 그를 속인 셈이니 말이니까요. 엄청 분노하겠죠."

그들의 이야기를 밖에서 듣고 있는 서준아는 이미 진노하고 있었다.

'그래……. 이미 화났다.'

'시공간 차원 이동 마법'이라는 것 자체가 거짓이라는 것과 자신을 속였다는 것을 포함해서 약속이 휴지 조각이 되었으니 말이다.

'망할 자식들이……!'

으득!

그는 피가 배어 나오도록 이를 악물면서 버티고 있었다. 당장이라도 고성을 지르며 저 거짓말쟁이들을 규탄한 뒤 떠나고 싶은 마음이었지만, 그래 봐야 아무 소용 없다는 것도 잘 알고 있었다.

"그 성품 덕에 마왕을 잡을 수 있던 것이기도 하지만, 반대로 그 칼을 우리에게 겨누면……. 상상하기도 싫군."

"예. 검성(劍星) 타르무나 선생님도 본래 가지고 있지 않은 재능을 소망과 원념으로 개화시켰다며 무서워하실 정도였죠. 그런 그가 화나면 무슨 짓을 할지 두렵네요."

"아마 그 성격상 우리 왕국을 떠나 다른 나라로 들어가서 스스로 돌아갈 방법을 찾으려 할걸? 일단 마왕을 잡은 용사이니만큼 어디서든 환영할 테고 말이야. 7년간의 고생이 물거품이 되었다는 점 때문에 아마 그 원념의 칼날을 우리에게 겨누겠지. 마왕도 잡은 그 칼을 말이야."

"음, 우리나 저 뾰족귀들은 안 건드리려나?"

"그건 전후 관계에 따라서 계산이 다르겠지요. 두 분이 그런 줄 몰랐다고 잡아떼시면 정상참작할 거고, 알았다고 한다면 한데 묶음으로 인식하겠죠."

그들은 서준아의 성격을 정확히 알고 있었고, 지금 그가 품고 있는 생각과 정확히 일치하고 있었다.

한 번 틀어진 감정은 되돌릴 수 없으며, 한 번 속인 자는 두 번도 속일 수 있기에 이미 다른 나라로 가야 하나 고민한다.

어느 나라든 서준아가 간다고 하면 쌍수 들고 환영할 사람들이 많았다.

"…그건 좀 무서운데 말이지. 그 친구, 산이든 숲이든 다 태울 것 같으니 말이야."

"이미 지금까지 말 안 한 시점에서 책임을 면피하기는 무리죠."

"하지만 이게 여러분과 관계없는 일이 아닌 게, 그가 제국의 인간 우월주의자인 란탈 후작 밑에 들어가서 그의 세력 확장에 도움을 주는 방식으로 보복을 가할 수도 있습니다."

"결국 방법은… 하나뿐인가요? 말살할 수밖에 없다는 거군요."

프리실라 왕녀가 내린 결론에 서준아의 적의는 더욱 끓어오른다.

7년간 보답받지도 못할 일을 목숨을 걸고 행한 셈이니 이것만 해도 화가 날 상황이었다. 거기에 그를 멋대로 소환한 주체인 왕녀는 뻔뻔하게도 서준아를 죽이겠다고 결론 내리고 있었다.

"그 수밖엔 없겠지?"

"그렇죠."

"그러면 우리 왕국이 멸망할 때까지 분노의 검을 멈추지 않겠죠."

"가슴 아픈 일이고 모두 우리의 죄지만, 그 분노를 깨우면 우리가……."

심지어 동료들까지도 서준아를 죽이는 데 이견을 제시하지 않고 있었다.

막강한 용맹은 아군일 땐 든든하지만, 그것을 직접 체험한 만큼 적으로 돌릴 시 얼마나 큰 대가를 치러야 할지 잘 알았기에 오히려 이견이 없는 것이었다.

'이런 개 같은… 경우가!'

서준아로선 억울하기 짝이 없고, 분노를 넘어 피를 토하고 싶은 심정이리라.

장장 7년이나 부려 먹고, 마왕까지 잡았는데! 이제 와서 돌려보내진 못한답시고 죽이려 드는 게 무슨 개떡 같은 경우란 말인가?

그저 집에 가고 싶다는 생각 하나로 사선(死線)을 넘나들며 노력해 온 남자는 더럽고 힘들어도 모두 견뎌 냈다.

'심지어 정치 상황이니 귀족이니 욕심이니 하는 것도 안 보이려고 다 잘했는데! 젠장! 젠장! 젠제아아앙!'

원통함이 하늘을 찌를 것 같은 서준아는 안에서 어떻게 자신을 죽일지 떠드는 이들을 보면서 울분을 토한다.

'다른 놈은 몰라도 펠리, 너는 대신관이 되었다고 벌써부터 음모질이냐?'

'빠실라 어르신, 실망입니다. 드워프는 신뢰라면서요?'
'세라에일, 엘프가 그 잘난 진실의 종족이라며?'
'체스트, 너도 성기사라는 작자에 귀족의 긍지 어쩌고 하더니!'
'그리고 그 망할 궁중 마법사와 프리실라! 애초에 너희가 날 이곳에 불러서……'

한 명 한 명을 노려보며 서준아는 그들에 대한 원망을 가슴에 새긴다.

"그럼 어떻게 하지? 무난하게 하려면 실패작 마법인 차원의 틈새에 넣고 영원히 시공간을 떠돌게 해야 하나?"

"그러다 행여나 차원을 베고 귀환할지도 모릅니다. 그 정도로 집념 하나는 무서운 남자입니다."

"그럴 법하군. 용암에 떨어뜨렸는데도 살아 왔으니 말이지. 팔다리가 녹았는데, 그 고통에서 집념으로 살아올 줄이야."

그들이 서준아를 생각하는 관념은 괴물을 넘어서 또 다른 마왕을 생각하는 레벨이었다. 아니, 신을 죽이려고 하는 것과 맞먹을지도 모른다.

"거사를 한다면 지금 하는 게 낫겠군요. 술에 떡이 돼서 자고 있는 사이에 죽이고 시체를 불태운 다음, 다른 곳으로 모험을 떠났다고 하는 편이 좋을 것 같습니다."

"미심쩍어하는 사람이 몇몇 있겠지만 며칠 전부터 이별을 준비하는 모습을 보였으니 딱히 이상할 것도 없겠지요. 당장 움직입시다. 팔과 눈이 없는 지금이 기회입니다. 시간을 끌다가 치유돼서 움직이면 큰일이니 말이죠."

"예. 내키진 않지만 어쩔 수 없죠. 왕국의 미래를 위해선……."

서준아를 제외하고 모두의 이해가 일치한다.

심지어 이종족인 동료들까지 이 계획에 동참한다.

"우리 엘프 종족의 위협을 거두기 위해서라면……."

"친구를 내 손으로 없애는 건 내키지 않지만, 어쩔 수 없는 일이지."

쇠뿔도 단김에 빼라는 속담처럼 그들의 행동은 신속했다.

숙취가 심하고, 신체 재생을 미룬 지금이 제격이라 생각한 그들은 곧바로 움직이기 시작한다.

지금 눈을 뜨고 깬 것이 서준아에겐 천우의 행운이었다.

'도망치자.'

그는 이대로 죽을 수 없기에 조용히 떠나자고 생각한다. 일단 민가는 아니더라도 숲이나 산에 몸을 감추면 자신을 찾는 데 시간이 상당히 걸릴 것이고, 제국으로 건너가면 어떻게든 몸을 고칠 방법도 있을 테니 말이다.

"서… 준아 님?"

"이런 제길!"

워낙 배신이 거대했기에 분노를 제어하려고 해도 움직임에 그 영향이 끼치지 않을 수 없었다.

가장 귀가 밝은 세라에일과 눈이 마주쳤고, 서준아는 뒤도 돌아보지 않고 도망치기 시작한다.

✛ ✛ ✛

"자, 잠깐만! 기다려!"
"준아 님! 잠시만 기다리세요!"
"이보게! 잠시만!"
쫓아오는 이들의 목소리가 뒤에서 들린다.
서준아는 맨몸으로 건물을 뛰어내리고 수풀을 건너 그대로 숲속으로 모습을 감추려고 했다. 하지만 지금은 숙취 상태에다 눈과 팔 하나가 없는 것 때문에 속도는 생각만큼 나지 않았다.
'제길! 속이 뒤집어질 것 같아.'
보통 사람이라면 죽어도 이상하지 않을 중상이었다.
병자가 몸도 제대로 가누지 않고 혹사시키자 속이 울렁거리기까지 한다.
열심히 도망치려는 마음은 앞섰지만 이런 요인들 때문에 나무에 부딪치고 미끄러지는 등 전장에서는 절대 보이지 않는 모습을 보인다.
'어디 숨어서 숙취도 풀고 체력도 회복해야 하는데! 게다가 지금 검 한 자루 없는 게 더 심각해! 아니, 그 전에 팔과 눈부터 회복해야 하는데!'

그래도 일단 살기 위해 그는 열심히 달린다.

분노는 나중이다. 살아남아야 저들에게 죄의 대가를 치르게 해 줄 수 있을 테니 말이다.

"준아 님! 잠시만! 잠시만 기다려 주세요!"

"세라에……."

쐐애애애애액! 퍽!

말을 거는 엘프의 목소리에 고개를 살짝 돌리는 순간, 화살이 공기를 찢는 소리와 함께 옆 나무에 박히는 것이 보인다.

아직 그들의 배신이 현실로 적응되지 않은 틈을 탄 아주 훌륭한 기만책이라고 악마조차 칭찬해 주고 싶을 솜씨였다.

서준아는 이를 갈면서 그녀를 노려보며 말한다.

"비겁함이 다크 엘프 뺨치는군. 암흑신으로 개종이라도 한 건가?"

"미안… 해요. 정말 미안해요."

"미안하면 그냥 보내 주는 게 어떤가? 차후에 내가 신의 화염을 가지고 태초의 숲에 찾아가지! 네 눈앞에서 동족들과 함께 산 채로 불태워 줄 테니 말이야!"

"그럴 순… 없어요."

쐐애액! 쐐액!

미안한 어조이면서도 그녀의 화살엔 자비가 한 점도 없었다.

아마 그녀도 알고 있으리라. 서준아를 이대로 도망치게 놔두면 나중에 치를 대가가 거대하다는 것을. 마음먹으면 종족 단위로 대학살을 할 수 있는 자라는 걸 말이다.

'젠장! 거리가 벌어지지 않아!'

열심히 달리지만 전혀 거리가 벌어지지 않는다.

두통 때문에 판단이 잘 안 되고, 눈앞도 흐릿하다.

신체 일부가 없는 것도 문제인데 추가로 전신의 근육과 뼈가 삐걱대고, 미라처럼 묶여 있는 붕대에는 피가 배어 나오고 있었다.

"야밤에 산책은 몸에 안 좋은데 말이지. 그것도 그리 상처 입은 상태에선 너라도 무리지. 체크 메이트일세."

"체스트, 네놈……. 귀족의 명예는 어디다 팔아먹었냐?"

꾸왜애애액!

열심히 달렸지만 황금의 깃털을 뽐내는 거대한 로얄 그리폰과 그 등에 탄 채 거대한 랜스를 겨누는 체스트가 앞질러 와 있었다.

'그리폰……!'

아마도 그는 로얄 그리폰으로 날아서 온 모양이다.

서준아는 비통한 듯 신음하면서 체스트를 비난했지만 그는 눈을 감았다 뜬 뒤 무표정한 얼굴로 대답했다.

"지극히 당연한 원망이다. 지금 이 행위엔 긍지와 명예가 한 점도 없지. 7년간 싸워 온 영웅을 내 손으로 없애야 하는 것이 슬프고 비겁하다 생각하고 있다."

"말은 번듯하게 잘하는군. 제길! 내 무구만 그대로 있었어도!"

"그랬다면 우리 '썬더'가 널 따라잡지 못했겠지."

체스트에게 앞이 막히고, 얼마 지나지 않아 대회의실에서 떠들던 인원들이 하나둘 서준아에게 다가온다.

"여기 있었군요."

"겨우 따라잡았습니다."

"휴우~ 그런 상태에서도 이렇게 빨리 달릴 줄이야. 역시 용사답군."

프리실라 왕녀만은 혼자서 올 수 있는 몸이 아니었기에 렌드랄이 순간 이동으로 데려왔다.

그들은 미묘한 표정으로 서준아를 둘러싼 채 바라보고 있었다.

"배신자들이 다 모였군. 정말 놀랐어. 한 명도 남김없이 배신에 의기투합할 줄이야."

"뭐라 드릴 말씀이 없습니다."

"있으면 그게 인간인가? 악마지? 후, 토사구팽이라는 말이 뭔지 제대로 실감하는군. 죽 쒀서 남 준 격인가? 내가 여기 와서 한 일이 모두 소용없는 짓이라니 말이야."

프리실라는 면목 없는 얼굴로 서준아에게 고개를 숙이며 말한다.

"…부디 이해해 주시길."

"지랄하지 마!"

그러나 오랫동안 참았던 감정을 모두 토하듯 욕설을 내뱉는 서준아였다.

이때까지 해 온 모든 일이 남 좋은 일만 된 것도 모자라 이렇게 토사구팽당하는 결말이라니. 미칠 노릇이었다.

이런 결말이라니!

꼭 집에 가라고 하던 스승님의 얼굴이 아른거리기 시작한다.

"남길 말은 없나? 아니면 부탁이라든가 말이야. 가능한 선처해 주지. 살려 달라는 것만 빼고 말이지."

"그걸 지금 말이라고……."

원통했지만 상대의 강함을 잘 알고 있는 서준아는 지금 상태론 이길 수 없다는 걸 깨닫는다.

"아니면 싸우다 죽겠나?"

"……."

서준아는 잠시 생각한다.

완벽히 포위된 상황. 아무런 무장도 없는 상태에서 저들을 이기기란 마왕을 쓰러트리는 것보다 어려운 일이었다.

많은 생각이 들었고, 그 어떤 저항과 이야기를 하든 소용없다는 것을 깨닫는다.

"하아~ 나 참……."

결국 할 수 있는 건 이런 결말을 맞이하는 게 어이가 없다는 듯 한탄하는 것이 전부였다.

서준아는 저 산 너머 어딘가에 있을 스승님에게 미안할 따름이었다. 기껏 도와주었는데, 집에 가지도 못하고 남 좋은 일만 하다가 죽을 운명이었으니 말이다.

"정말 슬프다고 생각합니다. 당신의 그 집념이 아니었다면 마왕을 쓰러뜨리지 못했겠죠. 하지만 반대로 그 집념의 공포가 당신을 죽게 만들 줄이야."

"자기합리화가 참 대단하시군……. 아무튼 정리해야겠군. 일단 프리실라, 이거 받아라. 왕가의 인장이랑 용사의 징표 등등 반납하려 했던 것들이다. 던져 줄 테니 받도록. 죽이려고 드는 마당에 무례고 뭐고 없겠지."

휙! 투욱!

서준아가 던진 인장과 징표가 그녀의 드레스에 부딪쳐 땅에 떨어진다.

"그리고 체스트, 부탁 하나는 간단하다. 옷 갈아입을 시간을 다오."

"그 정도야. 주도록 하지."

이런 부탁을 한 건 마지막만큼은 이곳에 소환될 때의 모습으로 돌아가기 위해서였다.

'난 죽어도 이세계인이다.'

해질까 봐 인벤토리에 넣어 둔 옷들. 트렁크 팬티, 러닝

셔츠, 기름때 먹은 청바지, 운동화, 후줄근한 셔츠가 이렇게 반가울 줄 몰랐다.

'후우……'

이곳의 옷을 벗어 던지고 다시 본래 세계의 옷을 입으니 기분이 달라진다.

공장에서 만들어진 화학 소재의 느낌이 행복했다.

하지만 그것도 이제 끝이었다.

심호흡을 하고 자신을 바라보는 이들과 한 번씩 눈을 마주친 뒤 서준아는 말한다.

"그런데 좀 많이 끼는군. 근육이 늘어서 그런가? 젠장! 썩을 이세계 놈들아!"

전장에 나온 듯 분노를 가득 담은 목소리로 그들을 저주하는 서준아였다.

"7년간 노예처럼 사람 부려 먹다 버리는 너희의 위선과 거짓 명예가 이곳에 가득히 번창하길 바란다. 지옥에서 너희를 지켜보며 이 행위에 대한 대가를 치르길 빌겠다."

"예. 기대하지요. 체스트 경, 처리하세요."

콰직!

죽더라도 이세계인이라는 것을 부정할 수 없다는 걸 보여주고 가슴에 창이 찔리는 것을 느끼는 서준아였다.

'…아프네. 제길! 그래, 이것도 흔한 일이지.'

그는 드디어 자신이 죽는다는 것을 느낀다.

"쿨럭!"

신경이 비명을 지르고, 피가 입으로 역류하고, 몸이 차갑게 식어 간다.

생각보다는 아프지 않았지만, 다른 고통을 많이 겪었기 때문일 것이리라. 7년간 마족과의 전쟁에 투입된 몸이고, 그의 스승이 시킨 훈련이 더 괴로웠으니 말이다.

'젠장…….'

의지는 결국 꺾이고, 그는 죽음을 천천히 맞이하고 있었다.

눈꺼풀이 천근처럼 무거워진다.

보이는 건 밤하늘뿐. 몸은 차갑고 무거웠지만 분하고 원통했다.

'젠장……. 이대로 죽으면 원래 세계의 저승에 가려나? 저승도 이세계면 어쩌지?'

이곳에서 죽으면 혹시나 원래 세계의 저승으로 못 가게 될까 걱정하는 서준아였다.

'아아……. 망할… 자식들……!'

저 망할 이세계 놈들! 처음부터 모든 것을 속였을 줄이야.

정말 이 망할 이세계가 원망스러웠다.

처음부터 이루지도 못할 것을 내걸고 날 속이다니!

증오스럽다.

원망스러웠다.

망할 이세계!

썩을 이 세계!

X 같은 판타지!

모두 깡그리 불태우고 싶다.

감정을 토로하며 서서히 의식이 꺼져 간다.

"하아… 후우……. 하아아… 후우……!"

호흡도 갑갑하다.

이제 마지막임을 눈치챈 그는 분노를 새기며 잠든다.

날 부른 그 망할 여신, 이 망할 세계, 모조리 불타 버렸으면…….

불태우고 싶다.

모조리 파괴하고 싶다.

누구라도 좋다.

부디 나의 원망을 들어다오.

그 원망과 함께 서준아의 시야는 새까만 어둠으로 물들며, 머릿속에 그때 그 목소리가 들린다.

[당신은 죽었습니다.]

✛ ✛ ✛

"음?"

서준아는 갑자기 눈이 떠지는 것을 느낀다.

"뭐지?"

그의 눈에 들어온 풍경은 새하얀 공간에 수많은 서재들이 늘어져 있는 도서관 같은 모습이었다. 그리고 자신의 모습은 죽을 때 그대로였다.

천국도 지옥도 아닌 듯한 이 기이한 공간을 계속 둘러본다.

"나 살아 있는 거야?"

자신이 살아 있는 건지 죽어 있는 건지 다시 한 번 확인해 보는데, 눈앞에 기묘한 사람이 앉아 있었다.

"왔나?"

"저기… 누구신지요?"

"여기 주인이다."

눈앞에 책상을 두고 산더미같이 쌓인 책 위에 앉아 있는 인물은 30대 초반 정도로 보이는 남성이었다.

그는 안경을 쓰고 검은 정장 슈트를 입은 채 편하게 독서를 하면서 서준아는 쳐다보지도 않고 이야기하고 있었다.

서준아는 오랜만에 현대 복장을 봐서 조금은 반가웠다.

"저기, 누구시죠? 여긴 또 어디입니까? 도서관이라니? 근데 뭐가 이렇게 넓어? 뭐야, 이 도서관? 끝이 안 보이잖아? 뭐죠, 당신은?"

"흔히 인간들이 암흑신이라 부르는 게 나다. 설명은 이 정도면 되나? 그리고 목소리 음량을 조금 낮춰라. 독서 중이지 않은가."

무슨 소리를 하는가 싶더니 그는 자신을 암흑신이라고 자칭하고 있었다.

세계의 적이자 주신이 다스리는 세계를 불태우는 존재인 암흑신이 이런 지적인 남자의 모습이라는 것에 서준아는 깜짝 놀란다.

"뭐어? 그, 그 마왕들이랑 수많은 악마와 수인들의 신이라고? 그런데 왜 인간의 모습을 하고 있어?"

"딱히 신의 위엄을 나타내는 것엔 관심 없지만, 받아들이는 인간을 생각해서 모습을 바꿀까?"

촤르르륵!

갑자기 슈트를 입은 몸에서 검은 먹물 같은 것이 쏟아지면서 형태가 무너지고, 검은 먹물은 점점 뭉쳐서 거대해지더니 형태가 달라진다.

그 모습을 보고 서준아는 깜짝 놀랄 수밖에 없었다.

"세상에! 루미네시아?"

암흑신이라는 자가 변한 모습은 자신이 죽였던 마왕인 루미네시아의 모습이었다.

"네가 있던 곳에서 익숙하던 존재로 변한 것뿐이다. 신이란 고정된 형상이 없이 신앙으로 그 존재를 유지하니 말이지. 뭐, 다른 신은 어떤지 모르지만 적어도 나는 그래. 아까 전 그 모습은 그저 독서하기 편해서 하고 있는 것이다. 그게 편했거든."

그의 모습이 새하얀 머리칼에 붉은 눈, 머리에 뿔이 달린 너무나 익숙한 외모의 여성으로 변했기 때문이다.

다만 여전히 서준아를 쳐다보지 않고 아까 읽던 책을 주워서 보고 있었다.

"암흑신 취미가 독서야? 뭔가 좀 더 '으하하하하! 나를 두려워해라!' 하면서 세계를 멸망시키는 데 열의가 넘치는 이미지를 생각했는데, 엄청 침착하시네요."

"나 이전의 암흑신들이 그러했지. 하지만 나는 그들과는 달라서 말이야. 아무튼 읽던 책을 계속 읽어야 해서 이야기를 길게 할 수 없으니 요점만 말하지."

팔락!

그는 책 페이지를 넘기면서 잠시 뜸을 들인 뒤 말한다.

"넌 이미 죽었고, 내가 널 이곳으로 불렀다. 내 귀중한 수하인 루미네시아를 죽인 용사이면서 어쩐지 깊은 원한과 분노를 품고 죽어서 말이지."

팔락!

또다시 한 장이 넘어간다.

"책을 읽던 중에 그 원한이 너무 시끄러워서 말이야. 이래 봬도 암흑신이라 그런 감정은 들어 줘야 해서 말이지."

황당하기 짝이 없는 이유로 불려진 듯했지만 납득이 가는 서준아였다. 자신이 품은 원한이 그만큼 깊고 대단했다는 뜻이니 말이다.

마왕 루미네시아의 외모를 한 암흑신은 여전히 책에서 눈을 떼지 않고 계속 말한다.

암흑신이라기보다는 독서의 신이나 책의 신이라고 하는 게 더 어울릴 것 같은 모습이었다.

"그게 다입니까?"

"그것뿐이라면 다시 독서를 했겠지만, 네 덕에 책에 한눈팔던 정신을 인간계로 돌려 보니 내 세력이라고 할 수 있는 마왕들도 전멸했고, 남은 건 구심점이 약한 수인족 몇 놈뿐이더군."

그의 말에 책을 읽는 것을 너무 좋아해서 배가 고픈 줄도 모르고 읽다가 죽은 선비에 대한 설화가 생각나는 서준아였다.

"결국 내 존재를 위협하는 심각한 사태인 걸 이제야 알았어. 어쩐지 조용하더군."

세계를 위협하는 악신(惡神)이라서 무섭고 전능한 힘이 있는 존재라고 생각했는데 이런 괴짜라니, 충격이었다.

'나태도 죄악 중 하나니까 악신(惡神)의 소양에 어긋나지 않긴 한데……'

"아무튼 나라도 신앙 없이는 존재를 유지할 수 없지. 읽고 싶은 책도 아직 많은데 말이야."

책을 읽고 싶어서 사는 악신(惡神)이라니! 당황했지만 동요를 보이지 않게 노력하는 서준아였다.

"그래서 자네, 그 세계에 내 사도 아니면 챔피언으로서 복수할 생각 혹시 있나? 내 세력과 신앙이 없으면 이 생활도 못하니 말이지. 발등에 불이 떨어진 상태나 다름이 없군. 이래서야 암흑신이 아니라 나태의 신일지도……. 어떤가?"

"하겠습니다."

일말의 고민도 없이 서준아는 승낙한다.

이건 그에게 있어서 고민해 볼 가치도 없는 일이었다.

이미 자신은 실컷 이용만 당하다 죽었고, 원하던 단 하나의 목적은 이루지 못했다.

소중한 가족의 운명을 놈들의 장난과 일방적인 사정 때문에 빼앗겼고, 이제 돌아가지 못하니 앞뒤 가릴 것이 없었다.

"그것은 제가 원하던 일입니다! 위대한 어둠이시여!"

서준아는 감격하며 스스로 무릎을 꿇고 예를 표한다. 그만큼 마음에 든 제안이었으리라.

그놈들에게 자신이 겪은 아픔과 배신감을 느끼게 해 줄 수 있는데! 거부할 리가 있겠는가?

새로운 목표가 생긴 것에 이 암흑신을 경배하면서 감사할 따름이었다.

제2장

2회 차 튜토리얼

대륙 최강의 복수는 2회 차부터

"그런가? 하긴 그만큼 깊은 원한과 분노면 당연하겠지. 그러면 자네를 그 세계로 돌려보내야 하는데, 혹시 희망하는 형태가 있나? 악마라든지, 수인이라든지? 내 권속하의 생명체로 되살릴 수 있네만……."

"인간은 불가능합니까?"

"인간은 내가 타락시키거나 멸망시켜야 하는 주체라서 말이지. 그들은 주신의 산물이지 않은가?"

암흑신이라 불린 남자는 잠시 고개를 갸웃하다가 제안을 이어 나간다.

"굳이 인간을 고집한다면 죽어 가는 이에게 덧씌워서 낚아채는 방법밖에 없네. 내 권속인 악마나 마족으로 태어나면 강력한 육체라든가 마법력 등등 편의를 봐줄 수 있는데, 그쪽을 택하는 게 낫지 않나?"

"아뇨. 인간이어야 합니다."

암흑신이 주려던 것은 전생 특전 같은 느낌이었지만 서준아는 모두 거부하고 인간을 고집했다.

그는 자신이 인간으로 돌아가서 놈들에게 복수해야 의미가 있다고 생각하고 있었다. 죽은 '서준아'가 인간이었기에 그것을 계승하는 것도 인간이어야만 했다.

"오오, 감동스러울 정도로 아름다운 복수심이군. 좋아. 네가 들어갈 인간의 육체는 내가 알아보도록 하지. 어차피 지금도 수없이 죽어 나가는 게 인간이니 말이야. 신분보다는 좋은 소질과 육체가 있는 쪽으로 알아보도록 하겠네."

"알겠습니다."

"아, 그리고 하나 더. 자네는 나의 힘과 은총으로 부활한 것이기 때문에 내 권속들과 피조물들의 세력을 되살려야 하는 것도 잊지 말게나. 내가 사라지면 자네도 사라지는 거나 마찬가지니 말이야. 잊지 말게, 나의 챔피언이여!"

그건 걱정할 필요가 없다고 그는 자신 있게 말할 수 있었다.

이미 7년간 이세계에 불려 와서 구를 대로 굴렀고, 결국 수많은 악마와 그 권속들을 쓰러뜨리고 마지막엔 마왕까지 쓰러뜨렸던 자신이다.

"걱정 마십시오. 저의 영혼엔 지난 7년간 싸워 온 증거들이 새겨져 있습니다. 비록 시스템이 없더라도……. 어? 있네?"

혹시나 싶어서 시스템창을 켜 본 결과 그대로 있었다. 그 망할 '여신'에게서 받은 건 아마도 계속 유지되는 것 같았다.

그는 자신의 스테이터스창을 바라본다.

죽어서 육체를 잃은 탓인지 레벨과 능력치를 표시하는 상태창의 스탯은 하나도 없었고, 오로지 스킬들뿐이었다.

[프라이멀 드래곤 브레이커(태고룡 제압자)]

Lv.:-

Str:- Dex:-

Wil:- Mag:-

마법력:-

상태:영체(靈體)

[보유 스킬]

(전설)초감각

(영웅)극기

(영웅)극한의 집중

(전설)무너지지 않는 불굴

(전설)날카로운 냉철함

(전설)뛰어난 지휘관

(전설)초용맥

(기프트)무구친애-

[전투 스킬]

(전설)극검술-

(신화)용투술:태고룡-

(희귀)왕국 검술-

"…어? 스킬들이 그대로 있네요."

펼쳐지는 스킬들은 물론 클래스까지 모두 그대로였다.

다만 살아 있는 몸이 아니기 때문인지 옵션들은 죄다 공백 처리 되어 있었다.

아무튼 주신이 이세계인들에게 준 축복인 RPG 게임 같은 시스템으로, 7년간 마왕을 잡으면서 쌓아 왔던 스킬들도 그대로 있었다.

다행이라는 생각이 든 서준아였다.

"모든 걸 빼앗겼다 생각했는데, 이건 남아 있습니다."

"과연, 이세계에서 온 자는 '그녀의 축복'이 영혼에 깃든 상태였지. 이것도 재미있겠군. 자신의 축복이 깃든 자가 반기를 든다라? 하하하하핫! 좋다! 서준아여! 여신이 그대가 받은 축복을 빼앗지 못하게 하지! 네가 받은 축복을 영원토록 너의 것으로 유지시켜 주지. 걱정하지 마라!"

[스킬 '어둠의 가호'가 등록됩니다.]

머릿속에 목소리가 울리면서 스킬창에 새로운 스킬이 추가된다.

[(신화)어둠의 가호:암흑신이 그대에게 내린 가호. 신위를 걸고 내린 가호는 당신의 축복을 지켜 줄 것이다.]

"감사합니다, 암흑신이시여!"

어떻게 보면 이것은… 치트라고 할 수 있을 것이다.

아니, 엄연히 치트는 아니다. 굳이 말하자면 2회 차라고 해야 할 것이다.

치트는 대가 없이 받은 것이고, 이건 1회 차의 서준아가 얻은 스킬들이다.

'스승님과의 인연과 나의 의지로 얻은 스킬들!'

그것들이 유지된 것에 감격하며 서준아는 주먹을 꽉 쥔다.

'기적처럼 기회가 찾아왔어!'

고오오오!

서준아의 살의가 끓어오른다. 의지가 다시 솟아오른다.

이미 한 번 집에 가기 위해 모았던 집념이 다시 모이기 시작한다.

그의 유일한 장점. 마왕을 쓰러뜨리고 운명을 비틀던 힘의 근원. 목표로 하는 것에 모든 신경을 집중하고, 그곳으로 도달하기 위한 수단과 방법을 가리지 않는 것이다.

서준아는 그것으로 이 거짓된 세상을 벌하고 싶었다.

7년간 자신을 엿 먹인 망할 세계에 복수를 다짐한다.

얼마나 아이러니한가?

세계를 구한 자가 복수자가 되어 돌아와 세계를 시체의 산과 피의 강, 그리고 불타는 대지로 만든다.

그 결과물 속에서 위선자들의 절망스러운 얼굴을 본다면 분명 행복할 것이다.

"그럼 가라! 나의 사도여! 세상을 너의 증오로 불태워라!"

상상만으로도 즐거운 목표를 세운 서준아는 웃으며 어둠과 증오 속에서 2회 차를 시작한다.

물론 이 상상이 그대로 일어나는 게 어려운 일이라는 사실을 안 것은 나중의 일이었지만 말이다.

✝ ✝ ✝

암흑신이 적당한 인간의 몸에 넣어 준다고 한 뒤 암흑 속에 얼마나 갇혔을까?

서준아는 밖에 나가면 무엇부터 해야 할지 고민하고 있었다.

그리고 어느 순간 무언가를 느낀다.

'호흡!'

두근!

심장의 고동, 체온, 피로에 젖은 몸의 감각이 하나씩 전해지면서 드디어 살아났다는 실감을 하게 된다.

이윽고 육체가 자신의 것이 됨을 느끼고 자연스럽게 눈을 뜨자 보이는 것은 천막의 천이었다.

"여… 기는?"

목소리가 나오지만 그것은 익숙지 않은 것이었다.

"벤! 일어났어? 다행이야!"

"오오? 벤, 일어났나?"

"죽은 줄만 알았는데 말이야!"

아직 상황을 제대로 파악하지 않았는데, 서준아가 목소리를 내자 주변에 처음 보는 사람들이 몰려온다.

'사람들…….'

대부분 검과 보호구로 무장한 젊은 청년들로, 자신이 일어난 것을 축하해 주고 있었다.

특히 난생처음 보는 초록빛 머리칼을 한 소녀는 눈물을 흘리면서 그의 품에 안겨 온다.

"숨이 멈춰서 얼마나 놀랐다고! 바보! 벤, 잠깐 기다려. 금방 약 가져올 테니까!"

"음……."

서준아는 자신이 그 벤이라는 자의 육체로 들어왔음을 감지한다.

사람들이 몰려와 걱정해 주는 것을 무시하고 우선 자신의 상태부터 확인했다.

'몸의 상태는… 중상이군.'

육체의 상태. 일단 상반신에는 붕대가 감겨져 있고, 힘을 주면 어디가 아픈지 체크하면서 자가 진단을 해 본다.

몸의 상태는 상당히 나쁜 축이었다.

암흑신이 죽어 가는 육체에 들어가게 해 준다고 말했던 것을 기억해 낸다.

'여기저기가 쑤시고 아프군. 아무래도 죽기 직전……. 아니지. 확실히 죽음을 맞이한 육체에 집어넣어졌으니 상당히 심한 상처를 입은 몸이겠지.'

그렇지만 정신을 차린 이후 빠르게 몸 상태는 좋아지고 있었다.

'다행히도 '스킬'들이 작용하고 있어서 빠르게 낫고 있다. 그리고 불평할 순 없다. 이 기회만으로도 감사한 일이니 말이야.'

[스킬:무너지지 않는 불굴이 발동되어 고통을 경감시킵니다.]

[스킬:초용맥이 발동하여 뒤틀린 근골을 맞추고 상처를 치유합니다.]

[스킬:극기가 다친 신체를 치유하고 행동을 지속하도록 돕습니다.]

서준아가 가진 스킬들은 새로운 육체로 갈아타자마자 발동하고 있었다.

덕분에 전신에 감겨진 피에 젖은 붕대들과 죽을 정도의 상처를 생각하면 통증은 가벼운 축이었다.

보통 사람이라면 절규하며 괴로워할 상태임에도 몸을 움직일 수 있을 정도였다.

'하지만 좀 더 시간이 필요하군. 문제는 지금 이 상황인데······.'

"돌아왔어. 어디 보자, 벤. 혹시 더 아픈 데 없어? 괜찮아? 더 아픈 데 없어?"

서준아가 난감한 것은 몸 상태보다도 자신에게 달라붙어 있는 소녀였다.

'성가셔!'

그녀는 이목구비가 조밀하고 귀여운 인상에 신관복을 입고 있는 소녀였다.

그녀는 마치 가족을 걱정하는 듯 자신을 걱정스러운 눈으로 바라보고 있었다.

아마 죽은 줄 알았던 이 몸의 주인이 살아 돌아온 것에 감동하고 있겠지만, 서준아는 그녀가 바라보고 있는 그 사람이 아니다.

'어쩐다? 연기할까? 하지만 난 연기를 잘 못하는데 말이지.'

우직하고 곧은 성격 탓인지 연기력이 좋지 않은 서준아였다.

 애초에 자신의 마음을 숨기고 남을 속일 수 있을 정도로 연기력과 능력에 유도리가 있었다면 동료들에게 뒤통수 맞을 정도로 몰리진 않았으리라.

'하지만 반대로 그것이 있었으면 마왕을 못 잡았겠지.'

 반대로 그것이 없기에 얻을 수 있는 힘이 있었다.

 표리일체. 주변의 누구도 신경 안 쓰고 오로지 스스로 택한 곳만 바라보고 노리는 집념 덕분에 마왕을 쓰러뜨릴 힘을 얻었으니 말이다.

 거부할 수 없는 자신의 운명이었다.

 아무튼 문제는 지금 눈앞의 소녀를 어떻게 대하느냐였다.

"아, 저기… 이제 좀 괜찮아졌어요. 움직일 만하니……."

"어머! 벤, 왜 그래? 혹시 머리가 아픈 거야? 아니면 아직 의식이 덜 회복된 거야? 나 엘렌인데 알아보겠어? 어떻게 하지? 벤이 이상해졌어! 나 엘렌이야!"

'아차차차! 다행이야. 몸의 상태 덕분에 구해졌군.'

 지금도 순간 존댓말을 해 버리는 서준아였다.

 분명 친근하게 이야기하는 투로 그녀가 이 몸의 주인과 친한 관계라는 것을 파악했는데도 표리 그대로 말해 버리는 자신의 본능이 싫어졌다.

'하, 젠장…….'

그러나 다행히도 그녀는 그가 아파서 착각하는 줄 알고 손가락을 흔들면서 의식을 확인하고 있었다.

서준아는 입을 닫고 고개만 끄덕이는 것으로 더 이상 실수하지 않으려고 힘쓴다.

'입 다물고 있자. 괜히 입 열어 봐야 안 좋아.'

"휴우~ 아직 회복이 덜 된 것 같네. 어쩔 수 없지. 죽다 살아난 거니 말이야. 벤, 좀 더 푹 쉬어."

그렇게 그녀는 서준아를 조심스럽게 눕히고 천막을 나간다.

아까 전 실수 이후 아무 말도 하지 않은 덕에 다른 의혹은 생기지 않았을 것이다.

그녀가 나가고, 밖에 아무도 없는 것을 느끼고서야 서준아는 다시 일어날 수 있었다.

"하아~ 남을 속이는 건 못해 먹을 짓이군. 그보다 우선 확인 못한 것들을 마저 확인해야겠지."

엘렌이라는 귀찮은 여자애는 나갔고, 드디어 혼자 있게 된 서준아는 확인하지 못했던 자신의 스킬과 스테이터스를 바라보기 시작한다.

우선 '패시브 스킬'들은 모두 가동 중이었고, 다음은 전투 스킬들이었다.

[보유 전투 스킬 상위 그룹]

(전설)극검술(極劍術) *사용 불가:레벨 부족,
스테이터스 부족

(신화)용투술(龍鬪術):태고룡 *사용 불가:레벨 부족,
스테이터스 부족

(희귀)왕국 검술(王國劍術) *위력 감소:레벨 부족,
스테이터스 부족

"역시나 이 몸으론 사용 불가군. 왕국 검술 하나만 가능한가?"

7년간 필사적으로 익힌 그의 전투 스킬들은 사용할 수 없거나 위력이 감소하는 제약이 붙어 있었다. 전설과 신화급 전투 스킬인 극검술, 용투술:태고룡은 아예 못 쓰고, 왕국 검술도 위력 감소를 감수하고 써야 했으니 말이다.

'레벨도… 다시 1이군.'

스테이터스도 낮아졌지만 레벨은 아예 1인 것에 충격을 받는 서준아였다. 다른 것보다 중요한 것은 레벨이었으니 말이다.

이 육체와 영혼이 연동되지 않는 것 같으니 어떻게 된 일인지 확인해야 했다.

[Lv.1 프라이멀 드래곤 브레이커]

Str:45 Dex:30
Wil:70 Mag:55

 "다시 레벨 1이라……. 스킬은 그대론데 말이지. 스테이터스는 육체와 관련돼서 그런가? 기초 스테이터스는 확실히 높군."
 이러니 본래 '98레벨 대영웅'이 쓰던 스킬들을 쓸 수 있을 리가 없었다.
 그나마 위로가 되는 것은 클래스가 유지되고, 98레벨까지 익혔던 모든 스킬들 역시 그대로 가지고 있어 새로이 투자할 필요가 없어졌다는 거지만 말이다.
 "나쁘진 않아. 오히려 조건으로 치면 다시 살아나는 것보다 우위다. 스탯도 내가 여기 처음 올 때에 비하면 훨씬 좋고, 스킬 포인트가 더 추가되니 말이야."
 도저히 잊을 수 없는 자신의 1회 차 첫 스테이터스를 생각하는 서준아였다.

[Lv.1 모험가]
Str:5 Dex:3
Wil:5 Mag:1

'그거에 비하면 양반이지.'

이세계에 처음 왔을 때의 스테이터스를 기억하며 서준아는 자신의 조건이 더없이 좋은 것을 깨닫고 우선 신체 회복에 힘쓰기 위해 눕는다. 몸이 나아야 무엇이든 할 수 있으니 말이다.

✢ ✢ ✢

'…자려고 하는데 이야기가 들리는군.'

얌전히 누워 있으니 사람들의 목소리가 귀에 들려온다.

"참 나, 그냥 죽어 버리지. 어설프게 살아 가지고 약이랑 식량만 축내고 있어."

"옛날 같았으면 저런 초짜배기, 그냥 산짐승 밥으로 버리면 그만인데……. 이젠 명성이 있어 가지고 그런 것도 못하잖아."

"단장이 하필이면 우리 하인즈 용병단 이름으로 마족과의 전쟁에 참전하고 이름을 높이는 바람에……."

"그래도 덕분에 돈도 많이 받고 여자한테 인기 좋다고 할 땐 언제고~"

다들 벤이라는 청년이 쓰러져 자고 있다 생각해서 험한 소리를 하지만, 그들의 말을 서준아는 빠짐없이 듣고 있었다.

'하인즈 용병단이라는 명칭을 보아하니 게르마니아 제

국인가?'

 그들의 말과 자신의 지식을 뒤져서 이곳의 위치를 가늠하던 서준아는 이곳이 게르마니아 제국이라는 것을 알아챘다.

 대륙을 휩쓴 마족과의 전쟁으로 대부분의 나라와 영지가 통합의 길을 걸어가면서 현재 대륙에 남은 국가는 셋.

 게르마니아 제국, 파르시엔 동맹 연합, 이세니아 왕국이었다.

 '정보의 취합도 중요하지.'

 아무튼 이곳이 게르마니아 제국인 것은 알아냈다. 추가로 놈들과 자신이 하인즈 용병단의 소속인 것도 알아냈고.

 계속해서 이야기를 듣는다. 아무래도 놈들의 이야기 주제는 자신인 것 같았으니 말이다.

 "하여간 그 엘렌인지 하는 계집애만 아니었으면 당장 저 시체 녀석을 버리고도 남았을 텐데······."

 "상반신의 3분의 1이 잘려서 덜렁거렸으니 말이야. 솔직히 지금 억지로 생명 이어 가는 것일걸?"

 "그 계집이 고향 친구에 소꿉친구랍시고 앵앵거리니까 어쩔 수가 있어야지."

 그들은 짜증을 내면서 자신이 병상에 누워 있는 게 마음에 들지 않는다는 투로 말을 나누고 있었다.

 아까 전 눈을 떴을 때 반겨 주었던 것과는 다른 태도였다.

용병들 성향이라는 게 결국 건달패와 차이가 크게 없었으니 말이다. 벌이가 시원치 않거나 수틀리면 도적이나 산적으로의 전직도 순식간이다.

'하인즈 용병단이면 나도 들어 봤을 정도로 이름 있고, 마족과의 싸움에서 기적을 만든 곳인데······.'

그 용병단과도 함께 작전했던 기억을 떠올리는 서준아였다.

'···하긴 커다란 조직의 말단들이 모두 위에 녀석들 같을 리 없지.'

"기왕 이렇게 된 거 저놈은 그냥 죽게 하고 그 계집애나 XX해 버려? 어차피 저놈, 돌아가도 몇 년은 요양해야 할 팔자인데 말이지. 거의 병신 확정인데 말이야. 시골 촌놈이라 고위 신관에게 치료받을 돈도 없을 테고."

보통 사람이라면 충격받을 이야기였지만 서준아는 별다른 감흥이 없었다. 이미 이곳에서 질릴 만큼 살아 봤기에 질서와 도덕관념이 현대에 비해서 모자란 현실을 알고 있었기 때문이다.

신분제가 자리 잡고 있고, 무력에 의해 지배되는 야만적인 세상이 이곳이었다.

'이세계 판타지의 환상은 깨진 지 오래지.'

"그거 괜찮은데? 하긴 나도 여기 올 때 그 세상 물정 모르는 애새끼가 여자애랑 꺅꺅거리는 게 꼴 뵈기 싫었어. 그래서 놈이 코볼트의 도끼에 당하는 걸 보고만 있었지."

심지어 이 청년이 죽음에 이르는 상처를 입은 게 그들의 짓이라는 것까지 듣게 되는 서준아였다.

"너 완전 쓰레기네. 하하하! 그런데 우리 셋만 하기는 좀 그런데?"

"아마 우리 부대장도 허락할걸? 애초에 그 초짜 녀석이랑 걔 여친을 받은 게 죽이고 여자애 팔아먹으려고 했던 거니 말이지. 저기 누워 있는 초짜 녀석은 자기를 죽이려고 데려온 줄도 모를 거야. 하하핫! 안 죽어서 문제지만 말이지."

"이름이 알려진 용병단이라는 게 이런 때 도움이 되네."

'과연, 그런 과정을 거쳐서 이 육체의 주인이 죽은 거군.'

모험가를 동경한 시골 소년이 소꿉친구와 함께 도시에 상경해 용병단에 들어와서 모험을 시작하는 흔한 이야기였다.

그러나 다른 점은 이 부대의 대장이 소꿉친구인 소녀를 노리고, 소년을 죽음에 몰아넣고 산짐승의 밥으로 줄 계획이라는 것.

'흔히 희생당하는 초보 모험가의 공식 중 하나군. 구역질 나는 자식들인 건 틀림없으니 이렇게 된 이상 누워 있지만 말고……. 아니지. 잠깐, 잠깐, 잠깐만! 멈춰 봐!'

평소 하던 대로 저 쓰레기 같은 놈들이 마음대로 하지 못하게 하려다가 멈추는 서준아였다.

그는 본능대로 움직이다가 생각을 멈추고 자기 자신에게 말을 건다.

자신이 지금 무엇을 하러 여기에 왔는지 다시 생각해야 했다.

'내가 어떻게 죽었는가? 내가 무엇을 하려 여기에 왔는가? 또 누군가를 구하기 위해 온 것은 아니다. 그래, 나는 지금 복수하러 왔다. 이곳의 인류, 위선적인 세상을 불태워 놈들이 절망하는 얼굴을 보기 위해서 왔다.'

자신은 그냥 되살아난 것이 아니라 암흑신의 사도로서 임명받고 복수를 위해서 온 것이다. 그러니 분노에 좀 더 집중해야 했다.

세상을 불태우고 사람들의 비명과 절망, 죽음을 불러일으켜야 하는 자다.

'…그런데 사람을 구한다는 건 웃긴 일이지. 생각 구조를 바꿔야만 해.'

암흑신의 세력도 부활시켜야 하는 임무도 있으니 지금부터라도 정의로운 마음을 죽여 어둠으로 물들일 필요가 있었다.

소위 말하는 사이코패스? 그런 식으로 정신 구조를 바꿔야만 했다.

'음, 내키진 않지만 그러는 게 맞겠지?'

고로 서준아는 엘렌이라는 소녀가 당하는 것을 방조하고

떠나기로 결심한다.

✣ ✣ ✣

다음 날.
"벤, 일어났으면 밥 먹어. 죽 끓여 왔어."
"어……. 응."
엘렌이라는 견습 신관 소녀는 침대 위에 누워 있던 소꿉친구를 일으키고는 죽이 든 그릇을 준다.
힘없이 일어나 대답하며 그릇을 받는 벤의 모습에 소녀는 슬플 지경이었다.
그녀는 슬픔이 올라오는 것을 간신히 억누르며 그에게 미소 짓고 있었다.
'그토록 활기차던 애였는데…….'

'나는 모험가가 돼서 이름을 날릴 거야! 엘렌, 꼭 지켜봐 줘!'

하지만 지금은 기운이 하나도 없었고, 금방이라도 죽을 듯한 얼굴로 자신에게 시선을 맞추지 않고 있었다.
그녀는 자신감 넘치던 소년이 죽을 위기를 맞아 현실을 깨달은 것이라 생각하고 다른 언급을 하지 않는 중이었다.
"아……. 미안."

툭…….

 활기차던 그녀의 기억과 다르게 죽을 두세 숟갈 먹다가 떨어뜨리는 벤의 모습.

 그는 천천히 고개를 내리면서 어리둥절해하다가 다시 침대에 드러눕는다.

 엘렌은 그 모습에 더욱 슬픔이 몰려왔지만 끝끝내 참으며 떨어진 죽 그릇을 치운다.

 "나 좀 더… 잘게."

 "어, 응. 그래. 아직 식사는 무리였던 것 같아. 대신 자고 일어나면 꼭 먹어야 해. 알았지?"

 "응……."

 힘없는 소꿉친구의 말에 그녀는 억지로라도 기운을 내 밝게 말했지만 천막을 나오자마자 눈물이 쏟아진다.

 어디서부터 잘못된 것이었을까?

 그가 모험가를 동경했을 때부터?

 마을 밖으로 나가는 것을 막지 못했을 때?

 아니면 코볼트를 잡아 주겠다면서 하인즈 용병단에 들어가려는 걸 막지 못했을 때?

 '간신히 응급조치를 해서 살리긴 했지만, 제대로 상태를 알려면 신전으로 가서 신관님에게 보여야 할 텐데…….'

 그녀는 벤이 당할 때의 광경을 생각한다.

 어깻죽지에 도끼가 꽂혀 뼈가 잘리는 게 보일 정도로 상처가 심했지만, 빠르게 응급조치를 하고 상처를 '힐'로 봉합한 덕에 살리는 데는 성공했다.

한순간 멎었던 호흡이 간신히 돌아왔을 땐 얼마나 조마조마했던가?

그러나 조치가 개판인 만큼 후유증 및 부서진 뼈로 인한 이상이 생길까 걱정하고 있었다.

"어라? 엘렌 견습 신관님 아니야? 휴휴~ 오늘도 귀엽구만~ 남친님 상태는 어때?"

"아, 예. 이제 일어나서 식사할 정도예요. 얼마 안 있으면 움직일 수 있을 거예요."

그녀는 자신에게 말을 거는 용병에게 명백한 거짓말을 하고 있었다. 벤은 그녀가 알기로 죽기 직전의 상처를 입고 오늘내일하는 판국에 이제 막 삶의 기로에 들어선 것이었으니 말이다.

하나 그녀가 거짓말을 한 이유는 바로 용병단원들이 자신을 바라보는 눈빛이 너무나 무섭고 불안했기 때문이다.

'걱정 마! 하인즈 용병단이면 마왕의 군대와도 싸운 정의로운 곳이잖아. 걱정할 필요 없어!'

'하아……. 바보 벤! 이런 사람들이 어디가! 불량배나 다름없잖아!'

마을에서도 어르신들이 이들을 바라보는 불쾌한 시선을 잘 아는 그녀는 이들의 묘한 시선과 소꿉친구가 쓰러진 상황에 불안감을 느끼고 있었다.

지금 이곳에 의뢰를 하러 온 무리는 자신과 벤을 포함해서 총 8명이다.

즉, 6명이 하인즈 용병단 소속 사람들로 자신 말고도 여성 1인이 있긴 하지만 그녀랑은 별로 친해지지 못했다.

'…불안해 미치겠어. 벤도 쓰러져 있지, 여기 사람들은 다 무섭고 시선도 이상하지. 나 어떡해.'

"흐흐! 오늘 동료들이 코볼트 잔당을 토벌하면 임무도 끝나서 저녁에 간단한 술자리 할 건데, 어때에?"

"저, 그게… 벤을 돌봐야 할 것 같아서……."

"하하! 환자는 푹 자게 두는 게 최고라고~ 게다가 첫 임무를 끝낸 기념이라는 것도 있잖아. 안 그래, 엘렌? 꼭 참여하라고~ 단장이랑 모두에게 이야기했으니 말이야."

겉으로는 호쾌하게 웃으면서 제안하는 듯했지만 느껴지는 압박감과 두려움은 장난이 아니었다.

엘렌은 떨면서 이대로 가면 자신이 어떤 꼴을 당할지 예상하고 있었다.

견습 신관이 되기 위해 신전에서 교육을 받았을 때 용병들과 일할 땐 조심하라고 했었다.

그러나 그의 소꿉친구가 막무가내로 일을 받아 버리는

바람에 이런 상황이 되어 버린 것이 후회스러웠다.

'어쩌지? 벤을 놔두고 갈 수도 없고……'

이곳은 외딴 숲에 자리 잡은 야영지. 근처의 코볼트 부락을 토벌하기 위해서 친 곳으로 가까운 마을까지는 반나절이나 걸린다. 밤에는 야생동물이나 몬스터도 나오는 곳이라서 혼자 도망가기도 힘들었다.

이런 상황에서 누구에게 도움을 청할 방법도 없다는 것에 한없이 불안감이 솟아오르는 그녀였다.

'신이시여……'

신관답게 하늘을 보며 신을 찾아보지만 투명한 하늘은 아무 대답 없이 구름만 흘려보내고 있었다.

아무렴 마왕을 쓰러뜨린 전설의 용사가 부조리하게 죽는 것조차 무시한 신이 고작 동네 견습 신관 소녀의 말을 들어줄 리 만무했다.

'벤, 우리 이제 어떻게 해야 하는 거야? 바보. 제발 좀 일어나 봐.'

"……"

이런 사태를 불러온 모험을 강행한 소년을 원망해도 되련만, 그녀는 비탄에 빠지면서도 잠들어 있는 친구를 걱정하고 있었다.

"어~ 수고했어. 새끼들까지 다 처리했지?"

"예. 말끔하게 쳐 죽였습니다."

2회 차 튜토리얼 • 101

"주변 수색 끝내고 왔습니다. 몬스터라곤 한 마리도 없고, 흔적도 없습니다."

"오늘 저녁에 한잔하자고~ 오는 길에 큼직한 멧돼지도 잡아 왔으니 말이야."

"제발 오늘 저녁엔 불침번에 걸리지 않기를……."

밖은 이제 막 일이 끝난 용병들의 즐거운 목소리로 떠들썩한 분위기였다.

일도 마쳤고, 주변의 안전까지 확보된 이상 오늘 저녁 연회를 벌이는 것에 주저함이 없으리라.

그리고 그 떠들썩함과 한 잔씩 건네지는 술의 취기에 지는 순간 자신은 그들의 먹이가 되어서 욕구를 해소하는 데 쓰이리라.

'내가 심하게 걱정하는 것이었으면 좋으련만……. 하인즈 용병단이면 대륙에서도 알아주는 곳이라고 벤이 그랬으니까…….'

스스로가 민감하게 반응하는 거라고 몇 번이고 변명하고 싶었지만, 그녀는 어린 시절 마을이 마족들과 몬스터들의 침입을 받았던 적이 있었다.

마을을 유린하고, 남성은 죽여 고기를 먹고, 여성은 범하는 참혹한 광경이 가슴에 남아 있었다. 그리고 지금 그 광경이 계속 떠올라 마음이 심란해지는 그녀였다.

"……."

시간이 지나는 것이 무섭고, 해가 져 가는 것이 두려웠다.

모닥불이 켜지고, 그 위에 손질된 멧돼지가 올려지고, 술통이 자리 잡아 가는 광경에 불안과 초조가 마음에 자리 잡는다.

어떻게 해야 할지 모르는 혼란이 증폭되어 가지만 아무것도 할 수 없다.

도살장으로 천천히 끌려가는 소처럼 알면서도 슬픈 감정만 터뜨리며 기다리는 것밖에 하지 못했다.

결국 그녀에게 남은 선택지는 체념이었다.

'그래. 더러워져도 벤을 살리고 마을로 돌아갈 수 있으면 다행일지도 몰라. 매년 수많은 이들이 모험을 동경하지만 살아남는 것도 힘든 경우가 많으니 말이야.'

체념과 자기합리화. 인간의 정신이 스스로가 무너지려는 것을 막기 위해 자연스럽게 흘려보내는 방어 기재였다. 분노와 원망도, 용기도 없는 그녀는 이제 훌륭하게 도살장으로 행차할 준비를 마치게 된 것이다.

살아남기만 한다면… 하는 작은 희망과 함께…….

몸이 더러워져도 누군가를 살린다는 의의와 함께…….

자신이 곧 짓밟힌다는 것을 알아챈 이성과 함께…….

가슴에 품고, 저녁때를 맞이하게 된다.

손질해서 배 속에 향신료를 가득 채운 멧돼지가 기름과 향기를 내뿜으며 탐스럽게 익어 가고, 주변에서는 떠들썩한 목소리와 함께 술판이 벌어진다.

보초를 서는 인원 1명을 제외하고 5명의 거친 남성들이 신나게 떠들고 있었다. 주변의 안전을 확보했고, 일도 마쳐서 내일 돌아가는 일만 남았으니 말이다.

"흐하하! 예상보다 일이 빨리 끝나서 좋군. 이봐, 엘렌, 일로 와서 같이 한잔하자고~"

"예에……. 저, 그래도 신관이 될 몸이라서 술은……."

"정식이 되기 전이면 마셔도 돼. 자자, 쭉 한 잔 하라고~"

서글서글한 척 술잔을 건네는 용병대 대장이었다.

웃으면서 말하는 모습에 반박을 못하고 억지로 받자, 옆에서는 커다란 술통을 들어 잔에 술을 붓는 다른 용병이 보인다.

언뜻 보기엔 정말로 일을 마치고 즐겁게 노는 분위기였지만 그들의 눈빛 속에 담긴 의도를 이미 알아챈 엘렌이었다.

'…역시 그때 마을에 침입했던 몬스터들의 눈빛과 똑같아.'

"자자, 쭉 들이켜라고~ 대장이 주는 술이지 않나! 하하하!"

비록 세상 물정은 몰라도 약육강식에 대해서는 깨달은 엘렌은 이미 그들의 눈빛이 고기를 간절히 바라는 굶주린 짐승들 같다는 것을 알아차릴 수 있었다.

게다가 자신 말고 홍일점이었던 여성 용병이 보초를 선다는 명목으로 이 자리에 빠져 있음이 그 추정을 진실로 만들고 있었다.

"뭐 해, 어서 안 마시고? 에이! 고작 한 잔이야, 한 잔!"

"아, 아뇨. 그게… 그게……."

독한 알코올 냄새가 올라오는 잔을 잡고 덜덜 떠는 엘렌.

약 같은 것을 탄 기색은 없지만 도수가 강렬한 만큼 평소 술을 마시지 않는 자신은 분명 한두 잔에 인사불성이 될 것이다.

그렇기에 본능은 마시지 말라고 하고 있었지만, 주변에서 그녀를 규탄하는 목소리가 들려온다.

"마셔라! 마셔라! 엘렌! 마실 수 있는 것도 지금뿐이라니까!"

"뭐야? 지금 우리 성의를 거부하는 거야?"

"초보 모험가인 너희를 이렇게나 챙겨 준 우리인데 말이야! 아앙?"

"남친 어깨가 이렇게~ 찢어진 걸 고쳐 준 것도 우리인데? 무시하는 거냐고!"

다들 벌써 취기가 든 건지, 아니면 자신들의 의도를 눈치챘다는 것을 알아챈 건지 몰라도 분위기가 과열되면서 점점 말투도 거칠어져 가고 있었다.

이 고압적인 분위기. 유일하게 말려 줄 대장이라는 남자의 얼굴을 쳐다보았지만 그는 아무것도 모른다는 듯 멧돼지에 칼질을 하면서 다리를 뜯어내고 있었다.

"빨리 마시라고!"

"그래! 흐흐흐…… 빨리빨리!"

"그것참, 누가 시골뜨기 아니랄까 봐 분위기 겁나 모르네!"

피 냄새를 맡은 맹수처럼 그녀를 노려보면서 흥분하기 시작하는 용병단원들.

엘렌은 그 압박과 공포를 못 이겨 결국 잔을 서서히 입으로 가져가기 시작했다.

'어떡하지? 무서워, 벤……. 도와줘……. 누가 좀 도와줘.'

체념했다곤 해도 막상 상황이 닥치니 무서운 것 또한 사실.

천천히 잔을 입으로 가져가면서 그녀는 마지막으로 구원을 요청해 보지만 외딴 숲의 밤에 도와줄 사람은 없었다.

이제 남은 선택지는 하나뿐. 차라리 모든 것을 보지 않아도 될 정도로 마셔서 의식을 잃어버리는 것뿐이었다.

'벤……!'

의식을 잃으면 고통도, 아픔도 없고, 괴로운 시간도 모두 지나 있을 것이다.

눈을 뜨면 분명 자신의 몸은 더럽혀져 있겠지만 그래도 살아만 있으면 친구와 함께 돌아갈 수 있을 것이다.

두 눈을 꾹 감고 독한 술을 목으로 흘러 넘기려는 순간…….

툭! 데구르르…….

한창 분위기가 고조되던 사이, 땅에 무언가 떨어지는 소리가 들리더니 사람의 그림자 사이로 무언가가 굴러온다.

그림자에 가려져 잘 보이지 않는 동그란 무언가의 정체를 밝히기 위해 횃불을 비추자 용병단원 하나가 깜짝 놀란다.

"흐이이익! 이, 이거! 머리! 사람의 머리야!"

길고 붉은 머리칼을 가진 여성의 머리. 두 눈을 까뒤집어 흰자위를 보이고 혀를 내민 사람의 머리였다.

잘린 목 부분에서는 피가 흘러내리고 있어 금방 죽었다는 것을 알 수 있었다.

"이거 에스델의 머리잖아!"

"뭐야! 누구냐! 몬스터냐?"

"주변 수색 빨리 실시해! 뭐야? 횃불 비추고! 저쪽에서 굴러왔어!"

베테랑 용병들답게 위협이 다가오자 행동이 빨랐다.

엘렌은 잔을 내려놓으며 지금 이 상황이 꿈인지 생시인지 구분을 못할 정도로 어안이 벙벙해 있었다.

이 상황을 좋아해야 할지 말아야 할지 몰랐지만, 그래도 자신의 여성으로서의 처형이 미루어졌다는 점 하나는 좋아할 수 있었다.

"저기야! 찾았다! 저놈이다!"

"몬스터가 아니야! 사람인 것 같은데?"

"뭐지? 누구야?"

횃불과 무기를 들고 동료를 죽인 이를 찾던 용병들의 앞으로 나타난 그는 불만 가득한 눈빛과 얼굴을 하고 있었다.

"…하아~ 결국 참지 못하고 저질러 버렸군. 내 인내심이 이 정도로 약할 줄이야."

그의 정체는 엘렌도 아는 사람이었다. 아니, 모를 수가 없었다.

'벤?'

그곳에 서 있는 것은 오늘 낮까지만 해도 죽을 듯이 쓰러져 있던 소꿉친구의 모습이었으니 말이다.

저녁 식사 10분 전…….

'제길!'

너 자신을 알라.

서준아는 오랜만에 이 말을 기억해 내면서 입맛이 쓴 것을 느끼고 있었다.

스스로가 이렇게 멍청하고 벽창호일 줄은 몰랐다고 생각하면서 자신이 친 사고의 결과물을 바라보았다.

"자기 자신이 이렇게 한심하고 나약하다는 걸 알게 될 줄이야."

목이 잘린 채 죽은 여성의 사체 앞에서 자신의 나약함을 토로하는 것도 기괴한 일이었다.

거기에 피에 젖은 검이 달빛을 반사시키는 모습을 보며

서준아는 외양은 다르지만 자신으로 인지하고 있었다.

"이거 골치 아프네."

지금 문제는 다른 몸으로 갈아타서 생긴 것이 아니었다.

시체를 앞에 두고 한심하게 중얼거리는 이 모습은 누가 봐도 사이코패스라는 생각이 들겠지만, 생각과 다르게 오히려 서준아는 자기 자신이 그 사이코패스 같은 인종이 되었으면 하고 소망한다.

그러면서 아까 전 이 시체가 했던 말을 떠올린다.

'…흐응~ 그 시골뜨기 년이 앙앙대는 것도 볼만하겠네. 보초를 맡아 줄 테니 실컷 욕구나 충족시키라고~'

"하필 거기서 열이 받아 버려 가지고. 못 참아 버렸군."

서준아의 당초 계획은 그들의 악행을 지켜보면서 엘렌이라는 소녀의 절망과 비명을 자신의 복수를 행하는 마음의 양식으로 삼는 것이었다.

그러나 사람의 마음과 성격이라는 건 그렇게 쉽게 바뀌는 것이 아니라는 걸 지금 깨닫는다.

"빌어 처먹을!"

고작 사람 하나 강간당하는 꼬라지를 참지 못해서 그것을 비아냥거리던 년을 죽였으니 말이다.

자신은 분노와 복수심, 증오를 대가로 암흑신에게 인정

받아 이 세상에 다시 나타났다.

세계를 불태우고 자신을 이용해 얻어 간 모든 것을 돌려받을 속셈으로 온 것이었다.

"이건 아니야."

그런데 이 꼴이 뭔가?

이 상황이 뭔가?

자신이 저지른 짓은 뭔가?

정의의 파편이요, 훌륭한 선의에서 나온 행위였다.

그야말로 용사다운 행동 그 자체였다.

마음을 죽이지 못하고 행동해 버렸다. 아니, 육체가 오랜 습관처럼 멋대로 움직인 것이다.

이건 마음속 깊은 곳부터 뿌리 깊게 박혀 있는 선정(善情)의 문제였다.

'7년간의 용사질로 판단이랑 성정이 굳어진 게 문제군. 빌어먹을!'

오히려 이세계에 처음 온 상태였다면 좀 더 능숙하게 참으며 비겁해질 수 있었으리라. 자신은 나약하다고 자기 합리화를 시키며 말이다.

'쉽게 바뀌는 게 아니군.'

하지만 7년간 집으로 가겠다는 일념하에 검과 육체를 단련하여 마왕을 쓰러뜨릴 정도로 굳건해지니, 심성 또한 그에 맞춰 악(惡)과 비겁을 참지 못하게 되었다.

그의 마음은 이미 땅속에서도 찬란함을 유지하는 금강석처럼 너무 올곧아져 있었다.

"제길! 제길! 제길! 제기일! 나 자신부터 어떻게 해야 할 판이군!"

집념을 통해 얻지 못할 재능과 힘을 얻은 만큼 한 번 마음먹은 일은 잘 바꾸지 못하는 체질이 된 건 알았지만, 이 정도일 줄은 몰랐다고 생각하는 서준아였다.

이 정도면 강박관념이나 결벽증에 가까운 일이었다. 실제로 이 여자의 목을 쳤을 때는 하루 종일 참던 똥을 쌀 때만큼이나 시원했으니 말이다.

"하아~ 아무튼 이 건은 나중에 생각하고, 이 여자는 어떻게 하지? 아, 일단 소지품 챙길 거 챙기자."

후회한들 이미 사고는 벌어졌다. 시간을 되돌릴 수 없는 이상 일어난 일을 받아들이고 해결책을 강구해야만 했다.

그는 능숙하게 목이 없는 시체에서 소지품을 뒤져 쓸 만한 것들을 찾기 시작한다.

허리에 매여 있던 숏 소드부터 시작해서 돈주머니, 지도, 가죽 갑옷까지 싹싹 긁어서 챙기고, 품에 있던 검은 빵과 고기를 입에 털어 넣어 식욕도 채운다.

[레벨 업을 하셨습니다. 레벨 7이 되셨습니다.]

"아, 맞다. 나 아까까지 1레벨이었지? 그래서 그런가? 레벨까지 올랐군. 냠냠! 그나저나 먹을 게 이것밖에 없나? 배가 아직 고파. 돈도 약간 있긴 하군."

 돈주머니까지 싹 챙기고 무장도 다시 한 서준아는 이제 어떻게 해야 할지 고민하기 시작한다.

 지도도 있는 만큼 도망가는 것도 문제없다. 무장도 충분했고, 몸도 운신이 가능할 정도로 회복되어 있어서 이대로 조용히 떠나는 것도 상관없었다.

 '조용히 마을로 떠날까나? 밤이라도 다 보이니 말이지.'

 '초감각' 스킬 덕분에 야간에도 낮처럼 볼 수 있는 시야를 가지고 있어서 움직이는 데 큰 무리가 없었다.

 몬스터들이 달려들어도 오히려 레벨 업을 도와주는 일이다.

 레벨은 비록 7이더라도 그 안에 있는 영혼은 7년간이나 이 망할 이세계를 돌아다녔던 경험과 스킬을 가지고 있었으니 말이다.

"하하하! 자, 다들 마셔!"

"알겠습니다!"

 그렇게 떠나려고 생각하는 순간, 불이 피어오르는 곳에서 냄새와 용병들의 목소리가 들려온다.

 맛있는 향기와 떠들썩한 소리, 쌓아 둔 술통의 모양. 아무래도 오늘 일을 마치고 한잔하는 것 같았다.

 '맛있겠군. 향초와 버터를 멧돼지 배 속에 넣어서 구운 건가? 냄새만으로도 배가 고파지네. 아……!'

그리고 발견한 한 명의 소녀.

녹색 머리칼의 소녀는 불안한 표정으로 두려워하고 있었다.

주변에 있던 용병들은 그녀에게 술을 권하고 있었다.

이미 텐트에 누워 있는 동안 다 들은 만큼 그들의 목적이 무엇인지는 뻔했다. 이대로 술을 먹여 저항력을 약하게 만들어서 범할 생각이다.

'…행여나 반발하려고 하면 쓰러져 있는 소꿉친구를 인질로 삼을 수도 있으니 말이야. 그렇지만 나는 이제 어쩌지?'

서준아의 이성은 이대로 조용히 마을로 사라지는 게 좋다고 판단했다.

저들도 일단은 하인즈 용병단. 순찰하던 이가 죽는 것과 팀 하나가 전멸하는 것은 이야기가 다르다.

자신과 저 엘렌이라는 소녀가 죽을 운명이라는 것을 생각하면 여기 쓰러진 여자 용병 하나 추가된 것이니 놈들이 알아서 은폐해 주겠지만, 만약 전멸하게 되면 용병단에서 조사하러 나올 것이다.

'즉, 판단을 쉽게 해 보면 여기서 나 혼자 도망가는 것이 이후에도 유리해.'

자신들이 저지른 일을 감추기 위해 남아 있는 용병들이 자신의 인적을 알아서 소멸시켜 줄 것이기 때문이다.

더구나 자신은 이곳에 놀러 온 것이 아니라 암흑신의 수하로서 복수하러 온 것이다.

그러려면 최대한 사람들에게 알려지지 않고 조용히 암약하는 것이 우선이라 생각하지만…….

"어느새 이쪽으로 가고 있었지?"

생각과 말은 그래도 몸은 이미 에스델이라는 년의 머리를 들고 놈들의 야영지로 가고 있던 서준아였다.

이러면 안 된다. 코볼트 무리를 쉽게 토벌할 정도로 경험이 많은 이들이라면 분명 강할 것이다. 심지어 그런 이들이 5명이나 있다.

반면 자신은 지금 레벨 7이고, 무장도 형편없다. 그러니 여기서는 당연히 물러나야…….

'아니지. 물러날 필요 없잖아. 네 스탯을 봐. 아니, 설사 스탯이 낮고 약했어도 네가 그리 심각하게 생각하는 체질이었어?'

열심히 자기 합리화를 하려 했지만 숏 소드를 움켜쥔 손이 스스로에게 말하고 있었다.

육체는 타인의 것이었지만 이미 영혼에 동화된 듯 근육이 떨리고 가슴은 빨리 뛰기 시작하며 불쾌감이 올라온다.

육체는 영혼을 움직여 서준아라는 사람이 어떤 자인지 다시 깨닫게 한다.

"맞아. 이리저리 생각하면서 손익을 따지는 건 내 스타일이 아니지. 손익을 따졌으면… 이 모양이 되지 않았겠지."

마왕을 잡기 위해 인간의 한계를 넘으려고 집중했던 그는 무모해도 그것이 정답이면 어떻게 해서든 도달하기 위해 달리는 자였다.

그 안에 합리나 계산은 일절 없었다. 그저 도달할 때까지 달리고 볼 뿐이었다.

서준아의 결심은 빠르게 떨어진다.

"가자."

자신의 사정은 나중에 생각하고, 우선은 본능과 하고 싶은 것부터 해결하기로 결정한다.

그리고 막 술잔을 입에 대려는 엘렌과 용병들 사이로 에스델이라는 여자 용병의 머리를 굴리며 나타난다.

"저기야! 찾았다! 저놈이다!"

"몬스터가 아니야! 사람인 것 같은데?"

"뭐지? 누구야?"

"…하아~ 결국 참지 못하고 저질러 버렸군. 내 인내심이 이 정도로 약할 줄이야."

서준아가 먼저 모습을 드러낸 이유는 간단하다. 적의 방심을 유도하기 위해서였다.

일반적으론 어둠 속에서의 기습이 공격하기 가장 좋았지만, 이번 경우는 자신의 육체가 특별한 점을 생각해서 짠 책략이었다.

"뭐야? 벤이잖아?"

"이 자식! 설마 에스델을 네가 죽인 거냐?"

"아뇨. 몬스터가 말이죠. 저쪽에서……."

지금 서준아의 외양은 '벤'이라는 초보 모험가. 그것도 저들의 함정에 말려들어 죽을 정도로 다쳤던 자다. 머리를 가져왔지만 결코 멀쩡한 용병을 죽일 정도는 아니었다.

"몬스터라고?"

"어디? 어디야?"

"제길!"

그들은 서준아를 위협 순위에서 낮게 보고 있었기에 주변을 돌아보면서 주위 경계를 시작했고, 일어나서 흩어진다.

이 육체의 주인인 벤이라는 남자의 상태를 생각하면 병상에 누워 있다가 일어나서 몬스터에게 당한 동료의 머리를 들고 온 것이라고밖에 판단할 수 없었다.

'지금!'

탁! 푸욱!

그렇게 방심하는 타이밍을 노려 서준아는 자신 쪽으로 다가온 용병 하나의 심장을 노리고 숏 소드를 들어 찌른다.

아직 갑옷을 입지 않았기에 급소를 찌르자 그는 피를 흘리며 그대로 땅에 쓰러진다.

"커억!"

숨이 빠지는 단말마를 내뿜은 녀석은 분한 얼굴이었다.

그제야 용병들은 정신을 차리고 서준아가 적이라는 것을

인식한다.

하지만 그는 찰나의 틈조차 주지 않기 위해 이미 지체 없이 움직이고 있었다.

✢ ✢ ✢

"네놈! 이게 무슨 짓……!"

서걱!

말을 마치기도 전에 서준아는 틈을 주지 않고, 바로 옆에 있던 다른 용병 녀석의 목을 베어 낸다.

그리고 목이 잘린 채 절명하는 그를 놔두고 계속해서 움직인다.

"이 자식! 움직이지 마! 여기 네 여자가 어떻게 돼도……. 크아악!"

"도망쳐!"

"아, 예!"

서준아는 다급하게 인질극을 벌이려는 녀석에게 숏 소드를 던져 팔을 맞힌 뒤 도망치라고 외치고는, 신속하게 죽은 녀석이 쓰던 워해머를 집어 든다.

처음 써 보는 부류의 무기였지만 '기프트 스킬' 덕분에 무엇이든 쓸 수 있었다.

'딱 잡히는군.'

손에 감각을 느끼면서 서준아는 오랫동안 쓰던 무기인 양 워해머를 잡고 달려간다.

남은 셋은 무기를 들어 대응할 자세를 잡고 서준아를 노려본다.

"이 망할 자식이! 은혜도 모르고!"

"네놈이 지금 무슨 짓을 한 건지 모르냐? 우리 하인즈 용병단이야!"

"죽여 버리겠어!"

단장과 남은 두 용병은 그를 노려보면서 살의를 피웠지만 서준아는 전혀 두렵지 않았다. 애초에 마족이나 거대한 몬스터와도 맞선 그에게 있어 일개 용병들의 발악은 병아리가 삐약대는 것만 못했기 때문이다.

'경험이 아니더라도 이 상태면 겁낼 이유가 없지.'

[레벨 업!]

[Lv.15 프라이멀 드래곤 브레이커]

성장 계수 Lv당 Str:10, Dex:7, Wil:10, Mag:5

Str:185　Dex:128

Wil:210　Mag:125

'최종 클래스로 1레벨부터 시작하니 성장력이 엄청나군.'

레벨 7 때도 성장 계수만큼 스탯이 올라서 높아졌지만, 추가로 2명을 더 죽이자 그들로 인한 경험치 덕분에 단숨에 레벨이 15까지 올라간 것이었다.

질이 나쁜 것과 달리 강함의 수준이 높은 용병인 건지 경험치가 짭짤했다.

'예전과는 너무 다르군.'

최악의 능력치와 성장력을 가진 '모험가'나 '왕국 병사'였을 때와 달리, 지금은 '프라이멀 드래곤 브레이커'라는 최종 클래스의 성장 계수가 1레벨부터 적용되니 도저히 15레벨이라고 할 수 없는 능력치가 되어 있는 것이다.

'지는 게 힘들다는 것이 이런 거군. 어떻게 요리할지가 우선인가?'

결론부터 말하자면 이제부터는 지고 싶어도 질 수가 없었다. 인질로 삼을 만한 엘렌이라는 애도 잘 도망쳤고 말이다.

"뭐가 좋아서 쪼개고 있는 거냐? 이 자식……!"

"아~ 이미 이긴 셈이라서 말이지."

"흥! 헛소리 작작 해라! 어설픈 놈이! 제 것이 아닌 걸 제대로 다룰 수 있을 것 같으냐!"

'보통이라면 맞는 말이긴 한데…….'

도끼를 들고 뛰어오는 녀석을 보며 서준아는 워해머를 고쳐 잡고 공격에 대비한다.

머리 위로 올려 힘을 가득 실은 도끼질.

서준아에겐 느리다 못해 슬로우 모션으로 착각할 정도의 속도였다.

'나한텐 아니라서 말이야.'

"크아아악!"

무식하게 달려오는 걸 피하고 어깨로 밀어 넘어뜨린 다음, 그를 따라 들어오는 이의 무기를 들고 있던 워해머를 휘둘러 튕겨 내 맨손으로 만든다.

"빠, 빨라! 크억!"

콰직! 빠아악!

마왕까지 잡고, 수천수만의 마족들을 쓰러뜨렸던 그가 일반 용병들의 머리통을 부수는 건 병석에 누워 병자인 척하는 것보다 더 쉬웠다.

아마 이들을 죽이는 것보다 바퀴벌레를 잡는 일이 더 어려울 거라고 생각하며 서준아는 무기를 고쳐 잡고 자세를 무너뜨린 이들의 모습을 바라본다.

'쉽네. 참 쉬워. 죽이면 땡이니 말이지.'

"자, 잠깐만! 사, 살려 줘!"

"크아악!"

그리고 먼저 넘어뜨린 녀석의 머리를 워해머로 찍고, 다른 녀석은 도망치려 하기에 목 뒤쪽에 워해머를 던져 마무리했다.

둘의 죽음이 확인된 건지 경쾌한 레벨 업 소리가 머릿속에 들려온다.

[레벨 업!]

"히, 히익! 제, 젠장! 도대체 어떻게 된 영문인진 모르겠지만 자, 잘못했어! 제발 살려 줘, 벤!"

부하들이 다 죽으니 남은 대장 녀석은 울상이 된 얼굴로 서준아에게 엎드려 빌고 있었다.

용병다운 처세술이라고 해야 할까?

익숙한 광경을 보는 듯 서준아는 무표정한 얼굴로 단호하게 대답한다.

"거절하지."

"그……. 아악!"

콰직!

그대로 땅에 떨어져 있던 도끼를 들고 휘둘러 머리를 깨부숴 버렸다.

서준아는 용사지만 마족, 악마만 죽여 온 것이 아니었다. 대륙의 각종 이권 다툼과 집으로 돌아갈 마법을 준비해 줄 왕국의 이익을 위해 싸웠던 몸이기에 살인에 큰 저항이 없었다.

'충분히 나쁜 놈이니 살려 줄 이유가 없지. 살아도 쓸모없는 놈들…….'

지난 7년간 이세계에서 구른 결과 그는 이쪽의 상식에 물든 지 오래였다.

그가 상대했던 녀석들 대부분 살아가기엔 너무나 쓰레기였고, 살려 보내 봐야 사람을 더 피곤하게만 만들 놈들이었다.

"끝났군. 으음, 레벨이 얼마나 올랐지?"

[레벨 업!]

[Lv.19 프라이멀 드래곤 브레이커]

"단숨에 18 레벨 업인가? 간만에 날뛰니 배고프군. 일단 뭣 좀 먹고 해야겠어."

경험치를 확인한 서준아는 이 현장을 정리하기 전에 먼저 배부터 채우자고 생각한다. 주변의 기척을 확인한 결과 더 위협이 될 만한 이도 없었으니 말이다.

그들이 마련한 술과 구워 놓은 멧돼지 쪽으로 다가가 먹기 시작한다.

치열한 전쟁터를 누벼 온 그는 배고픔이 얼마나 큰 적인지 잘 알고 있었기 때문에 지체 없이 고기를 뜯고 술을 마셔 육체에 에너지를 보급한다.

"맛있군."

야생 멧돼지의 누린내가 나긴 했지만 향초와 버터로 최대한 향을 입히고 술도 있는 덕분에 어떻게든 맛있게 먹을 수 있었다.

 죽었다 살아나서 그런지 더더욱 진미로 느껴지는 식사였다. 식사는 결국 살아 있는 자의 특권이니 말이다.

 "당신… 대체 누구야?"

 즐겁게 식사를 하는데, 아까 전 변고를 당할 뻔했던 엘렌이 무서운 눈으로 서준아를 바라보고 있었다.

 모습은 똑같지만 행동과 능력이 전혀 같지 않은 소꿉친구를 그녀는 두려운 눈빛으로 바라보고 있었다.

 "음……. 냠냠! 뭐부터 설명해야 할지 모르겠군. 그쪽에서 궁금한 걸 물어봐라. 가능한 대답해 주겠다."

 "당신, 벤은 아닌 거 맞지?"

 "맞다. 난 벤이 아니다. 녀석이 상처를 입고 죽어서 마침 그 육체를 빌린 것이다."

 말주변이 없기에 질문을 유도해서 대답해 주는 서준아였다.

 "정말이야? 당신이 들어와서 벤이 죽은 건……."

 "음, 사랑하는 이의 죽음을 받아들이기 싫은 것은 이해해 줄 수 있지만, 아쉽게도 나는 이미 죽음을 맞이한 육체로 들어오는 계약을 맺은 거라서. 내가 믿는 신에게 맹세코 그를 죽인 건 내가 아니라고 해 두지."

암흑신도 신은 신이라 생각하며 서준아는 그렇게 대답하고 입을 닫는다.

"…그러면 당신은 어떻게 살아 있는 건데?"

"아, 나는 원래 이세계인이라서 특별한 스킬을 가지고 있다. 벤이라는 녀석은 못 버텨도 나는 버틸 수 있는 능력이 있기에 그 상태에서 되살아난 것이다. 설마 이세계인을 모르는 건 아니지? 마족과의 전쟁으로 꽤 소환되었는데 말이야."

이 대륙에서 이세계인의 소환이 시작된 지 어언 30년. 이젠 특별한 일도 아니었다.

"그건 대강 알아. 우리 마을을 구해 준 용사님도 이세계에서 오신 분이니 말이야. 그럼 왜? 왜 벤의 몸에 들어온 건데?"

"할 일이 있다."

아무리 우직하다고 해도 말할 것과 말하지 못할 것을 구별 못할 정도로 눈치 없는 서준아가 아니었다.

아니, 그것을 말하면 눈앞에 있는 소녀의 목숨도 빼앗아야 했기에 이야기를 크게 돌리고자 한다.

"…무슨 일? 마왕도 이미 죽었는데?"

"이런 쓰레기들을 처리하는 일은 아직 많아서 말이야."

"……."

그녀는 서준아의 대답에 잠시 입을 닫고 혼란과 우울함이 섞여 있는 표정을 짓는다.

자신의 친구는 결국 죽었다는 사실과 지금 그와 같은 모습을 한 사람이 살아서 움직이는 걸 보고 있으니 혼란스러울 수밖에 없을 것이다.

"일단 고향이든 도시든 원하는 곳까지 내가 안전하게 데려다주겠다."

"하, 하지만……."

이야기가 진행되지 않자 서준아가 먼저 제안을 건넨다. 그는 빨리 이 인연을 끊고 혼자서 움직이고 싶어 했다.

그녀는 당황하며 머뭇거리지만 서준아는 자비 없이 말을 계속한다.

"뭐가 하지만인가? 나로선 충분히 손해를 보더라도 편의를 봐준 거다. 원래라면 넌 지금쯤 쓰러진 이 쓰레기들에게 깔려 순결을 뺏기고 앙앙대고 있어야 하는 걸 내가 '하인즈 용병단' 녀석들과 만나야 하는 귀찮은 일을 만들면서까지 구해 준 셈인데, 너무하다는 생각이 들지 않는가?"

답답한 건지 원래 엘렌이 마실 뻔한 독한 술을 한입에 털어 넣는 서준아였다.

"휴우! 놔두고 갔으면 이 쓰레기 녀석들이 너를 포함해서 이 육체의 주인이 몬스터에게 죽은 것으로 은폐해 줬을 텐데 말이지."

사실은 자기 성격을 못 이겨서 일을 저지른 것이지만, 서준아는 억지로 구했다는 듯한 뉘앙스로 말하며 대답을 재촉하는 동시에 자기 자신에 대해 다시 생각하게 된다.

7년에 걸쳐서 쌓아 온 신념과 정의관, 성향을 모두 바꿔야 하는 문제가 발생한 것이다.

'이런 문제가 있을 줄이야.'

악(惡)인이 쉽게 선인으로 갱생하는 게 쉽지 않듯이, 선인 또한 마음먹었다고 쉽게 악인이 되는 것이 아니라는 것을 이제야 깨달은 서준아였다.

"…저기, 혹시 같이 모험할 수는 없나요?"

"허튼소리. 그럴 바엔 널 여기다 버리겠다. 어디 혼자서 마을까지 가 보든가? 이 야밤에 반나절 거리의 도시까지 혼자서 갈 수 있나? 나는 더 이상 네 친구인 벤이 아니다."

"그, 그게… 그렇다고 저도 친구의 육체를 그냥 버리고 갈 수도 없고, 지금 마을로 돌아가서 뭐라고 이야기할지도 모르겠고……."

"차라리 여기서 시체로 만들어 줄까?"

끈질긴 여자는 질색이라고 생각하면서 서준아는 도끼를 뽑아 그녀에게 겨눈다.

주변엔 아직도 용병들의 시체가 널브러져 있었고, 그녀는 자신도 그 시체 중에 하나가 될지도 모른다고 생각하자 깜짝 놀라며 사죄한다.

"죄, 죄송합니다."

'드디어 자기 친구가 아니라는 것을 받아들였나?'

"……."

"하아~ 추가로 말하자면 비록 마왕은 쓰러졌어도 세상은 아직 어지럽다. 마왕이 쓰러졌다고 해서 '평화가 와요!'가 아니야. 얌전히 고향에 돌아가서 조용히 사는 게 최고일 거다."

협박은 하면서도 나름 상냥하게 조언해 주는 본성.

지금 당장 해결할 수 있는 문제가 아니라서 놔두지만, 서준아는 이것부터 어떻게 해야 할 것 같다고 생각하며 식사를 마치고 떠날 준비를 한다.

"배도 부르고 하니 슬슬 가지."

그는 용병들의 시체에서 돈과 쓸 만한 물건들을 챙겨 모조리 인벤토리에 집어넣는다.

문득 옷가지들을 인벤토리에 넣다가 이렇게 다시 살아날 줄 알았으면 자신의 현대 옷도 그냥 놔둘 걸 그랬다고 생각하는 서준아였다.

'내가 서준아였다는 유일한 증거인데 말이지. 아무튼 이제 가야겠군.'

아쉬운 마음을 뒤로하고 인벤토리 정리를 끝낸 그는 엘렌을 들쳐 메고 야밤을 질주한다.

반나절 거리지만 신체 능력이 좋은 그는 훨씬 빠른 속도로 질주할 수 있었다.

그렇게 서준아는 밤의 숲을 가로질러 지도에 나와 있는

가장 큰 도시의 성에 도착한다.

위험하지 않게 그녀의 고향으로 가는 짐마차를 확인한 뒤 돈을 주고 동행까지 시켜 놓고, 질이 나쁘지 않아 보이는 용병까지 고용해 호위로 붙여 주었다.

"저기……."

"뭐냐? 아직도 할 말이 있나? 필요한 조치는 다 해 줬을 텐데……."

"그, 그게 아니라요. 무슨 일을 하시는진 모르지만 일을 마치면 마을에 한번 들러 주세요. 벤의 부모님도 걱정하실 테니 말이죠."

마을에 들러 달라고 했지만 서준아는 이곳에서 할 일이 많았기에 곧바로 거절한다.

"그냥 죽었다고 전해라. 그게 편할 거다. 아마 그곳으로 가는 일은 죽어도 없을 테니 말이다. 아니, 나타나도 지금의 모습은 안 남아 있겠지."

매정한 말이었지만 어쩔 수 없다. 이 육체의 주인에겐 미안하지만 어차피 죽음이 기정사실이고, 이제 자신의 목적을 이루는 도구에 지나지 않았으니 말이다.

'드디어 시작할 수 있겠어.'

복수. 자신을 멋대로 부른 이세계를 모조리 부정하고 없앨 것이다. 그리고 그 대상엔 그녀가 사는 마을도 포함되긴 하겠지.

그녀의 마을 주소도 마차를 수배하면서 알아냈기에 서준아는 살짝 갈등한다.

'…그건 다른 녀석을 시켜야겠군. 아니, 이게 아니잖아. 어차피 모두 없애야 하는데!'

감정과 다르게 갈팡질팡하는 자신의 태도에 서준아는 이 점을 해결해야 한다고 생각하며 그녀에게서 천천히 멀어져 간다.

"그, 그렇죠? 이세계인들은 보통 용사님이 되거나 하는 경우가 많으니 말이죠. 세계 평화를 위해 헌신하시는 분을 더 이상 방해할 순 없겠죠."

"…그래."

"부디 가시는 길에 여신의 축복이 깃들길."

으득!

분명 선의의 말이었지만 서준아의 가슴엔 차가운 비수가 되어 꽂힌다.

자신도 모르게 이가 갈리는 서준아였다.

"…큭!"

그 말을 들은 순간 이성을 잃고 고함을 치고 싶을 정도로 화가 났지만 이를 악물고 힘겹게 참는다.

지금 누구에게 여신의 축복을 말하는 건가?

멋대로 불러오고 돌려보내지도 않는 무책임한 자라고 모독하고 싶었지만 끝까지 참아 내는 서준아였다.

'…참자, 참아. 주변에 사람도 많아. 참아!'

그렇게 그녀는 떠났고, 남은 것은 신의 축복 따윈 없고 복수와 증오를 건져 준 암흑신의 부하인 남자뿐이었다.

드디어 자유의 몸이 된 그는 도심에 있는 술집으로 가서 식사를 하며 본격적으로 해야 할 일을 고민하기 시작한다.

제3장

바꿔야 하는 것

대륙 최강의 복수는 2회 차부터

'무엇부터 시작해야 하나?'

당장 서준아가 행해야 하는 구체적인 목표는 두 가지. 암흑신 세력의 부활과 개인의 복수를 위한 세계 멸망이었다.

둘 다 만만치 않은 목표라고 할 수 있지만, 그 모든 것의 장애물이 되는 건 자신의 성격과 가치관이었다.

'일단 이 일을 하려면 성격과 가치관을 맞춰 줘야 해. 도덕관념과 정의관을 바꾸는 게 쉬운 건 아니지만… 안 그러면 내가 못 움직여.'

어제만 해도 그랬다.

이성으로는 분명 엘렌이라는 여성을 두고 가는 게 맞다고 여기고 있는데, 결국엔 구해 줬다.

바꿔야 하는 것

그것도 모자라 밥도 챙겨 주고, 고향에 가는 길을 여비까지 챙겨 용병까지 딸려 보내 줬으니 말이다.

'게다가 이런 편지까지 써 주고 있다니······.'

용병들을 전멸시켰기에 '하인즈 용병단'에 편지를 보내 후환까지 없애는 상냥한 행동을 하는 서준아였다.

물론 자신의 신원이 들키지 않도록 기밀 루트로 전해 줄 생각이었다.

'이걸 고치지 않으면 분명 내가 암흑신 세력의 족쇄가 되든가, 배신 플래그가 서서 뒤치기를 당하든가, 아니면 내가 직접 하든 할 게 눈에 뻔히 보여!'

지금 가장 중요한 것은 자신의 가치관 변화. 몇 번을 강조해도 모자라지 않는 일이었다.

암흑신의 세력을 부흥시켜야 하는 입장에서 그들과 어울릴 수 있는 리더가 되어야 하니 가치관의 변화는 당연히 필요했다.

'뻔한 역사를 반복하게 둘 순 없지. 더 이상 저 용병 때 같은 일이 벌어지지 않도록 해야 하는데······.'

하지만 뾰족한 수가 떠오르지 않았다.

일명 멘토를 구하는 식으로 악명 높은 나쁜 녀석을 찾아가서 배워야 하는지 생각하는 서준아였다.

아이러니하게도 근 7년간 대륙 전역을 돌면서 거물급 사이비 종교 단주, 산적 두목, 암흑신 교단, 마족, 부패한 귀족들을 죽이거나 잡은 것은 다른 누구도 아닌 서준아 자신이었다.

'아, 젠장······. 레벨 업을 빨리해서 집으로 가겠다는 일념하에 거물급이라 생각되면 모조리 찾아가서 족쳤지. 끄으응······. 근데 여기 진짜 막장이지.'

이곳은 현실 세계의 역사에 나온 중세와 같이 신분제로 사람들의 가치가 나뉘어 있었다.

지배층이라고 할 수 있는 왕족, 귀족, 고위 성직자들에게 모든 권력이 집중되어 있었고, 사법 체계는 지배층의 권력을 위한 성문법과 군법 몇 종류뿐 나머지는 해당 지역 영주가 주먹구구식으로 해결하는 방식으로 되어 있었다.

'심지어 마족이라는 악(惡)이 형태를 가지고 존재해서 더욱 좋지.'

개혁의 목소리는 모조리 암흑신의 세력이 위험하다는 걸로 눌러 버려 권력을 마음껏 악용할 수 있는 토대가 생겼다.

그래도 국가를 걱정해야 하는 중앙 정부인 왕실은 어떻게든 국가를 부강하게 하기 위해 이런 암세포 같은 자들을 처리할 칼날이 필요했고, 빠르게 레벨 업 하고 싶은 자신의 이해와 맞아떨어져 그야말로 수라처럼 악인(惡人)들을 토벌했었다.

'진짜 엄청 죽이고 다녔지.'

그의 타깃이 된 것들은 전부 개자식들이었다.

악행에 대해 떠들자면 영화만 수백 편이 나올 것이고, 미국 드라마로 만들면 시즌 50까지는 깔고 들어가야 할 정도로 막장인 이세계였다. 현실의 사이코패스 같은 짓을 하는 악당이 평균일 정도로 말이다.

"끄응~ 아무튼 이것만 문제인 게 아니지. 큰 그림도 필요해."

문제는 자신의 성격만이 아니다. 세계 멸망을 위한 장기적인 큰 그림을 그려 줄 참모가 필요했다.

예전 용사 시절에 이런 일은 모조리 프리실라와 다른 동료들이 해 주었다.

서준아는 오직 그녀가 명하는 곳, 혹은 알아서 방해가 되는 곳에 가서 검만 휘두르고, 어떻게든 마왕을 쓰러뜨릴 무력을 얻는 데만 모든 신경을 쏟으면 되었었다.

'일단 머리 쓰는 녀석을 얻어야 할 텐데……. 하아~ 누구를? 어디서? 어떻게?'

조건이 너무 어려워 머리가 아플 지경이다.

우선 세상에 불만이 많고 인류를 멸망시킬 전망을 가지고 있어야 하며, 엄청 똑똑하고 악독하면서 냉철한데 충성심도 있어야 하는, 자신이 생각해도 말이 안 되는 조건이었다.

"…없지. 내가 생각해도 너무 무리수군. 하아~ 아! 여기! 맥주 한 잔 더 주세요!"

"예이! 갖다 드리겠습니다."

너무나 난해한 상황에 몰려 있어서 그런지 서준아는 금방 목이 말라 와서 맥주 한 잔을 더 시킨다.

'일단 병사부터 다시 시작할까? 아니면 도적단이라도?'

근처에 작은 도적단이라도 만들어 노하우를 직접 익히거나, 제국의 기사단에 들어가 고위직에 올라 전쟁을 일으키는 방안도 생각해 본다.

'그러면 머리 아픈 게 많아. 힘만 가지고 되는 게 아니니······.'

군대 내에서 승진하려면 어느 정도 정치적인 식견이 필요했고, 도적질도 장물 처리와 인신매매 라인을 만들어야 해서 쉬운 길이 아니었다.

"그때 마왕의 제안을 받았어야······. 아아아아아!"

한참을 고민하던 중 그는 유명한 발명가들과 과학자들이 해답을 찾은 것처럼 환희와 기쁨에 떨기 시작한다.

그에게도 답은 있었고, 방금 그것을 찾아냈다.

어두운 길을 걷다가 빛을 만난 것 같은 행복이 신경에 흘러 지나간다. 피부가 떨리고, 막혀 있던 가슴의 답답함이 한 번에 날아간다.

'마왕 루미네시아'.

하얀 백발에 붉은 눈을 한 아름다운 마왕.

당당하고 위엄이 넘치는 고고한 여성.

수인족, 악마, 암흑신 교단을 모두 통솔하여 '흑천군(黑

天軍)'이라는 깃발 아래 모아 대륙에 공포를 심은 자.

자신이 오기 전만 해도 이미 대륙의 절반 이상을 암흑으로 물들인 훌륭한 정복 군주이며, 파괴와 금기, 폭력 등등 죄악에 있어 최고의 전문가였다.

"이게 정답이다."

그렇다. 완벽한 정답이었다. 그저 생각을 하다 찾은 우연이었지만 지금 서준아에겐 완벽한 답이었다.

마왕 루미네시아. 자신이 죽인 그녀를 다시 부활시키는 것도 참 아이러니한 일이었지만, 어쨌든 지금으로선 이게 최선이었다.

'그러면 암흑 신관을 찾아야겠군.'

자연히 마왕의 부활에 대한 방법을 찾기 위해 그 방면의 전문가라고 할 수 있는 암흑 신관부터 찾아야 한다고 생각한다.

'그런데 암흑 신관은 어디서 찾지? 으음…….'

답은 찾았지만 또다시 당면한 문제. '암흑 신관'을 어디서 찾는가 하는 문제가 바로 떠오른다.

서준아는 이 근처에 있는 암흑신교의 거점에 대해 생각하지만 자신이 모두 때려 부쉈다는 것을 기억해 낸다.

'폐허라도 가 볼까? 으음, 하지만 가도 단서를 찾을 수 있을 리 없는데…….'

최전선에서 검을 휘두르고 싸우며 무력(武力) 하나만 키운 그는 폐허에 가서 암흑신교의 메시지나 글 같은 것을 알아볼 지식이 없었다. 7년간 바라본 것은 오직 마왕을 죽이기 위한 힘뿐이었으니 말이다.

"어쩔 수 없잖아. 난 마왕과 싸워서 이길 수 있는 무력 하나만 얻기도 바빴다고!"

스스로에게 변명하면서 서준아는 최대한 기억을 더듬어 '암흑 신관'과 '흑마법사'들에 대해 떠올리려고 애쓴다.

'흐하하하하! 당신들이 아무리 애써도 이 세상은 이미 멸망이 예정되어 있습니다! 위대하신 암흑신님의 예정 아래에! 모든 것은 무로 돌아갈 것입니다!'

'당신, 나태하군요? 나태해서는 안 됩니다. 죽음이 닥쳐오는 그 시기까지!'

'미치지 않았습니다. 미치지 않았습니다요! 예이에~ 암흑신이시여!'

'오늘은 가족의 피를! 내일은 친구의 피를! 바치겠나이다! 아아아! 암흑신이시여!'

'사꽈뚤라합, 베까스띠, 에스꽈띨라, 패쿠압!'

'기억을 해도 기분만 나빠지는군.'

암만 생각해도 전부 해괴망측하고 정신도 이상할뿐더러 하는 짓도 괴악한 놈들이라는 것밖에 떠오르지 않는다.

공통점이라면 전부 검은 신관복에 '검은 성서'를 들고 다니며 기분 나쁜 짓거리만 하는 놈들이라는 점과, 자신의 앞에 나타났던 '암흑 신관'들 중 자신을 본 이후 살아 있는 자가 없다는 것이다.

"걔네를 찾을 도리가 없네. 못해도 '검은 성서'를 찾아야 할 텐데……."

"소, 손님……. 검은 성서를 왜 찾으십니까?"

서준아는 화들짝 놀라며 자신에게 말을 건 이를 바라본다. 혼잣말을 하다 보니 지나가던 점원에게 들린 모양이다.

이걸 어떻게 둘러댈지 생각한다. 자칫하다간 경비대에게 들켜 수배자 신세가 될지도 모르니 말이다.

'변명! 변명을 해야! 하지만 뭐라고 하지? 일반인이 검은 성서 같은 걸 찾을 리가 없지 않은가?'

난감한 서준아는 변명을 생각하려 하지만 쉽게 나오지 않는다.

"저, 저기, 그게……."

"호, 혹시 '이단 심문관'이십니까?"

"에? 예?"

"아아, 걱정 마십시오. 제가 주점 생활만 12년입니다. 눈칫밥만큼은 마스터급이지요. 사람을 보면 그 품격을 바로 알아차리는 재주가 있습니다. 손님의 눈빛엔 단단하면서도 깊은 열망이 느껴지고, 거기에 피 냄새가 짙게 납니다."

어젯밤 용병들과 한바탕 했으니 피 냄새가 나는 건 당연했다.

"술을 시키되 갈증을 해소하고 뇌를 움직이기 위한 만큼만 마시고 남기셨지요."

그의 말에 서준아는 자신의 맥주잔을 바라본다.

워낙 머리 아픈 문제라서 시키긴 시켰는데, 목마를 때만 마셔서 그런지 반이나 남아 있었다.

"즉, 피를 보는 일이면서도 절제된 모습을 하시는 분. 암살자라고 생각할 수도 있지만 그들은 평상시 자신의 모습에 껍질 하나를 더 둘러쓰고 위장합니다."

암살자들은 그의 말대로 평소에는 일반인과 다름없는 모습으로 위장하고 다닌다.

"그러니 남은 건 신관이나 이단 심문관인데, 검은 성서를 찾으실 만한 분이면 이단 심문관 쪽에 더 가깝겠지요."

'…이 사람 촌동네 점원 맞아?'

"하하하! 대단하다는 얼굴로 보셔도 부끄러울 따름입니다. 마왕과 암흑신의 수하들이 난리 치는 전란의 시대에 얻은 눈칫밥이니 말이죠."

작게 귓속말로 자신의 추리를 말하는 점원.

외양과 행동을 보고 여기까지 추측할 줄이야. 솔직히 놀라는 서준아였다. 마지막에서 완벽히 틀렸지만 말이다.

그래도 서준아는 알아서 대답을 만들어 준 그에게 맞춰 주기로 한다.

"아, 예. 아직 미숙해서……."

어색하게 대답했지만 점원은 아마 그가 아직 임명된 지 얼마 안 된 젊은이라고 생각했는지 그냥 넘어간다.

다행히도 서준아의 연기력이 나쁜 점이 오히려 어수룩한 연기로 적용되어 커버되는 듯했다.

게다가 이 육체의 주인인 벤이라는 소년의 외양도 어려 보였으니 말이다.

"예. 누구나 미숙한 때가 있지요. 아무튼 수고해 주십시오. 그럼~"

'휴우~ 다행이다. 하긴 설마 내가 세계를 멸망시킬 거라는 생각은 못하겠지. 그나저나 이단 심문관이라……. 확실히 그놈들이면 알 것 같네.'

이단 심문관. 주신교 직속 기관으로 대륙 전역을 돌아다니면서 암흑신의 신도와 이단 세력을 색출하고 처벌하는 역할을 하는 자들이다.

사람을 이단으로 몰아 화형시키는 광신도라는 이미지가 강하지만 그건 이단 심문교 직속 부대나 그렇다. 대부분은 정보를 모아 신전과 해당 국가 정부에 알리는 조사 임무가 더 많았다.

'아무튼 검은 성서나 암흑 신관들에 대한 정보는 모두 거기에 있다는 거군. 가서 몰래 빼내든, 정보를 얻든 해야겠는데 말이지. 일단… 오늘 밤은 쉬자. 너무 피곤해.'

이 벤이라는 녀석의 육체가 완전히 낫지도 않은 상황에

서 싸우고, 반나절 거리의 마을을 가로질러 왔더니 육체는 피로와 휴식을 요구하며 비명을 지르고 있었다.

그는 곧바로 방세를 지불하고 위층에 있는 개인실로 들어가, 간단히 천에 물을 묻혀 몸을 닦고는 침대에 누워 잠들었다.

'오빠야, 저녁에 맛있는 거 사 주라.'
'우리 준아, 힘들어서 어쩌니?'

다시 살아난 후 맞이하는 첫 수면 속 꿈에 오랜만에 가족의 모습이 보였다.

학생인 여동생들과 병든 어머니. 얼굴이 흐릿한 게 기억에서 흐려졌다는 증거였지만, 그래도 더 없이 소중한 가족.

가끔 비가 새고 좀 춥지만 따뜻한 우리 집의 풍경.

부족한 게 많았어도 나는 그들을 지키며 살아가는 것이 행복했다.

'어머니……. 소영아, 지영아…….'

형제끼리 싸우고 부모 자식 간에 칼부림하는 집안도 많은 마당에 가족끼리 화목한 게 얼마나 좋은가?

'이곳은 당신이 살던 세계가 아닙니다.'

하나 예측 불가능한 정도가 아니라 말도 안 되는 사고로 모든 것을 잃어버렸다. 대뜸 집에 가다가 이세계에 불려 오다니, 얼마나 황당하겠는가?

'자네가 온 시간대로 돌려보내 줄 수 있네. 다만 마왕의 뿔 같은 게 있어야…….'

그저 자신들의 편의대로 사람을 써먹기 위해 한 거짓말에 속았다.
그것을 희망으로 품고 마왕을 쓰러뜨리기 위해 노력했다. 거짓된 희망을 잡기 위해 어리석은 짓을 반복한 셈이다.

'미안해요.'

결국 이루어 줄 수 없는 거짓말을 한 자신들에게 올 대가를 피하기 위해 멋대로 날 배신했다.
프리실라.
프리실라아아!
네년이 도대체 무슨 권리로!
날 부르고, 내 삶을 빼앗은 거냐!
세계의 위기?
마왕? 백성?
그것을 위해 나를 희생시켜도 좋다는 거냐!

"프리실라아아! 하아… 하아… 하아……."

벌떡 일어나 눈을 뜨니 시야에 나무로 된 천장과 희미한 달빛이 창 안으로 들어오는 게 보인다.

화가 나서 꿈에서 깰 줄은 상상도 못한 그는 물병에 든 물을 벌컥벌컥 들이켜면서 우선 갈증을 해소시킨다.

"제길! 제기라알!"

모든 것이 증오스러웠다.

모조리 불태우고 싶고, 사람들의 비명이 듣고 싶었다.

분명 서준아의 마음속 분노와 증오는 이것을 말하고 있었지만 그는 현실에서 전혀 그러지 못하고 있었다.

"하지만 나는 너무 나약해."

상상과 현실은 엄중히 구분된다.

서준아의 마음대로였다면 지금 당장이라도 이 여관부터 불태우고 마을에서 학살극을 벌여야만 했다.

그러나 그는 그러지 않았다. 아무리 화가 나고 증오스러워도 행동 양식과 규범이라는 이성이 그것을 묶어 주고 있었으니 말이다.

"제길!"

어쩌면 이 성품은 평범한 사람의 것이라고 보는 게 더 가까우리라.

다친 사람을 보면 가엾게 여기는 범인의 것이었다.

"소망을… 현실로 끄집어낼 만큼 미쳐 버려야 해."

서준아는 생각한다. 자신이 되어야 할 모습을 말이다.

자신이 죽인 악인들만큼 혐오스럽고, 사악하고, 저질스럽고, 흉포해져야만 했다.

당장은 힘이 들겠지만 조금씩이라도 인간성을 부수고 악행에 무덤덤한 성격으로 스스로를 바꿔야만 했다.

그래야 이 세상에서 7년 동안 고생한 대가를 받아 낼 수 있기 때문이다.

'아, 맞다. 그것도 그거지만 스킬 포인트를 어디다 쓰지?'

악몽 때문에 잠을 깬 마당에 무언가 할 일이 없나 생각하던 그는 문득 오늘 레벨 업 하고 얻은 스킬 포인트에 대해 떠올리고 시스템창을 열어 그것을 바라본다.

[Lv.19 프라이멀 드래곤 브레이커]

남은 스킬 포인트:18개

스킬 포인트와 시스템.

여신이 이세계인에게 준 축복.

준비가 안 되고, 시간이 부족한 상황에서 마족과 싸울 수 있게 해 주는 배려였다.

시스템창을 열어 본 서준아는 추가로 받은 이 스킬 포인트들을 어떻게 써야 할지 고민한다.

'음, 이건 다른 의미로 복잡한 문제군.'

멘탈 교체와 달리 '스킬' 문제는 가능한 방안이 많아 고민이 되는 서준아였다.

레벨이 1로 초기화되었지만 보유했던 스킬들을 그대로 가지고 있기에 레벨만 올리면 마왕을 쓰러뜨렸던 그 무력을 되찾는 것은 아무 문제 없었다.

'더 강하게 하느냐, 아니면 다른 가능성을 여는가? 못 익힌 스킬들을 익힐까?'

원본 스킬들을 모두 가지고 있는 서준아는 새로운 가능성을 여느냐, 아니면 기존 스킬들을 강화하느냐의 사이에서 행복한 고민을 하고 있었다.

하지만 생각하는 방법 모두 나름의 합리성을 가지고 있었다.

"으음…… 스킬들의 등급을 올릴까?"

[보유 패시브 스킬]
(전설)초감각
(영웅)극기

(영웅)극한의 집중
(전설)무너지지 않는 불굴
(전설)날카로운 냉철함
(전설)뛰어난 지휘관
(전설)초용맥
(고유)무구친애-
(신화)어둠의 가호

[보유 전투 스킬]
(전설)극검술(極劍術) *사용 불가
(신화)용투술(龍鬪術):태고룡(太古龍) *사용 불가
(희귀)왕국 검술(王國劍術) *위력 감소

 우선 생각해 봄 직한 것은 기존에 가지고 있는 스킬들의 등급을 상승시키는 것.
 스킬 포인트 투자를 통해 효율을 증가시키는 것으로, 경지를 깨달음으로 넘어야 하는 대륙인들이 가장 부러워하는 것이었다.
 '너무 강해지면 피곤하다고 하셨는데 말이지.'
 서준아는 스승의 가르침을 떠올리며 갈등한다.

'생각해 봐. 모든 것을 보고 듣고, 손짓 하나에 산(山)을 날리고 바다를 뒤집을 수 있는 놈이 과연 살기 편할까? 똥 싸면 지진 나고, 헛기침을 잘못하면 비바람이 몰려오는데 어떻게 살 수 있어? 또 집에 가면 인간으로 살아가야 할 거 아냐?'

치즈 케이크를 행복하게 먹으면서 자신에게 조언을 해 주는 스승님의 얼굴을 떠올리는 서준아였다.
스승님의 조언은 순수히 자신을 위한 것이었기 때문에 거스르기가 미안한지 그는 일단 이 안은 보류한다.
"마법을 익힐까?"
클래스 성장률이 좋은 덕분에 그는 'Mag(마법력)' 수치도 좋았다. 그래서 마법에 대해서도 고민하지만, 그러면 또 전투 스타일에서 변화가 일어나게 된다.
'자물쇠 해제' 같은 편이성 마법이면 몰라도 본격적으로 마법을 배운다는 것은 공격 마법을 익혀야 한다는 뜻이다.
"근데 웬만한 마법보다 내 스킬이 더 세잖아. 지금은 레벨이 모자라지만……."

'내가 알려 준 스킬이면 충분히 센데 뭘 다른 데 눈을 돌리냐?'

자신의 갈등에 스승님이 무슨 반응을 보일지 상상하자

서준아는 역시 마법도 아니라고 생각한다.

 공격 마법을 밑바닥에서부터 익혀 지금 가지고 있는 스킬 수준까지 끌어 올리려면 엄청난 스킬 포인트 투자가 필요했다.

 그리고 마왕을 잡을 공격력을 가지고 있는데 마법을 다시 배우는 건 비효율적인 일이었다.

 "라이터가 있는데 성냥을 만드는 격이지."

 한숨을 쉬면서 고민을 이어 나가는 서준아였다.

 '그럼 암흑신교?'

 어차피 이제 암흑신교 쪽에 몸을 맡겼으니 그쪽의 마법이나 스킬을 익히자는 것에 생각이 닿았다.

 자신이 맞아 본 것들을 기준으로 생각하니 대부분 저주나 공격 마법에 몰려 있는 스킬풀이 또 떠오른 것이었다.

 "그것도 쓸모없네. 저주는 좀 쓸모 있으……. 아니, 고위 신관이 풀 수 있으니 난감하고, 차라리 잘하는 놈들을 쓰면 그만이니까 말이야. 아니면 사령술?"

 사령술. 언데드 군단을 일으켜 이끄는 비술로 이건 상당히 쓸모 있겠다 싶은 서준아였다.

 '물량은 좋지.'

 전투력은 문제가 있을지 몰라도 일으킨 언데드는 노동력으로 쓸 수 있으니 괜찮을 것 같다고 생각한다.

 그러나 그 분야는 유용성 때문에 전공하는 놈들이 많다

는 것을 기억해 낸다.

'시신도 결국 한정된 자원이니까 중복되면 곤란하지.'

저주와 마찬가지로 암흑신교에 인재가 많은 분야였기에 굳이 자신도 손을 담가서 한정된 자원을 나눠 쓰는 처지가 되는 건 비효율적이었다.

서준아는 다시 희귀한 분야가 없나 고민하다가, 문득 오늘 보낸 엘렌이라는 소녀의 옷이 머리를 스쳐 지나간다.

"신관……. 아, 그래! 치유!"

생각은 결국 치유 스킬에 닿는다.

영혼과 신체를 대가로 하는 스킬이 많은 암흑신교 사람들이 배우지 않는 분야였고, 앞으로 많은 필요가 있을 수밖에 없는 스킬이었다.

'일단 의학을 생각하면 쓸모가 많지. 그리고 치유뿐만 아니라 그 주변의 분야도… 확실히…….'

서준아는 버프나 보조 마법 스킬을 떠올리면서 충분히 도움이 될 요소가 많다고 생각한다.

'음……. 어떻게 배우느냐의 문제가 남았지만 방향을 정한 것으로도 좋아.'

서준아에게 있어 스킬 포인트의 투자 방향성은 당장 급한 것이 아니었으니 말이다. 차후 기회가 왔을 때 떠올릴 수 있는 것으로 족했다.

남은 스킬을 거기에 투자하기로 한 서준아는 문제 하나

를 해결했다고 생각하며 잠을 자기 위해 다시 침대에 눕는다.

'그보다 스승님은 지금 뭐 하시려나?'

그러다 어딘가에 있을 스승의 생각을 한다.

제자가 배신당해서 죽었다가 암흑신의 편에 서서 돌아온 것은 아실까?

반신(半神) 같은 존재가 되어서 어지간한 일에는 관여를 하지 못하는 분이었지만, 지금 자신의 상황을 알면 어떤 생각을 할지 궁금했다.

'혹시나 싸우게 되려나?'

그는 서준아가 유일하게 두려워하는 자.

서준아는 자신의 힘의 원천이라고 할 수 있는 스승과 혹시나 싸우게 될지도 모른다는 생각에 두려웠다.

하지만 자신은 암흑신의 편에 서기로 했고, 일은 이미 진행되고 있었다.

'그래도 물러설 생각은 없지.'

두렵긴 했지만 아직 오지 않은 날을 생각하며 떨 이유는 없었다. 서준아라는 인간은 비록 불가능한 일이어도 의지를 품고 시작하면 꿋꿋이 나아가는 자였으니까 말이다.

비록 스승이라 할지라도 그는 맞서게 되면 싸울 결의를 한다.

"물론 그 전에 이 정신 상태부터 고쳐 보자. 암흑 신관도 찾고 말이지."

 일을 시작하기 전에 우선 악행 하나 외면 못하는 이 성격과 멘탈부터 고치는 것이 먼저였다. 추가로 암흑 신관도 찾고 말이다.

✟ ✟ ✟

 다음 날.
 아침 훈련을 마친 서준아는 암흑 신관에 대한 정보를 찾기 위해 이단 심문소 지점이 있을 만한 게르마니아 제국의 대도시를 향해 움직이기로 한다.
 "길도 알아봐야겠군."
 서준아는 가는 길에 단련도 할 겸 산적들이 있는 곳을 거쳐가기 위해 마차역으로 간 뒤, 그런 루트로 향하는 이들이 있는지 확인해 본다.
 "형씨, 정말 괜찮겠어? 안전한 길도 있는데 말이야. 거긴 '레갈 페츤'이라는 악명 높은 산적단이 있는 곳인데 말이야."
 "예. 좀 급해서 말이죠. 그럼 수고하세요."
 악명 높은 산적단이 바로 그의 목표였다.
 그들과 싸우는 게 목적이 아니라 그들이 영업하는 모습을 방조하며 자신의 마음을 다시 제련하기 위함이었다. 저열하고 비겁한 마음을 얻기 위해서 말이다.

그리고 혹시나 자신에게 영업하려고 덤벼들면 그때는 모두 레벨 업을 위한 경험치로 만들어 주고 말이다.

'이게 바로 일석이조지. 그나저나 몸이 회복되니 이 육체, 상당히 괜찮네.'

서준아는 산행을 하면서도 지치지 않는 자신의 육체에 감탄하고 있었다. 현대인이었던 자신의 체력은 이곳에서 태어나고 자란 몸에 비하면 저질이었으니 말이다.

태어날 때부터 마력이 풍부하고, 여신의 축복을 받은 대륙인 10대의 회복력에 감탄하는 서준아였다.

"예전엔 혼자 산을 다니는 건 겁 없는 행동이라 생각했는데 말이야."

그는 홀로 산길을 걸으면서 마을과 도시를 벗어나는 것만 해도 무서웠고, 홀로 어딜 다닌다는 건 상상도 못하던 시절을 떠올린다.

어디서 나타날지 모르는 야생 몬스터와 도적단. 기습에 머리통만 맞아도 쓰러져 속옷 한 장까지 털리거나 고블린들의 정육점 고기가 될 거란 두려움이 있었다.

'강해졌으니 말이지.'

기연과 마왕을 잡으려고 강해진 의지 덕분이긴 했지만 크게 기뻐할 일이 아니었다. 원래 목적이던 집으로 가지 못했으니 말이다.

거기에 이런 서바이벌 같은 세상은 지긋지긋할 지경인

서준아였다.

"이 길이 동네 뒷산이었다면 참 좋았을 텐데……."

그는 산길이 약수나 뜨러 가는 동네 산이면 얼마나 좋을까 생각한다.

산을 내려가서 여동생들과 어머니 밥을 차려 드리고, 대학교와 아르바이트 현장으로 가던 때를 떠올린다.

'현대의 냄새가 그립다. 그 망할 자식들은 아마 내 시체를 태우고 흔적도 안 남겼겠지? 하……. 내 옷.'

기름때 묻은 청바지와 셔츠를 다시 한 번 아깝다고 생각하면서 그는 산길을 계속 넘어간다. 조급해지려는 마음을 진정시키고 말이다.

'일단 암흑 신관부터 찾자. 애초에 화를 낸다고 해도 여기는 게르마니아 제국이라 소용없으니 말이야. 내가 할 수 있는 것부터 진행해야지. 그나저나 산 깊은 곳까지 왔는데 왜 아무 반응이 없지?'

'초감각'까지 켜 주변의 기척을 감지하는데, 자신에게 다가오는 반응이 아무것도 없었다.

이쯤 되면 산적 척후라도 걸려야 한다고 생각하는 서준아였다.

"나무에 산적들끼리만 통하는 표식이 있는 걸 봐선 여기부터 세력권이긴 한데… 왜 없지? 아!"

자칼이라는 도적단 출신 용병이 알려 준 지식으로 산적

들 특유의 표식을 찾았지만 근처에 인기척이 없어 이상하게 생각한다.

 수입이 일정치 않기에 연중무휴로 일해야 하는 산적들의 척후가 없는 이유를 생각해 보면 경우는 두 가지다.

 '이미 한창 여행자를 터는 작업을 하는 중이거나?'

 소란스러운 소리가 없으니 그건 아니었다.

 '이미 작업이 끝나서 아지트로 가서 정산하고 있든가?'

 까악!

 머리 위로 스치는 새의 모습을 따라 시선을 옮기니 그곳에 답이 있었다.

 "찾았다."

 까악~ 까악~

 하늘에 모여드는 까마귀들의 모습부터 시작해서 피 냄새가 은은히 코에 맴돈다.

 서준아는 그곳으로 급히 뛰기 시작했다.

 언덕 하나를 넘으니 보이는 것은 이미 한바탕 싸움과 약탈이 끝난 현장이었다.

 바퀴가 부서진 마차와 옷이 싹 벗겨진 남성들의 시체, 메이드복과 평민의 옷을 입은 여성들의 시신이 굴러다녔다.

 "갑옷이랑 옷들을 털고 간 것 같군. 마차는 비었고 말이지. 시체 상태로 볼 때 하루에서 반나절 정도지만 오늘 순찰이 없는 걸 보면 반나절 정도가 맞겠군."

시신의 옷차림과 마차에 있는 장식, 엠블럼을 봐선 꽤나 잘사는 사람들 같았다.

집안 세력이 어느 정도 되고 사병들도 있어서, 마차역의 상인이나 다른 사람들의 조언을 무시하고 이 길을 올라온 사람들이라고 추리한다.

'고작 산적들 때문에 길을 바꿔서 가기 싫은 자존심일 수도 있지.'

그들의 사정을 더 이상 고찰할 필요는 없었다. 원하는 것을 발견했으니 말이다.

"대형 마차가 세 대, 시체는 고작 여섯 구. 마부로 보이는 남자의 시체가 셋. 나머진 납치한 모양이군. 말까지 싹싹 가져간 걸 보면 과연 능숙한 산적들이군. 어중이떠중이가 아니라는 건가?"

마족들의 사태로 온 대륙이 시끄러운 와중에도 살아남은 놈들이라는 점만 봐도 보통 놈들이 아니라는 뜻이리라.

이 정도로 규모가 있으면 암흑신교도와 연관이 있을 수 있다는 생각도 든 서준아는 당장 녀석들의 본거지를 추적하기 시작한다.

'다행히 흔적이 짙게 남아 있군.'

짐의 양이 많았는지 땅에 발자국과 흔적이 알기 쉬울 정도로 잘 파여 있었다.

대박을 터뜨렸으니 어젯밤이든 오늘 새벽이든 술을 떡이 되도록 마시면서 한바탕 잔치를 벌였으리라.

한 시간가량을 추적하면서 산을 오른 결과 교묘하게 숨겨진 산채를 찾아낸다.

'꽤 잘 만든 곳이네. 정규군도 대포가 없으면 싸우기 힘들겠어.'

나무로 벽을 둘러 만든 산채는 하나의 작은 도시와 같은 모습이었다. 이 정도면 산적단의 거주지가 아니라 작은 산악 도시라고 해도 과언이 아니었다.

'레갈 페츤' 산적단의 두목이 보통 인물이 아니라는 것을 짐작할 수 있었다. 산채만 놓고 보면 공성전을 해야 할 규모였으니 말이다.

'자칼 녀석도 도적단 출신이었지만 이 정돈 아니었는데 말이야. 그러나 침입하는 건 다른 이야기지.'

"드르렁……. 쿨……."

'결국 산적이라서 군기가 없으니 말이지.'

요새를 믿는 것일까? 아니면 자신들의 세력을 신뢰하는 걸까? 어제 진탕 술을 마신 것 때문일까?

눈앞에 적이 침입했는데도 경비탑에 있는 녀석들은 모두 뻗어서 자고 있었다.

하긴 약탈을 하고 반나절밖에 안 지났으니, 길드든 저 마차의 주인인 귀족이든 소식을 알지 못하리라.

"입구 프리 패스. 이런……!"

산채 내부로 들어온 순간 인기척이 느껴져 서준아는 근방에 있는 목재로 된 건물 그늘 쪽으로 숨어든다.

술 냄새를 진하게 풍기는 산적 둘이 하품을 크게 하면서 지나간다.

"흐아아암~ 아, 진짜 어제 진탕 마셨네. 젠장할……."

"아직도 마시는 녀석이 있던데?"

"맞다. 그 귀족가 딸년은 어떻게 됐냐? 나 순서 기다리다가 짜증 나서 고기 먹으러 갔는데 말이야."

예상대로 한탕 크게 저지른 다음, 잡은 인간들은 노예로 팔기 전에 한바탕 즐긴 것이 확실해 보였다.

그것을 즐기지 못해 아쉬워하는 대화를 하고 있는 걸 보니 산적이라는 이름다운 쓰레기들이었다.

'…참아, 참아, 참아! 아, 개자식들……. 진짜 개자식들! 우웁!'

서준아는 그들을 보면서 가슴속에서 부글부글 끓어오르는 것을 억지로 참아 낸다.

그는 기존에 가지고 있던 인간성을 부수고 훌륭한 암흑신의 수하로서 일하기 위해 일부러 산적단의 세력권으로 온 것이었다.

바꿔야 하는 것 • 159

"드르르렁~ 쿠울!"
"쿠헤헤헤! 더는 못 마셔어~"
'휴우……. 여기는 연회장인 것 같고. 다른 이들은 어디 있지?'

산채 중앙에는 모닥불이 피워진 흔적과 먹다 남은 고기와 빈 술통이 굴러다녔고, 한바탕 술판을 벌이고 잠들어 있는 산적들도 있었다.

숫자는 대략 50명 정도였다. 하지만 이곳에 전원이 있는 건 아닐 테니 다른 곳에 더 많은 이들이 있을 것이다.

"멋대로 잠들지 말라고!"

'…찾았다.'

모두가 자는 곳을 돌아다니다가 말소리를 들은 서준아는 그쪽으로 향했다.

아침의 냉기와는 다른 열기, 그리고 땀 냄새가 섞인 열락의 냄새와 소리를 찾아낸다.

나무로 지어진 창고 같은 곳에서 들려오는 것을 확인한 그는 점점 커지는 소리에 가슴에서 올라오는 감정을 막으려고 다시 참기 시작한다.

'뭔가 변태 같군. 하긴 변태도 어떤 면에서는 악인이니까……. 되는 게 나을지도…….'

"얌전히 있어! 다음은 나니까!"
"이게 얼마 만에 여자냐, 진짜! 거시기 썩는 줄 알았네!"

'칼에서 손 놔. 칼에서 손 놔. 참아……. 참아, 서준아.'

같은 실수를 두 번 하면 안 된다고 계속 되뇌면서 서준아는 견딘다.

와신상담(臥薪嘗膽)이라는 말이 있지 않은가?

자신은 지금 곰의 쓸개를 핥고 있고, 가시가 있는 장작에서 자고 있다고 되뇐다.

언젠가 배신한 이들에게 이 같은 고통을 주겠다고 생각하며 말이다.

"아이는… 아이는 무사하겠죠?"

"아, 그래. 걱정 말고 잘하기나 해."

'나도 저런 개자식이 되어야 해. 참아. 참아…….'

가슴이 아프고 너무 괴로웠다. 사람을 구할 수 있는 힘이 있는데도 무시하고 자신을 깎아내리는 게 너무 힘들었으니 말이다.

'제길! 타락도 쉬운 게 아니었어!'

세상에 타락하는 놈들이 너무 많아서 타락하는 놈들을 우습게 보았다.

그러나 서준아는 자기 자신이 타락하기가 너무 힘든 것을 느끼면서 그들에 대해 사죄하기 시작한다.

'타락 천사님, 마족들과 계약하신 귀족님, 블리자드 님들, 죄송했습니다. 타락도 쉬운 게 아니네요.'

부들부들…….

숫 소드를 뽑지 않으려고 참는 게 괴로운 서준아였다.

범인(凡人)의 재능과 의지로 마왕까지 잡은 자신을 생각하면서 필사적으로 견디려 한다.

궁극적으로 자비라곤 없는 잔학한 심성을 만들기 위해 익숙해져야 한다고 생각하며 버틴다.

까아악! 까아악! 깍깍!

"여기 웬 까마귀가? 음?"

그 순간 살점을 입에 문 까마귀가 서준아의 옆을 지나간다.

푸른 옷 조각까지 한 번에 뜯어내 먹기 불편해서 그런지 땅에 내려놓고 살점만 쪼고 있었다.

까악! 깍!

푸른 옷 조각, 그리고 열락의 냄새 때문에 눈치채지 못했던 피 냄새와 아까 전 들었던 이야기까지 얽혀 머릿속에 불안감이 솟아난다.

'아, 안 돼. 그거 아니야. 아니야. 아닐 거야. 아닐 거라고. 보면 안 돼. 보면 안 돼. 아직 나에겐 일러. 야, 그건 아니야. 아니라고······.'

깍깍! 까악!

부정하고 참는다.

그렇지만 이번엔 또 다른 까마귀 한 마리가 무언가를 물고 서준아의 옆을 지나간다.

'보면 안 돼!'

서준아는 그것을 봐선 안 된다고 생각했다. 지금도 힘겹게 견디고 있는데, 갑자기 허들이 올라가면 참지 못할 것 같았기 때문이다.

하지만 이미 눈에 들어와 버렸다.

'안 돼……'

까마귀가 입에 물고 있는 것은 아주 작은 손가락이었다.

역시나 까마귀는 그것을 한입에 먹기 힘든 건지 물고 와서 땅에 놓고 살을 쪼기 시작한다.

아주 확실하게 '나이를' 유추할 수 있을 만큼 자그마한 손가락이 서준아의 눈에 크게 들어온다.

'크윽……'

손가락만으로 끝이 아니라는 건 자연히 떠오르는 사실이었다.

괴롭다.

괴로웠다.

이건 도저히 납득하고 지나갈 수 있는 게 아니었다.

서준아는 당당히 구석에서 나와 그 진실을 바라본다.

"젠장할……!"

그것은 도저히 인간의 행실이라 보기 힘든 참상(慘狀)이었다.

아이들은 아래에서 위로 창대에 꽂힌 채였고, 개중 몇몇은 아직 부모 품에서 젖을 떼지도 않은 젖먹이로 보였다.

어떻게 사람이 이런 짓을 할 수 있을까?

'도저히… 이해 못하겠어.'

산적으로서 약탈을 하고 여성을 강간하는 것까지는 뭐, 욕구의 영역으로 저지른 야만성에 근거한다고 할 수 있다.

그러나 아이들은 왜? 왜? 왜에? 왜에에?

스스로에게 의문을 제기하지만 그들의 잔혹함은 서준아가 생각하던 것을 아득히 능가했다.

"…이걸 어떻게 참아. 빌어 처먹을……."

서준아는 아이들의 시신을 자세히 바라본다.

까마귀들이 쪼아서 곳곳에 뭉개진 흔적이 있었다. 하지만 그보다 심각한 것은 신체 곳곳에 단검과 다트가 박혀 있다는 것이었다. 거기에 아래에는 어디서 가져온 듯한 돌멩이들이 보인다.

서준아는 그제야 이해한다. 이 산적 녀석들은 아이들을 그저 재미를 위한 유희 도구로 쓴 것이었다. 술내기라든가, 가벼운 가위바위보를 하듯이 애들을 창대에 꽂아 매달아 두고 표적 삼아서 말이다.

"흐아암~ 아, 젠장! 까마귀 새끼들 겁나 몰려드니 빨리 애새끼들 가지고 논 거 치워……. 엇? 너 누구야?"

크게 하품을 하면서 투덜거리던 산적은 자신들의 산채에 이질적인 인간이 있는 것을 보고 놀라고 있었다.

그래, 놀랐으리라. 한탕 하고 자고 일어났는데 저승사자가 들어와 있을 줄은 상상도 못했을 테니 말이야.

서준아는 핏발 선 눈으로 그를 바라보며 다가간다.

"지나가던… 용사가 아니라… 였던 사람."

자기소개를 마치고 가차 없이 무기를 휘두른다.

"뭐? 커억!"

파앗! 푸욱!

도저히 용서할 수 없는 서준아는 숏 소드를 뽑아 산적의 심장을 찔러 버린다.

참을 수 없는 일이었다.

저열하고 더러운 악(惡)이었고, 아이들을 오락 도구로 쓴 그들을 도저히 인간으로 볼 수 없었다. 그리고 이것을 방치해선 안 된다고 생각한 몸은 이미 움직였다.

"우오오오오!"

서준아는 더 이상 참지 못하고 무기를 고쳐 잡은 다음, 한창 여성을 능욕하는 중인 산적 놈들의 집부터 쳐들어갔다.

이미 악해져야 한다는 생각은 끊은 채 늘 하던 용사의 본능대로 날뛰기 시작했다.

"천벌을 받아라!"

"으악! 침입자다! 침입자!"

싸우기 시작했지만 이건 전투가 아니었다. 산채 안에 마련된 집과 장애물들을 이용해서 하는 서준아의 일방적인 사냥이었다.

한창 성욕을 해결하는 녀석들의 목을 따고, 나와서는 술에 취해 자고 있는 놈들의 명줄을 푹푹 찔러 댄다.

일방적인 학살이었다.

"이, 이 자식 뭐야?"

"다들 깨워!"

"어이! 빨리 일어나! 적이야! 적!"

술을 마시고 잠든 녀석들이 깬다고 해서 제대로 싸울 수 있을 리도 만무했다.

경비를 보는 녀석들도 자고 있을 만큼 군기가 개판인 놈들이라 쓰러뜨릴 체력과 의지만 있다면 매우 쉬운 상대들이었다.

숏 소드로 찌르고, 도끼로 찍고, 날이 무뎌지면 바로 산적들이 쓰던 무기로 바꿔 휘두르는 반복 작업이었다.

"화, 활을 쏴! 커억!"

"으으……. 눈이 핑핑 돌아서 못 맞히겠어!"

"다굴 까! 그러면 제아무리 놈이라도! 크억!"

다 죽어도 될 만한 인간쓰레기 놈들이라 규정했기에 서준아의 손속에는 자비심이 없었다.

마족들을 쓸어버리듯이 한시라도 빨리 이 세상에서 치워 버려야겠다는 생각을 하며 마구잡이로 날뛴다.

두 시간 뒤, 산적의 산채.

한참을 무아지경으로 싸우다 정신을 차리니 그의 주변에는 여기저기 잘리고 깨진 시체들이 즐비했다.

전신에는 자신의 것인지 적의 것인지 모를 피로 가득했고, 땀과 피의 질척한 느낌이 전신을 덮고 있었다.

머릿속에서는 성과에 대한 결과가 울려 퍼진다.

[레벨 업!]

[축하합니다. Lv.24 프라이멀 드래곤 브레이커가 되셨습니다.]

여기 있는 산적 녀석들을 모조리 사냥하니 자그마치 5레벨이 올랐다. 어제 고작 5명을 잡고 19레벨이 된 걸 생각하면 적었지만, 단련된 용병과 잡스러운 산적들이 주는 개별 경험치에 큰 차이가 나는 거라고 여겼다.

'레벨 업이 터무니없군.'

이세계에 온 지 1년이 넘어서야 24레벨이 되었던 옛날을 떠올린 서준아는 며칠도 안 돼 그것에 도달한 광렙업에 놀란다.

하지만 지금은 기뻐할 때가 아니었다.

"하, 하하하…… 젠장할……."

서준아는 머리가 식자 자신의 머리를 움켜쥐며 주저앉는다.

울고 싶었다.

자신이 무슨 짓을 했는지 돌아본다.

주변엔 산적들의 시체가 가득했고, 두목으로 보이는 수염쟁이를 묶어 나무 위에 매달아 둔 상태로 완벽하게 제압을 끝내 버렸다.

"아, 왜 이렇게 되는 건데에에! 하아~"

얼마나 치열하게 싸운 건지 손에 들고 있는 낡아 빠진 검과 도끼에는 살점이 덕지덕지 붙어 있었다.

서준아는 한숨을 내쉰다.

자기 자신이 혐오스러워 견딜 수 없는 그였다. 참아야 하는 것을 못 참고 일을 저질렀으니 말이다.

제4장

암흑 신관

대륙 최강의 복수는 2회 차부터

"젠장……. 이게 아닌데!"

"저, 저기… 뭐가 아닌지 말씀해 주실 수 있을까요?"

"그 모가지 떨어뜨리기 전에 입 다물어."

나무에 매달린 산적 두목은 어이가 없는 표정으로 서준아를 보고 있었다.

'뭐야, 이 미친놈은?'

갑자기 나타나서 산채에 있는 부하들을 다 죽이고 자신은 매달더니, 머리를 박박 긁으면서 자괴감에 빠져 있으니 말이다. 누구보다 미칠 지경에 있는 것은 자신인데 말이다.

"하아~ 미쳐 버리겠네."

한창 자괴감에 빠져 있는데, 산적들에게 구속되어 있던

사람들이 하나둘 나와서 서준아에게 감사를 표한다.

"저, 저기… 정말 감사합니다. 이 은혜를 어떻게 갚아야 할지……."

"덕분에 살았습니다. 꼼짝없이 죽는구나 싶었습니다."

이대로라면 이 산채의 노예로 부려 먹히거나 노예로 팔릴 처지였으니 서준아에게 감사를 표하는 건 당연했다.

'음? 여자들이 없어?'

다만 여성들의 모습이 보이지 않는 게 마음에 걸리는 서준아였다. 중세의 정조 관념을 생각하면 자결하러 갔을 수도 있으니 말이다.

"저기… 여자분들은요?"

"…아이들 곁에 있습니다."

"정말 슬플 따름입니다. 저런 짐승 같은 놈들 때문에!"

산적들의 놀잇감으로 전락해서 죽어 버린 아이들을 직접 묻어 주고자 갔다고 한다.

귀를 기울이자 바람 사이로 아이의 어머니들이 흐느끼는 소리가 들려온다. 자신은 어떻게 되더라도 아이만은 살리고자 몸이 더럽혀지는 고통을 견뎠는데, 이 잔혹한 산적들은 약속이라는 걸 지킬 생각이 처음부터 없었으니 말이다.

"아무튼 조심해서 내려가시고, 다음에는 이쪽으로 오지 마세요. 다 죽었다지만 아마 다른 녀석들이 이 산채를 쓰겠지요. 아니면 근처 영주에게 처리하라고 하든가요."

그들에게 적절한 조언을 해 주는 서준아였다.

"돈이야 여기 산적들 거 챙기시고, 저놈은 끌고 가서 현상금으로 쓰시든지 복수하든지 알아서 하세요."

"제, 제발 살려 줘어어어!"

서준아의 말은 마치 판결처럼 사람들에게 전해진다.

사람들은 즉시 산적 두목을 노려보면서 주변에 있는 무기들을 하나씩 들기 시작했다. 이제 약자와 강자가 뒤바뀐 셈이니 말이다.

"살려 달라니, 이 파렴치한 새끼가!"

"맞아! 이 뻔뻔하기 그지없는 자식아!"

"죽어! 그냥 죽어!"

사람들은 분노를 살아남은 산적 두목을 향해 터뜨리기 시작했다.

무기를 들고 찌르고 때리는 소리와 비명이 울려 퍼진다.

별로 이상한 광경은 아니다.

이곳은 야만의 세계, 약육강식의 세계, 어제의 이웃도 암흑신교나 이교도라고 하면 돌팔매질을 할 수 있는 세계.

그것이 바로 이곳 이세계의 법칙이며 진리였다.

흔한 일이었다.

'저런 거 보면 현대가 그립지. 이곳은 피를 너무 쉽게 보니 말이야.'

성문법과 이성의 시대와 거리가 한참 먼 이 세상에서 현실 세계를 그리워하는 서준아였다.

위선이든 뭐든 좋으니 조금이나마 사람 목숨을 경시하지 않는 현대로 돌아가서 평온함을 만끽하고 싶었다.

'그렇지만 못 가지. 하하! 제기랄……. 아무튼 이 상태를 어찌해야 하나?'

현실 도피를 끝내고 서준아는 다시 고민을 이어 나간다.

지금 일어난 이 사고를 볼 때 자신의 문제는 생각 이상으로 심각했다.

'차라리 마왕이나 암흑 신관에게 부탁해야 하나?'

태산처럼 굳어진 마음을 쉽게 바꾸는 것은 힘들다는 생각을 한 서준아는 극단적인 방법까지 떠올린다.

그러나 일단 할 일을 위해 산채를 뒤지기 시작했다. 뭔가 정보를 얻을 수 있을지도 모른다는 생각이 들었으니 말이다.

'정보 같은 거 없으려나?'

서준아는 산채 두목이 쓰던 방에서 장부나 기록을 뒤지면서 특별한 게 없나 살펴본다.

아무리 봐도 이곳은 아까 죽은 그 두목이 관리할 만한 규모와 산채가 아니었다. 군기 자체를 못 잡은 것과 다르게 시스템 자체는 훌륭하고, 조직적으로 짜여 있는 곳이었다.

'누가 머리를 써 준 티가 나.'

즉, 그 산적 두목은 바지 사장 같은 존재일 것이라는 게 서준아의 추측이었다. 확실하지는 않지만 말이다.

더 확실한 단서가 있었으면 하면서 여기저기 찾아보지만 뚜렷한 물건은 눈에 띄지 않는다.
"흐음……. 단서 같은 건 잘 안 보이네. 다만 장부나 관리한 흔적을 보면 머리 쓰는 놈이 있다는 거고……. 지금은 여기 없다는 건가?"
　서준아는 산적들의 행적을 생각한다.
　일부는 여기서 잡은 사람들을 관리했다면 나머지는 약탈해서 얻은 장물들을 산채에서 쓸 물자와 돈으로 바꾸러 갔음이 틀림없다고 판단한다.
"어디 암흑신 표식 같은 건 없나? 있으면 여기가 빙고인데……. 다른 데 찾으러 갈 필요도 없고 말이야."
　얼마 전까지만 해도 마족들이 범람하던 시대였다.
　그것에 아랑곳하지 않고 세력을 키워 살아갈 수 있었다는 건 이곳이 암흑신과 관련된 곳일 가능성도 있었다.
"…하아~ 그럼 그렇지. 일이 쉽게 풀릴 리가 없지."
　옛 기억을 살리면서 서준아는 암흑신교 놈들이 얼마나 일 처리를 잘했는지 생각한다.
　대부분이 점조직으로 운영돼서 하나를 털어도 정보는 쥐꼬리만큼 주고, 잡혔다 싶으면 다 자살하거나 자폭을 해서 정보를 얻기가 힘든 놈들이었다.
"뭐, 있든 없든 나갔던 녀석들이 돌아오면 만나 봐야 하니 말이지."

이미 신나게 산적들을 죽여 댄 만큼 나갔던 녀석들이 돌아올 때까지 기다렸다가 마무리하기로 한다.

덤으로 남은 인원 중에 암흑신교의 끄나풀이라도 있는지 알아보기 위해 암흑신교인 척하기로 했다.

"준비나 해야지."

서준아가 산채 내를 뒤지다 밖으로 나오니 사람들은 이미 떠나 있는 상태였다.

자신이 제압해서 매달아 둔 산적 두목은 머리만 댕강 잘라 간 채였다. 아마 상금을 노린 것이리라.

하지만 서준아는 상관없다는 듯 자기 할 일을 하러 간다.

"암흑신 문양을 그리자. 그러면 알아볼 놈은 알아볼 테니 말이야."

서준아는 질리게 보았던 기억대로 시신의 피를 사용해 암흑신의 문양을 그리기 시작한다.

산채 입구부터 시작해서 곳곳에 기억나는 문양을 모조리 그려 대니 순식간에 공포 영화에서나 나올 법한 장소가 되어 버린다.

이만하면 누가 봐도 서준아를 사이코패스 암흑신교도로 생각할 것이다.

'생각만 하는 게 아니라 그렇게 되고 싶은데……. 온다!'

한참 그리던 서준아의 '초감각'에 멀리서 말을 타고 오는 이들의 기척과 소리가 감지된다.

무거운 짐을 들고 있는 말과 아닌 말이 있는지 땅울림의 박자가 섞여 있다. 그리고 흥겨워하는 웃음소리까지 들리는 걸 보아 나갔던 산적들이 돌아왔다고 확신할 수 있었다.

"어이, 이봐! 이상한데? 왜 앞에 나와 있어야 하는 녀석들이 없어?"

"어떻게 된 거야?"

"피 냄새……. 난리가 난 것 같습니다!"

"어서 확인해 봐! 이 문양은?"

웅성거리면서 다급하게 들어오는 산적 무리들이다.

서준아는 그 야만인들 사이에 멀쩡한 녀석, 혹은 암흑신의 기운을 가진 녀석이 없나 확인해 본다.

그러나 산적들 대부분이 그가 그린 문양을 보고 아무런 반응을 보이지 않았다.

"저기 사람이 있다!"

"네 녀석이 여기를 이렇게 만든 거냐!"

'보자. 다른 녀석들은 어떨까?'

앞에 녀석들이 말을 걸긴 했지만 서준아는 그들을 무시했다. 일행 중에 암흑신교 녀석이 있는가가 더 중요한 문제였다.

그는 다른 인원들을 체크했다.

"이 자식이! 우리 말을 무시하는 거냐?"

"죽고 싶냐? 어엉? 너 이 자식! 대답 안 하냐고!"

'…음, 이 산적들은 일단 죽이고 볼까?'
"기다리십시오! 다들 멈추십시오!"
인파 속에서 다급한 외침이 들려온다.

서준아가 입구부터 그려 놓은 암흑신의 표식을 드디어 알아챈 이가 있는 것일까?

무장하고 있는 산적들과 다른 학자풍 로브를 입은 목소리의 주인공이 인파를 헤쳐 나온다.

"휴우~ 하아……. 설마… 설마 이런 곳에 같은 교단의 일원분이 찾아오실 줄은 몰랐습니다."

'빙고.'

서준아는 찾았다고 생각하며 기뻐한다.

산적들을 제치고 나타난 녀석은 곱상하게 생긴 10대 후반의 청년으로 안경을 쓰고 갈색 로브를 걸쳤으며, 학구적인 모습이 딱 지식인 같은 느낌이었다.

그는 표식을 알아봤고, 서준아는 반갑기 짝이 없었다.

"이 어둠의 종이 감히 어디에 있는 교단 지부분이 오셨는지 존함을 여쭙겠습니다. 상위 문양을 쓰신 걸 보아선 대사교님의 전언을 받고 오신 것 같습니다만?"

'내가 상대한 녀석들이 쓴 문양을 그대로 썼을 뿐인데……. 아, 문양에 따라서 직위가 다르긴 하구나.'

서준아는 그저 기억에 있는 대로 적었지만, 게릴라 활동을 하는 암흑신 세력답게 쓰는 문양으로 직위와 목적을 구분할 수 있는 것 같았다.

 생각 이상으로 고도의 암호화된 문양을 쓰는 것에 대해 감탄하면서 일단 금방 암흑신교 사람을 찾은 행운에 미소를 짓는다.

"아니, 뭐야? 어떻게 된 거야?"

"우리 참모님, 암흑신교도였어?"

"허, 미친! 그럼 저놈도 참모님이 부른 거라고?"

 그는 이곳 산채의 참모였고, 산적들은 그가 자세를 낮추는 것이 어지간히 놀라운 사실이었나 보다.

 서준아는 사실 암흑신과는 관계가 있지만 교단과는 아무 관계 없는 몸이라 어디서부터 설명해야 할지 모르겠다는 듯 난감한 표정을 짓는다.

 우선 그의 신원을 확인한다.

"일단 너, 암흑 신관은 맞지?"

"아직 견습으로 많이 모자란 몸입니다. 그러나 암흑신의 권속에 속해 있는 것은 확실합니다."

"그거면 됐어. 혹시 대사제급과 연락할 수단을 가지고 있나? 나 꽤 바쁜데 말이지."

"잠깐만……. 지금 대사교의 문양을 쓰시고서 그분들을 찾는단 말입니까?"

 서준아는 멍청하게도 질문을 잘못 골라서 눈앞의 암흑 신관의 의심을 산다.

어떻게 말을 둘러대야 하나 고민하지만 익숙하지 않은 일은 아무리 열심히 하려고 해도 할 수 없었다.

"아, 아니, 그게… 그러니까 사정이 있는 건데……."

"아무래도 제대로 사정을 들어 봐야 할 것 같군요. 여러분! 저자를 당장……."

"이걸로 설명하는 게 빠르겠군."

그의 발언이 끝나기도 전에 서준아는 가장 가까이에 있는 산적에게 도끼를 투척한 뒤, 검을 잡고 앞으로 달려간다.

머리가 부족한 그는 역시 무력으로 이야기하는 게 빠르다고 생각하며 남은 산적들을 제압하기 시작한다.

"끄아악!"

"컥!"

도끼를 맞은 놈은 쓰러지고, 그다음 심장에 검을 찔러 어깨로 받쳐 뒤로 넘긴다.

서준아는 지체 없이 남은 인원수를 체크하면서 바닥에 떨어진 무기를 줍고 전진한다.

남은 인원은 8명! 어차피 필요한 것은 저 암흑 신관 하나뿐이고, 다른 놈들은 죽어 마땅한 산적 놈들이라 손속에 사정을 둘 필요가 없었다.

"이 자식이!"

"느리군."

콰직!

정신을 차리고 무기를 든 산적이었지만, 서준아의 주먹이 얼굴을 가격하자 목이 꺾여 절명한다.

레벨 업으로 올라간 근력 스탯 덕분이었다.

그다음 주먹을 맞고 쓰러진 놈이 잡고 있던 못이 박힌 나무 몽둥이를 발로 차서 날린다.

"으앗!"

그것을 맞은 놈은 주춤거렸고, 서준아는 춤추듯 한 바퀴 돌아서 뒤를 노리던 녀석의 턱을 검의 자루로 올려친다.

"뭐, 뭐야? 이 자식! 귀신이냐?"

"미친놈인가?"

"차, 참모! 뭐 어떻게 합니까, 이걸?"

순식간에 4명이 죽어서 그런지 당황해하는 기색이 역력한 네 사람이었다.

산적들은 약자를 일방적으로 괴롭혀 죽인 경우가 대부분이지, 동네 자경대와도 싸우지 않는다.

허세와 협박에만 능숙한 놈들이라 실제 전장에선 기세만 꺾으면 매우 약하다.

"어둠의 신이시여! 당신을 방해하는 자를 배제하소서! '다크 바인딩'!"

참모라고 불린 암흑 신관은 동료 산적들의 부름에 답하듯 품에서 책을 꺼내 암흑 마법을 시전한다.

 '맞아 본 거군.'

 검은 어둠으로 된 끈이 서준아를 덮치지만 그는 아무렇지 않게 돌파하면서 무기를 계속 휘두른다.

 "뭐야?"

 '내 '스킬'에 대해 잘 모르니 말이지.'

 [(전설)무너지지 않는 불굴-자신의 레벨 이하 마법의 효과를 감소시킵니다. Mag 수치에 추가로 영향을 받으며, 격차가 클 시 마법을 무시합니다.]

 여신의 축복. 그것으로 얻은 스킬의 힘 덕분에 서준아는 암흑 신관의 마법을 무시하고 다른 산적들을 공격할 수 있었다.

 암흑 신관은 놀란 얼굴로 그것을 바라볼 수밖에 없었다.

 "으아악!"

 "쿨럭!"

 팍! 빠각!

 그다음은 안 봐도 뻔했다.

 서준아는 암흑 신관의 마법을 믿었던 두 녀석의 머리와 목을 터뜨리고 베어 낸다.

한쪽에선 피가, 한쪽에선 두개골이 깨지면서 피와 뇌수가 터진다.

무력의 격차가 너무 심했다.

"으, 으와아아아악!"

"같이 가!"

남은 산적들은 이길 수 없다는 것을 깨닫고 잽싸게 도망치려고 한다.

"아, 도망가네."

"어, 어떻게 이런 일이!"

그러나 서준아는 놈들을 도망치게 둘 생각이 없었다.

땅에 놓여 있는 조잡한 창 하나를 집어 던져 한 번에 꿰뚫어 버린다.

꼬치가 되어 버린 놈들은 땅에 쓰러진 채 부들부들 떨다가 그대로 죽는다.

"다, 당신은 대체… 정체가 뭡니까? 어떻게 이런 무력을!"

"밝힐 수 있는 건 딱히 없지만 확실한 걸 말하자면……."

서준아는 검에 묻은 피를 털어 내면서 천천히 암흑 신관에게 다가간다.

"나는 암흑신 쪽 편이라는 거고, 마왕을 부활시켜야 하는 임무를 맡고 있다. 이 두 가지는 확실하게 보증할 수 있다."

생사여탈권을 쥐고 협박하지만 이런 상황이 되면 누구라도 이야기를 잘 들어 줄 것이라는 것을 그는 잘 알고 있었다.

"아니면 같이 암흑성가(暗黑聖歌)를 부르면서 예배라도 드릴까? 귀동냥으로밖에 알지 못하는 게 문제지만 말이야."

서준아는 교단이나 지부를 쳐들어간 적이 많았던 만큼 운율과 1절 가사 정도는 알고 있었다. 그가 암흑신교가 아니라 부를 일이 없어서 그렇지.

지금은 필요한 것 같아서 기억을 더듬으며 떠오르는 운율을 부르는 그였다.

"흐으응~ 흐흥흥~ 으으음~ 아아아아~ 흐응~ 아아! 이랬던가?"

"…아, 아무튼 암흑신교와 관련되신 분인 걸로 이해하겠습니다."

"그건 다행이네. 아, 그보다 이렇게 만든 건 좀 미안해. 이 산적 녀석들은 너무 거슬려서 도저히 살려 둘 수가 없더라."

"아, 괜찮습니다. 어차피 버리는 패니까요. 언젠가 제물로 쓰려고 기세를 키워 둔 건데, 당신만큼 강한 전력을 얻는 거라면 주교님도 손해로 여기지 않으실 겁니다. 더구나 스스로 암흑성가를 부르셨으니, 뭐……."

호의적으로 대하는 것만으로도 이단 행위인데, 적극적으로 암흑신교를 숭배하는 듯한 제스처를 취하니 이야기가 통한 것 같았다.

'주신교와 달리 암흑신교는 증명이 너무 쉬워서 좋다니까……'

주신교 쪽에 거짓 신앙을 대면서 잠입하는 놈이 있는 반면 암흑신교 쪽에는 빈말로라도 잠입하겠다는 놈 자체가 없었다.

그들의 문화를 접하는 자체를 이단 취급으로 따지는 만큼, 반대로 이단적 행위만 하면 금방 호의적으로 변하는 것이 암흑신교였다.

"아, 그리고 하나 더 미리 말해 두겠는데, 나 이세계인이야."

"예에? 말도 안 돼……. 그럼 주신교잖습니까! 애초에 이세계인을 부르는 건 주신밖에 가능하지 않은데!"

"그 망할 신이 날 이곳으로 부른 것 때문에 인생 여러모로 꼬이고, 뒤통수도 거하게 맞아서 개종했어. 이 망할 세상 모두 불살라 버리고 싶어서 말이야."

물론 그것을 실행하는 데는 자신의 양심부터 시작해서 많은 장애물이 있긴 했다.

아무튼 서준아는 진심이었다.

그의 열의가 전해졌는지 견습 암흑 신관은 고개를 끄덕이며 납득했다.

"아, 알겠습니다. 그러면 주교님께 모셔다드리도록 하겠습니다."

"고마워."

"그런데 당신을 뭐라고 불러야 할지 이름이라도 알려 주십시오. 저는 참고로 러니라고 불립니다. 식탐(Gluttony)에서 따온 말이지요."

그의 이름을 듣자 암흑신에 관련된 녀석들의 작명 규칙은 전부 부정적 단어에서 따온다는 것이 떠오른 서준이었다.

암흑신교는 중2병 센스를 폭발시켜서 이름을 짓는 것이 매우 당연하게 여겨지는 곳이었다.

물론 단어가 한정되었기에 원문 그대로 쓰기보다는 철자를 바꾸거나 아나그램으로 변형하는 경우가 많지만 말이다.

"나는 그러니까…… 으음~"

이름을 밝혀야 하는 것이 난감한 서준이었다. 본명을 그대로 대기에는 자신이 암흑신교에 끼친 피해가 너무 거대했고, 공포의 존재로 자리 잡아 있었으니 말이다.

'요, 용사 서준아? 히이이익!'

기껏 정리한 관계가 다시 파탄 나는 사태가 발생할지도 모른다.

'그냥 벤이라고 할까?'라고 생각한 순간 눈앞의 녀석이 지은 암흑신교식 작명 규칙에서 영감을 받아 새로운 이름이 번뜩 떠오른다.

"그럼 난 벤전스라고 불러라. 줄여서 벤."

"벤전스(Vengeance). 복수라는 뜻이군요. 어울리는 이름입니다. 진심으로 입교할 각오가 되신 거라 생각하겠습니다!"

벤이자 벤이 아닌 새로운 이름을 스스로 지었다는 것에 서준아는 자신이 생각해도 딱 좋은 이름 같았다. 이 육체의 주인이 가진 이름과도 비슷했으니 말이다.

이야기가 되었으니 이제 견습 암흑 신관을 따라 암흑신교의 본산으로 향하기로 한다.

"러니라고 부르면 되나?"

"아, 예. 물론입니다, 벤 님."

살갑게 웃는 얼굴과 친절한 태도. 그동안 알았던 암흑신교에 대한 선입견이 쉽게 사라지진 않아도 이 녀석은 좀 덜 물들었다고 생각하는 서준아였다.

'그래도 견습이라 그런가? 아직 덜 물들어서 사람답게 이야기할 수 있네.'

"아, 벤 님, 이세계인이시면 인벤토리를 쓸 수 있으시지요? 부탁 하나 해도 되겠습니까?"

"음? 내가 가능한 거라면 괜찮다. 근력도 좀 있으니 꽤 많이 넣을 수 있다."

"그러면 살이 오른 시체의 운반을 좀 부탁하겠습니다. 저희 식사라서 말이죠. 저도 좋아하고요. 산적 녀석들의 뒤를 봐주던 것도 식사 문제 때문에……. 방금 죽은 녀석들로 한 세 구만 부탁합니다."

아무리 겉으로 보기엔 멀쩡해도 암흑신교는 암흑신교라는 것을 다시 깨닫게 되는 서준아였다.

'그럼 그렇지.'

저 러니가 속한 분파는 다른 점보다도 식인(食人)을 우선시하는 놈들 같았다.

우호적인 제스처를 위해 해 줘야 한다고 생각은 했지만 서준아의 몸은 이미 검을 들어 목에 겨누고 있었다.

"내 인벤토리를 저런 쓰레기 놈들의 시체로 더럽힐 셈이냐?"

"그, 그… 신이 만들어 준 무한 공간에 보관하는 거라서 딱히……. 게다가 오늘 저녁밥인데 말이죠."

"널 잘라서 넣어도 되면 허락하지."

"하, 하하핫! 아, 알겠습니다. 제가 마차에 실어서 나르도록 합죠. 시간이 좀 걸리겠지만 기다려 주십시오. 혼자 해야 해서……."

서준아의 거북해하는 모습과 살기 때문인지 러니는 식은땀을 흘리며 물러선다. 이미 산적 수십을 살해한 그에게 자신의 시체가 추가되는 일 정돈 간단할 것이기 때문이다.

다만 식인을 포기할 순 없는 건지 러니는 산적들이 노획한 마차 하나에 시체를 실어 나르기 시작한다.

"자, 가시죠! 옆에 타셔도 좋습니다."

"난 따로 말을 타고 가지."

서준아는 능숙하게 남은 말을 탄다. 기병대로서 돌격을 지휘한 적도 있는 그에겐 식은 죽 먹기였다.

"오, 이세계분인데 말도 잘 타시는군요."

"여기 온 지 몇 년이나 되었으니 말이야. 기사단에서 쓸데없이 훈련도 받았었지."

"과연! 왕국이든 제국이든 이세계인을 소환하면 교육한다는 건 주교님들에게 들어서 알고 있습니다. 아무튼 오늘은 진수성찬이 되겠군요. 흐흠~"

부하로 쓰던 산적들이 시체가 되었음에도 멀쩡한 놈의 상태를 보니 역시 암흑신교답다는 생각이 든다.

발랄한 표정으로 마차 짐칸에 있는 시체를 바라보는 녀석의 모습은 솔직히 역겨웠다.

그러나 이걸로 복수에 한 걸음 다가설 수 있게 되었다는 점을 생각하면서 참아 낸다.

'조급해선 안 된다. 한 번에 하나씩 해 나가는 거야.'

서준아는 조급해지려는 마음을 진정시키려 애쓴다.

해야 할 일은 너무도 거대하고 많다.

아직도 자신은 혼자였다.

고민도 많고 장애도 많았지만 멈추지 않고 한 걸음씩 나아가는 것만으로도 감사해야 한다.

'이세계에 처음 왔을 때보다 훨씬 나으니 말이야.'

그는 희망이 없는 일에 의지 하나만 가지고 덤볐던 사람이다.

가족에게 돌아가기 위해, 갈 수 없는 차원 너머로 가기 위해 전쟁터로 향했던 전적이 있다.

그때에 비하면 지금은 레벨도 있고, 무력도 있고, 지식도 있다. 불평할 요소는 하나도 없었다.

'반드시 불태워 주겠어.'

서준아는 언젠가 멸망시킬 왕국이 있는 방향을 바라보며 의지를 다진다.

제5장

호구는 죽어서도 호구

대륙 최강의 복수는 2회 차부터

 이세니아 왕국, 수도 루테시아.
 서준아가 죽은 뒤 왕국에서는 예정대로 전승 기념식과 동시에 암흑신, 마왕 세력과 싸우는 데 큰 공을 세운 프리실라 왕녀가 정식으로 즉위하고 있었다.
 수많은 피와 희생을 쌓아 온 대전이 끝나고 치르는 행사로 백성들에게 희망을 주기 위해 가능한 화려하게 치르고 있었다.
 "마왕 루미네시아는 쓰러지고, 드디어 우린 평화를 되찾았습니다. 그러나 그 희생을 결코 잊어서는 안 됩니다. 전쟁이 끝나고 평화를 찾았지만 그것을 지켜 내는 것이 더욱 힘들다는 사실도 잊어서는 안 됩니다."

마왕이 죽어 흑천군이 물러나 일시적인 평화 상태가 되었다. 하지만 마족과의 전쟁은 아직 끝난 것이 아니었다.

"여러분, 마왕은 죽었지만 아직 세상엔 혼란과 암흑신의 권속들이 많이 남아 있습니다. 우리는 빠르게 나라를 재건하기 위해 힘써야 합니다. 신은 평민, 귀족을 가리지 않고 노력하는 자에게 축복을 내릴 것입니다. 우리 모두의 평화를 지키기 위해 저 또한 노력해 나갈 것입니다."

"와아아아아아!"

왕관을 쓴 프리실라 왕녀는 음성 증폭이 걸린 마도구 앞에서 희망의 메시지를 담은 연설을 하고 있었다.

그녀는 계속해서 말을 이어 나간다.

모두들 빛나는 눈으로 새로운 시대와 평화가 다가오는 것을 기뻐하고 있지만, 귀빈석에 앉아 있는 한 사람은 인상을 잔뜩 찌푸린 채 그 위선 가득한 연설에 구역질이 나는 걸 억지로 참고 있었다.

'노력하는 자에게 축복이라……. 태연한 얼굴로 거짓말하는 솜씨가 대단하시네, 여왕님.'

"어이, 자칼, 자세를 바로 고쳐라. 중요한 행사이지 않은가."

용병 자칼. 도적단이었다가 용병으로 합류한 용사의 동료 중 하나로, 악당 같은 인상과 도적단에 있던 경험을 이용해 모험을 다니는 지역의 조직에 잠입해 정보를 모으는 중요한 역할을 하던 이였다.

"천한 도적이자 용병 나부랭이에게 뭘 바라는 거요? 나는 억지로 참여하는 거란 말입니다."

"네놈, 죽고 싶은 게냐?"

"아, 그럼 죽이시든지요. 댁들 손에 죽은 용……."

'용사처럼'이라는 말이 다 떨어지기도 전에 옆에 앉아 있던 체스트가 자칼의 입을 막아 버린다.

지금 그가 하던 말은 결코 해서는 안 되는 금기로 이 왕국에서도 몇 사람밖에 모르는 극비였다.

그의 죽음의 주체가 동료였다는 것도 문제였지만 그의 죽음이 알려져선 안 되는 이유가 또 있었다.

"그리고 7년간 왕국을 위해 몸과 마음을 바쳐 싸워 준 용사 서준아 님. 오늘 그분을 돌아가게 하기 위한 포탈을 준비했으나, 그는 또다시 우릴 위해 여정을 떠나셨습니다. 대가를 바라지 않고 그는 아직도 자신이 해야 할 일이 있다면서 세계로 떠나셨고, 언제든 도움이 필요하면 부르라고 했습니다."

서로를 노려보는 자칼과 체스트의 귀에 뻔뻔함의 극치를 달리는 연설이 계속해서 들린다.

하지만 프리실라의 아름다운 미모는 빛났으며, 그것만으로도 호소력이 증가하여 거짓조차 진실로 만들고 있었다.

자칼 또한 몰랐다면 그냥 넘어갔을 정도로 가식과 거짓의 빛 한 점 보이지 않는 연기에 소름이 돋는 것을 느끼며

분을 삭인다.

'…아주 죽은 사람 골수까지 빨아먹는군. 누가 마왕인지 모르겠어.'

"그는 이 왕국에 자리 잡은 무(武)의 상징이요, 제국과 연합이 두려워하는 유일한 검이다. 그가 죽었다는 것이 알려지면 대륙은 다시 전쟁에 휩싸인다. 너도 그걸 바라진 않겠지? 아들과 딸이 있는 걸로 안다만?"

날카로운 말이 가시가 되어 자칼의 가슴에 꽂힌다.

그렇다. 용사의 동료로서 인정받은 그는 충분한 은상도 받았고, 마음에 드는 여성을 찾아 결혼해 아이까지 있는 상태였다.

마족과 지겹게 싸운 탓에 전쟁에 대해 신물을 느끼고 있었고, 가능하면 일어나지 않았으면 하는 건 사실이었다.

'하아~ 그렇지만 화가 나는 건 어쩔 수 없구나! 망할 자식들!'

대륙의 평화와 전쟁 방지를 위해 한 사람을 죽이고, 그 사람의 죽음까지 이용해 먹는 이 현실이 옳은 것일까?

자신과 관련 없는 이세계에 불려 와 집에 돌아가기 위해 7년간 힘썼고, 마왕까지 잡는 위업을 달성했다. 그런데 그를 죽이고 죽음까지 이용하다니.

더 열 받는 것은 이런 부조리를 아는데도 아무것도 하지 못하는 자신의 무력함이었다.

'어쩌면 나까지 처분할지도?'

덜컥 드는 두려움.

용사도 죽였는데 자기 같은 불안 요소를 왕국에서 내버려 둘 리가 없다.

이 행사가 끝나면 빠른 시일 내에 가족들을 데리고 어디론가 대피해야겠다는 생각이 든다. 아니면 과거 서준아에게 주어진 영지나 그쪽에 남은 가신들에게 의지해야 할지도 모르고 말이다.

'무슨 생각을 하는지 다 보이는군.'

하나 그의 생각은 이미 간파되었고, 즉위식과 기념행사가 모두 끝나고 열린 파티에서 체스트는 곧장 이 사실을 프리실라 여왕에게 알린다.

자칼의 처분에 대해서 묻자 그녀는 조심스럽게 고개를 저으면서 조용히 말한다.

"내버려 두세요."

"하오나 놈은 분명 불안 요소로 남을 겁니다. 당장 처리하지 않으면……."

"급히 처리하려다 역으로 '기쉬 지방'에 있는 그의 가신들이 눈치챌 수 있습니다. 그곳의 인재들을 잊으셨습니까?"

"그렇군요."

'기쉬 지방'. 용사 서준아가 7년간 여러 공을 세우면서 받은 영지로, 명목상으론 그의 것이었으나 알다시피 그의 목적은 오로지 마왕 토벌밖에 없었다.

왕국으로서는 그가 영지 발달에 힘쓰면서 이곳에 정을 붙이길 원했기에 도움은 일절 안 주고 책임을 지게 만든 영지였다.

"7년간 그는 신분에 상관없이 인재들을 모아서 배치했고, 그 결과 그곳은 이미 기사급 무장 350에 정예 병사 2만, 예비군 5만, 영지민 220만이 있는 대영지가 되었으며, 지방을 다스리는 영주 대리와 가신들은 서준아에게 절대적인 충성을 바친 자들입니다."

정을 붙이도록 만들기 위해 방치하고, 전례에 없던 일을 해도 묵과한 결과 어느새 대영지로 발전해 있었다.

"관심 없다고 한 것치고는 인재를 적재적소에서 데려와 배치하는 바람에 그리되었죠."

"아아, 그랬었죠."

과거의 일을 떠올리는 프리실라 여왕이었다.

그를 따르는 영지의 사람들도 후환이 될 수 있다는 우려를 예전부터 해 왔었다. 그저 싸움만 잘할 거라 생각한 그에게 인재 등용의 재능이 있을 줄은 상상도 못한 것이다.

"늘 자신은 평범하다고 했으면서 그런 재능이 있었을 줄이야. 더구나 신분에 구애받지 않고 인재를 뽑아 버리니 반발이 있었지만……"

서준아도 그 영지를 순순히 받기 싫어서 그들이 싫어할

짓을 일부러 골라서 했다.

예를 들어 영주 대리를 평민 출신으로 임명한다거나 하는 일 말이다.

"그를 이곳에 붙잡기 위해서 방치해 버린 탓에 어느샌가 저런 세력이 만들어져 버렸죠. 그곳도 서준아가 살아 있다고 해야 가만히 있겠지요."

왕국에 정을 붙이게 하기 위해 방치하다가 세력이 커진 건 단순하게 볼 일이 아니었다.

서준아가 전국 곳곳을 돌며 찾은 인재들을 모조리 자신의 영지에 끌어모았다. 그들은 은혜를 갚기 위해 자연히 노력했고, 알아서 대박이 터진 것이다.

서준아는 손도 안 댄 영지가 영주민은 갈수록 늘어나고 살기 좋은 곳이 되어 버린 것이다.

그래도 주인은 서준아이며, 인재들은 그가 등용했기에 모두 그에게 절대적인 충성을 맹세하고 있었다.

"이 상황에서 자칼이 죽는다면 그들은 분명 의심할 겁니다. 가뜩이나 영지도 들르지 않고 잠적했다는 소식을 납득하기 힘들 테니 말이죠. 거기 있는 자들이 만만하다면 모를까, 지금 영주 대리인 메어리라는 자는 매우 똑똑했던 걸로 기억하고 있습니다."

서준아의 영지에 들렀을 때 자신을 맞이한 것을 기억하는 프리실라였다.

"신분이 평민 출신인 게 문제라서 우린 중용을 못했지만요."

신분만을 빼고 지성과 재능 모두가 뛰어난 그녀를 생각하며 안타까움을 표하는 프리실라였다.

"…하여간 죽어서도 사람 골치 아프게 만드는 놈이군요."

"하지만 그가 없었다면 이 왕국도 그렇고 저도 여왕의 자리에 오르지 못하고 제국이나 연합국의 늙은 귀족의 품에 있었겠죠. 그를 소환한 것은 제 인생 최고의 행운이었어요. 여러모로 쓰기도 좋았고, 욕심도 없고, 단순하면서 한없이 올곧았거든요."

말을 심하게 하면서도 그녀는 한 점의 동요도 없었다. 그녀 또한 큰 은혜를 입은 이의 뒤를 찌르고, 죽여서까지 이용하고 있는 이 상황이 당당할 리는 없을 텐데 말이다.

그녀는 천부적인 연기력으로 자신을 감출 수 있었다.

이런 비정함이 있기에 그녀에게 왕좌가 어울리는 것일지도 모른다.

'참 아까운 사람이죠. 좀 더 이용할 수 있으면 여러모로 편했을 텐데……'

그를 죽이지 않았다면?

분노에 찬 그는 검을 뽑아 자신들에게 겨누었을 것이고, 다시 한 번 인류끼리 싸우는 전쟁을 맞이했을 것이다.

그리고 그 첫 번째 타깃은 이 왕국이 되었으리라.

일념 하나로 마왕까지 쓰러뜨린 무서운 남자는 왕국이

멸망할 때까지 그 분노를 토하리라.

"여왕 폐하, 그럼 자칼에 대해서는 밀정을 붙이고 감시하는 정도는 괜찮겠습니까? 혹시 누군가 이의를 제기하면 호위 명목이라고 할 수 있으니 말입니다. 그가 메어리와 접촉하려 하는 건 막아야지 않겠습니까?"

"알겠습니다, 체스트 경. 그러나 절대 손을 대선 안 되는 걸 명심하십시오. 내정이 안정되고 왕권이 공고히 되기 전에 일이 발생하면 안 되니 말입니다."

"알겠습니다, 폐하."

체스트 경은 바로 파티장을 빠져나가기 시작한다.

그를 비롯한 동료 모두가 이 왕국을 사랑하고, 대륙을 평화롭게 하며, 문명을 번영시키기 위해 물심양면으로 노력하고 있다.

그러나 이 미래는 세상을 구한 한 사람을 배신해서 얻은 결과물이었다. 그리고 저질러진 일은 되돌릴 수 없기에 자신들은 앞으로 나아갈 수밖에 없었다.

그렇게 생각하는데 프리실라 여왕에게 누군가 다가온다.

"음? 체스트 경이 무슨 말을 했는지요? 실례지만 여쭈어도 되겠습니까, 여왕 폐하?"

"아, 별일 아닙니다, 오벨 백작님. 그저 몇 가지 후속 조치를 명한 것뿐입니다."

"그렇군요. 그보다 저희는 서준아 님이 다시 모험을 떠난 사실을 방금 연설을 통해 알았는데… 그분은 어디로 향하셨습니까?"

오벨 백작. 탁한 적발에 올백 머리 스타일을 한 날카로운 눈빛의 남성으로 이세니아 왕국 귀족파의 젊은 필두였다.

그는 프리실라가 왕녀 시절부터 정치적으로 대립하던 라이벌 같은 존재로, 각종 개혁을 주도하던 그녀를 수많은 귀족들의 지지를 업고 견제하던 역할이었다.

프리실라 왕녀가 여왕의 자리에 오르는 데 가장 큰 장애물이었던 자다.

"왕좌가 참 잘 어울리시는군요. 하하! 쟝 왕자님이 앉아도 괜찮았을 텐데……."

그는 장자였던 쟝 왕자를 지지했지만 마족과의 전쟁에서 큰 공을 세운 용사 서준아가 프리실라 왕녀를 지지하고, 그 뒤를 따르는 여론의 압도적인 바람에 밀려 그를 옹립하는 데 실패하고 만 처지였다.

그래도 왕국 귀족들의 세력은 전쟁 후에도 건재했고, 내전을 벌일 처지가 아니라서 놔둘 수밖에 없었다.

"사람들을 구하기 위해 세계를 누비시는 분을 제가 어찌 알겠습니까? 아, 우선은 스승님에게 인사를 올리겠다고 했습니다."

프리실라는 자애로운 미소를 짓는 연기를 하며 자신이 죽인 서준아의 행방에 대해 거짓말을 한다.

그녀의 미모와 연기력은 거짓도 진실처럼 말하는 힘이 실려 있었고, 오벨 백작은 그런 그녀의 눈빛을 노려보면서 감정의 변동을 알아내려 한다.

'암여우 같으니!'

그러나 프리실라는 단 한순간의 머뭇거림도 없기에 결국 읽어 내는 것을 포기한다.

"아~ 그러시군요. 너무 갑작스러워서 말이죠. 평소에 그렇게 집에 가고 싶다고 난리를 치시던 용사님이 갑자기 마음을 바꿨다는 게 기묘해서 말입니다. 어제까지만 해도 마법진 준비를 했던 게 보였는데……. 크흠흠!"

"예. 저희도 그분의 마음을 돌리기 참 힘들었죠. 워낙 완고하신 분이었으니 말입니다."

서준아의 귀환에 대한 욕망은 누구나 다 아는 사실이다. 그런 그가 갑자기 이세계에 남겠다고 했다는 것엔 누구나 궁금증을 표할 만했다.

하나 오벨 백작의 눈빛은 그것을 넘어서 무언가 다른 것을 알아내려고 떠보는 것 같았다.

'혹시나 그가 죽었거나, 우리와 사이가 나빠져 저에 대한 정치적인 지지를 풀었나 하는 생각을 하고 있군요.'

서준아의 성격도 성격이었지만 바로 전날까지 준비한 마법진을 철수한 것도 그렇고, 너무나 갑작스러운 소식들이었기 때문이었다.

자신이 지지하던 여왕의 즉위식을 보지 않고 떠나는 것도 이해할 수 없는 일이었기에 의심을 살 수밖에 없었다.

'아무리 봐도 의심스러운 상황이지. 흐음~ 또 어제 체스트 경의 그리폰 '썬더'가 움직였다는 소식도 있었고……'

'죽어서도 그는 이 나라를 움직이는군요.'

자신들의 손으로 죽였지만 서준아는 이 대륙의 전설이었고, 그가 가지는 정치적, 전략적 무게는 엄청났다.

단적으로 말해 그가 프리실라 왕녀를 지지하지 않았다면 그녀는 오늘 여왕의 자리에 없었을 것이다.

무력도 무력이지만 명성과 영지의 영향력, 그의 모든 것이 아직 이세니아 왕국의 정세를 움직이고 있다.

'그것참 재미있네요. 나는 당신을 죽임으로써 세상의 평화와 왕국의 미래를 찾았는데, 당신이 죽은 걸 알면 이 귀족들이 난리를 치니 그들을 억제하기 위해 산 것으로 알려야 한다니~ 후훗!'

"음, 알겠습니다. 그럼 저희들은 이만 물러가겠습니다. 여왕 폐하에게 신의 축복이 깃들길."

오벨 백작은 한 점의 동요도 없는 프리실라 여왕에게서 아무것도 얻을 게 없다 생각하고 분함을 감춘 채 물러난다.

서준아라는 존재가 갈수록 고마워지는 프리실라 여왕은 천국에 있을 거라 생각되는 그에게 잔을 올리며 말한다.

"한결같은 점 때문에 당신을 죽이게 되었지만 반대로 생각해 보면 그래서 당신은 이용하기 딱 좋았던 것 같아요. 좋은 호구였어요. 살아 있든 죽든 말이죠. 앞으로도 잘 이용할게요. 천국에서 지옥으로 떨어질 절 기다리고 계세요, 서준아 님."

 자신의 왕도를 위해 저지른 일이기에 그녀는 이제 죄책감과 미안함을 지우고 나아가기로 결심한다.

 그 어떤 미사여구를 붙여도 합리화가 안 되는 일이라는 것을 알기 때문이다.

 이미 오래전부터 그녀는 왕국의 존속과 발전을 위해서라면 무엇이든 하겠다고 결심했었으니 말이다.

 그러나 그녀는 모르리라. 본래 이 세상에 존재할 수 없는 그를 신의 농간으로 불렀듯 또 다른 신의 농간으로 되살아났다는 사실을.

 북쪽의 제국에서 지금과 다른 육체와 외모를 가지고 살아나, 마왕을 잡은 그 일념의 검날을 자신들에게 겨누었다는 것을 말이다.

✛ ✛ ✛

 프리실라 여왕의 즉위 파티가 끝나고 난 뒤, 그녀는 아쉬운 이별의 장을 맞이하고 있었다. 그동안 함께 대륙을 떠돌며 싸워 왔던 동료들을 배웅해야 했기 때문이다.

귀족인 체스트 드 콜드프라우드는 자신의 영지로.

대사제가 된 펠리리안 아크라이트는 대신전으로.

하이 엘프 세라에일은 태고의 숲으로.

드워프인 빠실라는 그랜드 포지로.

전설을 만든 이들이 이후의 삶을 위해 흩어질 때가 온 것이었다.

어두운 저녁이었지만 모두가 마왕을 잡을 정도로 강자에다가 호위도 든든히 준비한 만큼 걱정하는 것은 기우에 불과했다.

"모두들 좀 더 머물다 가셔도 좋은데……."

"망치와 곡괭이질을 안 한 지 너무 오래돼서 말이야. 드워프는 결국 땅으로 돌아가는 법이지. 하하핫!"

"저도 태고의 숲으로 돌아가서 할 일이 많습니다."

"전후 처리를 지시한 것은 여왕님이십니다."

"저, 저도! 대사제 인계받을 게 많아서요."

마왕 토벌이 인생의 끝은 아니었고, 모두에겐 앞날의 일이 있었다.

다들 종족이 다르고, 수명도 다르고, 하는 일이 다른 만큼 이제 각자의 위치에서 최선을 다해야 했다.

이제 두 번 다시 못 만날지도 모르기에 인사는 더욱 각별했다.

"아무튼 다 건강히 지내고, 언제 또 볼 일이 있으려나?

하핫!"

"그런데 자칼 님은 안 보이네요? 먼저 가셨나요?"

"아, 그는 바쁘다고 먼저 갔습니다. 원래 비천한 출신이니 뭐, 그러려니 해야지요. 예의가 있을 리 없죠."

"…그게 아니라 혹시 준아 님의 죽음에 대한 문제 때문은 아니죠?"

모두가 이별하는 감동적인 분위기 속에서 외면하고 있던 진실의 화살을 쏘는 세라에일의 말에 분위기가 얼어붙는다.

흐르던 눈물은 얼어붙고, 서로를 보낼 준비를 하던 이들의 미소가 사라지며 무거운 분위기로 순식간에 바뀐다.

영화의 필름을 잘라 화면을 전환해도 이 정도는 아니리라.

"세라에일 님, 그 이야기는 평생 비밀로 하기로 하셨잖습니까?"

"죄, 죄송합니다. 그래도 그분이 마음에 걸려서 말이죠. 혹시나 우리가 배신한 것을 알리지 않으려나……."

"걱정 마십시오. 그가 아무리 난리를 쳐도 그자의 행실과 평판으로는 사람들에게 설득력을 얻기 힘듭니다. 또 여기 있는 모두들 그 사실을 스스로 밝힐 만큼 어리석은 자들도 아니고 말이죠."

체스트가 침착하게 세라에일을 진정시킨다.

그를 따라 다른 이들도 자신들이 행한 일을 덮고 합리화하며 그녀를 진정시키기 위해 한마디씩 한다.

"예, 맞습니다. 그의 시체는 모두 불태워 재도 안 남았고, 뼛조각마저 산산조각 내서 강에 뿌렸습니다. 이제 그가 세상에 남은 증거는 없습니다. 우리 모두가 입만 다물면 됩니다."

"그렇다네. 괴롭지만 우리는 꼭 해야 하는 일을 했네. 안 그랬으면 이런 걱정도 하지 못하고 있었을 게야."

"정말 괴로운 사실이지만 빠실라 어르신의 말씀이 맞습니다, 세라에일 님."

"다만 그가 죽었다고 하면 대륙은 다시 전쟁의 불길에 휩싸이게 될 테니 살아 있다고 하셔야 하는 건 잊지 마십시오. 특히 그가 죽었다는 게 알려지면 제국의 란탈 후작이 바로 움직일 겁니다."

대륙에서 유일하게 이종족에게 우호적인 곳은 바로 이곳 '이세니아 왕국'뿐이었다.

가장 국력이 약한 연합은 이것저것 가릴 처지가 아니라서 이종족을 약탈과 착취의 대상으로 삼고 있었다.

제국은 부유함에도 란탈 후작이라는 현 실세가 이종족 차별 주의자를 넘어 이종족 자체를 증오하고 있기에 유일하게 이종족과 우호적인 왕국은 매우 위험한 처지였다.

"서준아 님의 명성은 세계의 전쟁을 막을 유일한 방패입니다. 이제 20대 후반이니 비밀만 유지하면 적어도 30년

이상은 버틸 수 있습니다. 그사이에 여러분들이 각 종족의 역량을 키우고, 저희 왕국과 함께 번영시켜 대륙에 이종족 혐오를 없애야 합니다."

"문제는 방랑을 한다면 모습을 몇 번은 보여야 한다는 건데……. 그건 체스트 경이 알아서 한다고 했나?"

"예. 걱정 마십시오. 펠리리안 아크라이트에게 그의 무구와 유사한 모양을 한 것을 준비하도록 했고, 대리로 그의 모험담을 만들어 줄 체구와 외모가 유사한 기사까지 수배해 놨습니다. 모든 계획에 만전을 가했습니다."

죽은 이가 방랑한다고 거짓말을 했기에 용사의 모험담이나 명성이 없이 조용해지면 사람들이 의심할 것을 우려해 철저히 계획을 짠 체스트 경과 프리실라 여왕이었다.

애초에 완고한 서준아를 보고 거절한다는 것을 상정해서 몇 년 전부터 짜 둔 계획이었기에 빈틈이라곤 없었다.

"마왕이 쓰러지고 암흑신의 세력을 무찔렀다고 해서 세상에 평화가 찾아오진 않습니다."

마왕만 죽었지, 그 잔당들은 아직도 존재하고 있다.

"생각하고, 행동하고, 항상 사명을 기억하셔야 합니다. 세라에일 님, 동족들과 태초의 숲을 생각하십시오. 용사 서준아 님이 어떻게 성장하고 마왕을 쓰러뜨렸는지 우리 모두 봐 왔잖습니까?"

"…아, 봤지."

"무시무시했죠, 진짜……."

"그런 식으로 하면 몸이 천 개라도 부족하죠."

"한결같아서 배신 걱정은 없었는데, 귀환 못한다는 이야기가 역린이라……."

프리실라 여왕의 말에 모여 있는 이들의 마음은 하나로 다시 묶인다.

용사 서준아의 처지는 안타까웠지만 그의 능력과 명성, 성격이 가져올 여파를 생각하면 다시 생각해도 어쩔 수 없는 처사였다.

보다 못한 프리실라 여왕이 직접 우려하는 이들과 눈을 마주치면서 세뇌하듯 말한다.

"아셨습니까? 우리는 이제 막 마왕이 죽어 평화의 입구에 발을 디뎠을 뿐이고, 전쟁의 상흔이 가시려면 오랜 시간이 필요합니다."

프리실라는 연설을 계속한다.

"죽은 한 사람의 정의를 세우면 대가로 거대한 전화가 일어나게 되고, 그것은 수백만의 생명을 삼키게 됩니다. 다들 잘 생각하시길 바랍니다. 그리고 뒤의 일은 저와 체스트 경이 역사를 뒤엎는 한이 있더라도 끝까지 챙기겠습니다."

프리실라 여왕의 선고와 같은 말에 일행들은 다시 한 번 현실을 깨닫는다.

죽은 서준아가 불쌍한 것은 사실이지만 그가 죽지 않으

면 대륙엔 거대한 재앙이 닥친다.

그리고 죽은 그를 살아 있게 하는 것 또한 그를 모독하는 짓이지만, 그가 살아 있지 않으면 역시나 대륙에 또 다른 전쟁의 불씨가 된다.

"우리는 여신의 이름 아래에서 모두 옳은 일(正義)을 하고 있습니다."

한 생명을 속이고 모독하였지만 부정할 수 없는 정의(正義).

그것을 지켜 나가는 건 당연한 일이었고, 자신들의 선택으로 대륙이 피의 바다가 되는 것은 참을 수 없는 일이었다.

얼마 전까지만 해도 암흑신의 군세에 의해 수없이 많은 사람들이 죽어 나가는 광경을 봤던 그들 중 자신의 말 한 마디로 인해 그런 사태가 벌어지는 것을 견딜 수 있는 자는 없었다.

모두들 그녀의 말을 명심하며 각자의 길로 떠나게 된다.

"그럼 무사히 돌아가시길……."

그렇게 떠나는 이들을 찜찜한 분위기 속에서 배웅하고 체스트 경과 프리실라 왕녀만이 왕성으로 돌아가면서 이야기를 나눈다.

"다들 쉽게 떨쳐 내진 못하는군요."

"그야 어쩔 수 없죠. 완고하다는 점만 빼면 완벽한 용사였으니까요."

무(武)는 정점, 힘, 부귀, 재물, 귀환, 쾌락을 내미는 각

나라의 귀족과 악마들의 유혹을 이겨 냈다.

 계약과 약속은 철저히 지켰으며, 권력에 욕심도 적고 대부분 전장을 뛰어다녔기 때문에 귀족들의 견제도 적었다.

 프리실라 왕녀파라는 이유로 받은 견제도 있지만 무력과 공이 너무 뛰어났기에 무시할 수 있을 정도였다.

 "그 완고함도 아군일 땐 장점이었죠. 수많은 악마의 제안과 유혹에 검으로 대답할 정도였으니 말이죠. 갑자기 절반으로 반 토막 난 미녀의 시체를 들고 오더니 서큐버스라고 덤덤히 말할 정도였으니까요."

 "전쟁터에서는 '서준아가 온다!', '서준아가 온다!'라고 외치거나, 그의 상징인 '태고룡 깃발'만 봐도 악마들과 암흑신교도의 군세들이 길을 열어 주는 것도 장관이었죠."

 두려움을 주는 쪽인 암흑신의 군세가 오히려 겁을 먹을 정도의 무위(武威)와 명성. 그 정도로 서준아는 용사로서 굉장한 존재였던 것이다.

 "정말 대단하면서도 아까운 사람이었어요. 지금쯤 저승에서 절 원망하고 있을까요?"

 "그러겠지요. 마지막에 갈 때 그렇게 갔으니……."

 '자~ 썩을 이세계 놈들아! 7년간 노예처럼 사람 부려 먹다 버리는 너희의 위선과 거짓 명예가 이곳에 가득히 번창하길 바란다. 지옥에서 너희를 지켜보며 이 행위에 대한 대가를

치르길 빌겠다.'

 자신과의 약속 하나 지켜지지 않았고, 헛고생을 했다는 것에 대한 원망과 분노를 가득 담아서 저주했던 서준아의 말이 아직도 생생하고 섬뜩한 두 사람이었다.
 끝까지 자신은 이세계인이라는 것을 잊지 않기 위해 소환될 때 입었던 옷을 그대로 입고 죽었던 모습조차도 공포였다.
 "그 원망의 눈빛은 정말……. 죽었다는 걸 아는데도 마왕보다 무서울 정도였습니다. 그라면 죽음의 경계를 넘어 돌아오거나, 혹시나 사령술사들이 언데드로 되살릴지도 몰라 시체는 불에 태우고, 뼈도 산산조각 내서 가루로 흘려보냈을 정도니까요."
 "시신에 대한 모독까지. 정말 그의 말대로 암흑신교도나 할 짓을 해 버렸네요."
 공포에 눌려 시신에 대한 예우조차 지키지 않고 살과 옷을 태우고, 뼈까지 부숴 강물에 버릴 정도로 이들은 서준아를 두려워했던 것이다.
 단 한 사람을 어디까지 모독하고, 어디까지 이용할 수 있는지 시험이라도 하는 것일까?
 만민의 생명과 대륙의 평화를 위한 것이지만 사악한 행위임은 부정할 수 없었다.

호구는 죽어서도 호구 • 213

"아무튼 이제 그는 과거의 존재고, 시간의 흐름에 따라 기억으로밖에 안 남을 자입니다. 만약이라는 가정과 가슴 속의 두려움은 이제 떨쳐 내십시오. 그는 죽었고, 그를 어떻게 쓰든 미래는 우리가 써 나가는 겁니다."
"예, 여왕 폐하."
자신들은 결국 서준아를 죽였고, 그 결과물로 미래를 열어 가는 데 성공했다.
과거에 연연하는 것도 이걸로 마지막이라고 맹세한 뒤, 왕궁으로 돌아간 두 사람은 이제 미래를 열기 위한 구상과 일에 열중해야 할 것이다.

떠나는 이들을 배웅하고 대신전으로 돌아온 소년 대사제 펠리리안 아크라이트는 체스트 경에게 넘길 서준아가 쓰던 보구들을 정리하던 중 기묘한 것을 발견하게 된다.
"어라? 이게 왜 이러지? 분명 새 주인을 찾기 전에는 빛을 내지 않을 텐데?"
수십 개의 보구를 썼던 서준아였지만 그것들 중 주인을 가리는 보구들이 빛을 발하고 있었다.
서준아가 죽고 빛을 잃었던 것들이 다시 주인을 찾은 것처럼 빛이 흘러나오고 있었던 것이다.
"오, 오늘 기념식에 대신전에도 들렀던 사람이 있었나? 누구지? 이 무기들을 깨운 사람이 있다는 건가?"

깜짝 놀란 그는 이 무구들의 선택을 받은 새로운 용사나 인물이 생겼을지도 모른다는 생각에 흥분하기 시작한다.

자신들 손으로 귀중한 영웅을 죽여 공백이 생겼는데, 다시 새로운 재목이 탄생했다는 의미였으니 말이다.

"이 사실을 여왕님께 알려야겠어. 오, 주신이 우릴 돌보시는구나."

보구들 중에서 자아가 있는 에고 소드 같은 물건이 있었다면 서준아가 살았다는 사실을 떠벌렸을지도 모른다.

보구들은 그저 죽었다고 생각한 본래의 주인이 다시 살아왔다는 것을 느끼고 빛을 발한 것이었다. 육체는 다르나 똑같은 영혼이 대륙에 존재하니 말이다.

보구들이 빛을 발하는 그대로 이세니아 왕국의 그들이 완벽히 죽여서 흔적을 없앤 서준아는 지금 말을 탄 채 왕국 먼 곳에 있는 제국의 숲을 거닐고 있었다.

아마 꿈에도 이 사실을 인식하지 못하리라. 시체를 태우고 뼛조각까지 완벽히 파괴해 버린 자가 되살아날 거라고 생각지는 않았을 테니 말이다.

"누가 내 이야기를 하나? 귀가 간지럽네."

아마 그들은 이 사실을 알면 공포에 휩싸여 대륙 어딘가에 나타난 그를 죽이려고 쫓으리라.

그러면서 죽은 자가 살아난 것의 부조리함과 섭리에 어긋남을 외치며 암흑신을 저주할 것이다.

호구는 죽어서도 호구 • 215

하나 애초에 섭리를 어긴 것은 그들로, 신들에게 빌어 이 세계에 있던 자를 소환하는 것부터가 부조리하고 섭리를 어기는 일이었다.

그 소환은 마왕이 죽은 이후에도 인간의 나라들이 나누어져 서로 싸우기 위해 계속 이루어지고 있었다.

'잘 썻고 있는데 왜 이러지?'

그렇기에 암흑신이 섭리를 어기고 그들이 죽였던 이세계의 용사를 다시 부활시키는 일은 신들이 먼저 비틀어 놓은 섭리를 지키는 일이기도 했다.

제6장

쇠락한 자들

대륙 최강의 복수는
2회 차부터

 서준아가 러니와 함께 산속을 다닌 지도 어언 이틀이 지 났다.

 늘 마족과 악마를 쫓아 여행을 했던 몸이라서 이틀 정도의 야숙은 문제가 아니었다.

 능숙하게 불을 피우고 잠자리를 만드는 등등 자기 할 일은 척척 할 수 있는 서준아였다.

 '질릴 만큼 해 왔으니 말이지.'

 다만 암흑신교도와 어울리기 시작하며 적응이 안 되는 기묘한 광경들을 보게 되거나, 이동을 주로 밤에 한다는 것이 문제였다.

 "이상하네요. 근처에 사는 고블린들과 오크들이 오늘은

쇠락한 자들 • 219

왜 나오지 않는 걸까요? 당분간 시체를 못 구하기에 오늘 좀 많이 주려고 가져왔는데 말이죠."

"몬스터들과 협력하는 건가?"

"예. 모두 마왕 루미네시아 님 덕분이죠. 자기 살길만 찾던 암흑신의 창조물들을 하나의 깃발 아래에 모았으니 말입니다. 고블린, 오크, 리자드맨, 트롤, 오우거, 미노타우로스, 코볼트 등등 수많은 암흑신의 아인종들을 결집했던 그 시절의 영향이 아직도 남았죠."

몬스터도 암흑신의 피조물인 만큼 암흑신교가 되면 그들과 이야기를 나눌 수 있다는 게 신기한 서준아였다.

'…그래서 마왕군이 무서웠지.'

다양한 종족의 연합군을 하나로 묶고, 그 종족에 맞는 특성으로 적을 유린했던 마왕군은 공포 그 자체였다.

보병의 역할을 하는 강인한 오크들은 기사와 맞먹었고, 물속에서 숨 쉴 수 있는 리자드맨들은 강물 길에서 배에 실려 오는 곡물과 물자를 끊는 게릴라 작전을 벌였다.

육중한 트롤과 오우거, 미노타우로스는 전장에서 공포를 불러왔고, 작은 종족인 코볼트와 고블린들은 공성전 전에 성으로 침투해 내부를 교란시키는 역할을 했었다.

'거기에 위협적인 마법과 전투력을 가진 상위급 악마들과 마족들까지 조화시켜서 전쟁을 벌인 루미네시아는 확실히 최강의 마왕이었지. 내가… 죽였지만 말이야.'

"아무튼 보통이라면 시체 냄새만 맡아도 맞이해 올 녀석들이 안 나오니 기묘하긴 하군요. 음~ 여기다 몇 구 챙겨 먹으라고 놔둬야겠군요. 잠시만 기다려 주십시오. 금방 놔두고 오겠습니다."

'아마 나 때문인 것 같은데……'

예전에도 같은 경험이 있는 서준아였다.

고급 스킬들을 얻어 강해지자 어느 순간부턴가 자잘한 동물이나 몬스터들이 시비를 걸지 않고 자신을 피해 다녔던 일들이 떠오른다.

'아무튼 편했지.'

특히 마왕성으로 갈 때 자잘한 몬스터들이 모세가 바다를 가르듯 흩어지던 것은 장관이었다.

하지만 그때야 고레벨에 강해졌기에 그렇다고 할 수 있었지만, 다시 태어나서 저레벨인 상황에 이런 일이 발생하니 의아할 수밖에 없었다.

'아마 레벨을 올리면서 스킬들의 부가 효과들이 돌아와서 그런 거겠지?'

현재 서준아의 레벨은 24다.

아직도 본래의 레벨을 따라가려면 한참이었지만 그래도 예전에 비하면 단기간에 폭발적으로 성장한 것이긴 했다.

예전과 달리 레벨 업을 일정 이상 하고 나서 고급 스킬을 얻는 것이 아니라, 1레벨부터 온갖 고급 스킬들로 떡칠되어 있다는 게 차이였지만 말이다.

'황호나 유선급 능력치가 월등하게 바뀌었기에 금방금방 영향력이 돌아오는 거군.'

또한 처음부터 '프라이멀 드래곤 브레이커(태고룡 제압자)'라는 최강의 전직으로 고정되어 있었기에 최상급 성장 계수를 그대로 가지고 있어 능력치는 최고였다. 이미 일반적인 24레벨의 능력을 초월한 지 오래였다.

[Lv.24 프라이멀 드래곤 브레이커]
성장 계수 Lv당 Str:10, Dex:7, Wilt:10, Int:5
Str:275 Dex:191
Wil:300 Mag:170

'아, 이래서 그렇군. 상상 이상이야.'

상상 이상으로 압도적으로 늘어난 능력치였다.

하지만 이런 축복받은 RPG 요소를 가지고 있어도 고통은 다른 사람들과 마찬가지로 느끼고, 팔과 다리는 칼에 베이면 잘려 나간다.

치유 마법을 가진 사제나 고위 신관의 치료가 있으면 낫긴 하지만, 그래도 고난과 고통의 반복을 견디지 못하고 도망치거나 자살한 이세계인들도 많았다.

'이곳은 절대 만만치 않은 곳이니 말이지.'

레벨 시스템과 개인별 '기프트 스킬'까지 주어지는 걸 보고 좋은 조건으로 여신이 초대하는 이세계 모험 어트랙션 같은 것을 생각하는 놈들이 많았다.

그러나 현실은 가혹했다.

각종 몬스터들이 하나로 뭉쳐 협조하는 이 막강한 마왕군을 상대로 종군하는 것도 문제였지만 낙후된 중세의 현실이 더더욱 심했다.

'아, 아픈 건 이제 싫어어!'

'날 그냥 좀 돌려보내 줘어!'

'죽으면… 원래 세계에서 다시 태어날까, 준아야?'

'네? 귀족에게 주먹을 휘둘렀다고 사형이라고요? 무슨 말도 안 되는 소립니까? 잘못은 저 자식이……!'

7년간 살아오면서 잃어버리고 죽어 나간 이들의 모습이 아직도 선했다.

서준아는 아마 그 광경들을 평생 잊지 못할 것이다.

총기류를 사용하는 전장에서도 PTSD가 오는 판에, 냉병기와 마법이 판치고 공포 영화에서 볼 법한 괴물들이 판치는 판타지 세상은 이미 말 다 했다.

쇠락한 자들 • 223

"진짜 이 망할 세계에 왜 부름을 받아 가지고……."

특전이 주어져도 가혹한 세계.

거기에 적은 마왕군만 있는 게 아니었다. 같은 이세계인끼리도 정치적인 이유로 적이 되는 것은 물론, 왕족과 귀족의 뒤에 선을 대서 권력층이 되려 하는 이들도 있었다.

게다가 단순히 레벨 업을 해서 완료하는 전직과 스킬 습득 구조가 아니었다.

개인에게 재능은 물론 노력할 인내가 없으면 스킬을 얻기 힘들어 레벨 업을 해도 싸우기 힘든 세상이다.

'완전 최저임금 같은 느낌이지.'

오히려 레벨 시스템과 '기프트 스킬'은 이세계로 들어오는 사람들을 위한 최소한의 안전장치라고 생각될 정도였다.

결국 서준아는 그런 어려움을 모두 이겨 내고 마왕까지 쓰러뜨렸지만 원하던 집으로의 귀환을 손에 넣지 못했고 말이다.

"…망할 여신도 그렇고, 이 세계를 모조리 쓸어버려 주지."

"네? 벤 님, 뭐라고 말씀하셨나요?"

"아니, 그나저나 몬스터들이 안 오는 요인은 나에게 있는 것 같으니 걱정 안 해도 될 거 같다. 뭣하면 조치해 줄까? 2개만 해제하면 되거든."

"예. 그러면 고맙죠. 야생동물이 가져가면 곤란해서 말입니다."

엄연히 서준아 자신이 가진 '스킬'인 만큼 제어도 마음대로 할 수 있었다.

그동안은 엄청난 중상으로 다친 몸을 치유하느라 끌 수 없었지만 지금은 꽤 많이 나아진 상태였다.

스킬들을 확인한 서준아는 어떻게 할지 고민한다.

'이 패시브 스킬 둘이 문제였으니 말이야.'

'초용맥:태고룡' 스킬은 발동되면 신체 능력을 활성화시켜 주고 각종 능력이 생기는데, 그중 하나가 거대한 육식동물 같은 투기를 발산하는 것이었다.

마찬가지로 신체를 치유하고 무리한 움직임을 가능하게 해 주는 '극기' 역시 투지를 깨우는 것이라서 사방으로 존재감을 내뿜고 있었다.

'해제해야겠군.'

[초용맥:태고룡을 해제하였기에 투기가 사라집니다.]

[극기가 해제되어 무리한 움직임에 고통이 그대로 느껴집니다.]

'아, 이제 기척이 느껴지는군.'

그가 뿜어내던 포악하고 사나운 기운이 사라지니 몬스터와 야생동물들이 움직이는 것이 느껴진다.

술집에서 종업원도 이걸 보고 지레짐작한 것이었을까?

아무튼 용사 취급 받을 적에는 일어나지 않았던 일이기에 주의해야겠다고 생각한 서준아였다.

'생각해 보면 그때는 정체를 감추기는커녕 100킬로미터 밖에서도 알리는 처지였으니 말이야. 이제는 몸을 감춰야지.'

 알게 되면 아직 저레벨인 서준아를 처리하기 위해 이세니아 왕국에서 암살자를 보내든 할 것이다. 엘프와 드워프도 원한을 살 대로 산 만큼 가만히 있지 않을 거고 말이다. 그러니 철저히 정체를 숨겨야만 했다.

 기긱! 기기기긱!

 "어? 오늘따라 왜 밥이 많냐고? 당분간 새로운 사냥터를 찾아야 해서 말이야. 그리고 족장에게 알려 줬던 내가 가던 성채 위치 알지? 거기에 남은 시체들 많으니까 가서 회수하라고 전해 줘."

 기기기긱! 기이이기긱!

 "아아~ 저 사람? 이번에 새로 입교하게 된 사람이야. 무섭다고? 그야 그렇겠지. 이세계인이고, 검술 실력이 엄청났으니 말이야. 나중에 소개하러 갈 테니까 그렇게 전해 드려."

 '뭐야, 저거?'

 스킬을 해제하고 러니를 바라보자 그는 '기기기긱!'이라고 말하는 고블린들과 다정하게 이야기를 나누면서 시체를 주고 있었다.

 서준아에게 있어 고블린이란 그저 검으로 베어 넘기고 경험치와 마정석을 회수하는 존재에 지나지 않았는데, 대화를 하고 거래하는 모습을 보니 신기했다.

"그래. 잘 가고, 오크 족장에게는 신전으로 받으러 오라고 전해 줘. 무슨 일 있으면 알려 주고~"

"어떻게 대화하는 거야? 쟤네들 그냥 '기기기긱! 기기긱?' 이라고밖에 하지 않는데?"

"예에? 아아~ 이거요? 암흑신교의 세례를 받으면 자연스럽게 그들의 목소리가 들리게 됩니다. 모두 암흑신님의 아래에 있게 되니 말이죠."

"…어, 그래."

받아들이기 힘든 설명이었지만 판타지에서 꼬치꼬치 캐물어 봐야 원리 같은 건 밝혀낼 수 없는 처지였다.

따지고 보면 죽었던 자신이 빙의해서 살아난 것 자체가 말도 안 되는 일이다.

이세계에 오자마자 달라진 언어에 적응하는 것도 말이 안 되는 일이기에 서준아는 더 이상 묻지 않고 긍정해 버린다.

"분명 벤 님도 세례를 받으시면 자연히 말이 통하게 되실 겁니다."

"으음……. 그렇군. 난 저들이 지능이 낮아서 말을 못하거나 독자적인 언어가 있는 줄 알았어."

"있기는 할 겁니다. 그러나! 루미네시아 님 덕분에 암흑신의 뜻 아래에 모인 피조물들에게는 더 이상 언어의 장벽이 없는 것이지요."

말이 통하는 건지 안 통하는 건지 알 순 없었지만, 더 이상 태클 걸기도 지친 서준아는 입을 닫고 계속해서 이동한다.

암흑신 아래의 녀석들이 제정신이 아닌 건 하루 이틀이 아니니 말이다.

이런 느낌에 익숙해져야 하는 건 오히려 자신이었다.

'일단 마왕을 부활시키는 데까지는 협력해야 하니까 말이야.'

"아, 벤 님, 도착했습니다. 저기 지하로 통하는 동굴 안이 바로 저희 교단의 은신처입니다."

"도착했나?"

러니의 손을 따라 시선을 옮긴 서준아는 그곳에 희미한 횃불을 피워 둔 동굴이 있는 것을 발견한다.

입구에는 산적이나 부랑자 같은 너덜너덜한 가죽 갑옷과 사슬로 무장한 남성 둘이 무기를 든 채 경비를 서고 있었다.

두 사람 중 한 명은 러니가 끌고 오는 마차를 보고 눈치챈 건지 반갑게 손을 흔들며 인사한다.

"음? 어이~ 러니! 아직 다음 식량 공급을 올 때가 아닌데 웬일이야? 그것도 양이 참 많네? 어디서 전쟁이라도 터진 거야? 게다가 뒤에는 못 보던 친구가 하나 있네? 신입 산적인가?"

"아뇨, 루엘스 경. 조금 사정이 생겨서 말입니다. 대사제

님은 예배 중이신가요?"

'겨엉? 겨어어엉? 신전 기사라는 건가? 아니, 예전에 암흑신교도 녀석들의 경비라면 검은 갑옷에 화려한 종교적 장신구를 잔뜩 치장한 모습이었는데 말이지.'

산적과 구분이 안 되는 모습으로 신전 기사를 칭하다니. 예전에 붙었던 진짜 암흑신교의 신전 기사들과 너무나 갭이 커서 당황한 서준아였다.

하나하나가 무시무시한 무력을 지니고, 검은 갑옷을 입은 공포의 상징 암흑신교의 기사가 저런 모습이라니? 암흑신교가 쇠락했음을 제대로 보여 주는 장면 같았다.

'왠지 부, 불편해. 내가 이런 꼴로 만든 게 사실이니까 말이지. 알아채면 한바탕 난리가 나겠지? 경계해야 하려나?'

다그닥, 달그락.

횃불이 있는 어두운 동굴로 마차와 함께 들어가는 동안 왠지 모를 우려가 드는 서준아였다.

물론 러니는 그를 용사로 보지 않았고 강하다는 것을 증명했으니 이야기가 통하긴 했지만, 암흑신교의 높으신 분들 입장에서 서준아는 완벽히 죽일 놈이긴 했다.

'잠깐만, 어느 교단이든 대사제급이면 보통 '영시(靈示)' 능력이 있던 것 같은데?'

그렇게 생각하는 동안 동굴의 길이 끝나고 커다란 공동에 접어들기 시작했다. 그리고 서준아는 그곳에서 다수의 살의를 감지해 낸다.

 하지만 러니는 아무것도 모른다는 듯 마차에서 고개를 돌려 서준아에게 마치 관광지에 온 것을 환영하는 듯한 멘트를 하고 있었다.

 "자, 여기가 바로 저희의 신전이라고 할 수 있는 곳입니다. 벤 님, 환영합니……."

 "러니, 네 이노오오옴! 이 멍청한 녀석! 지금 누굴 데리고 온 건지 알고 있는 게냐아아아! 서, 서준아라니! 요, 용사 서준아가 왜 여, 여기에 있는 게야!"

 '아… 역시 몸이 바뀌어도 알아보는구나.'

 서준아의 눈앞에는 무장을 한 병사와 넝마 같은 갑옷을 걸친 기사들이 모여 있었다. 그리고 뒤에선 검은 로브를 입은 암흑신교 신관들이 그와 러니를 노려보면서 지팡이를 겨누고 있었다.

 '이건 또 어떻게 하지?'

 자신이 생각했던 대로 암흑신교의 대사제들은 영혼을 통해서 정체를 알 수 있는 능력을 지니고 있었다.

 이제 다시 저들을 어떻게 설득해야 하는지 서준아는 머리가 아파 오기 시작했다.

✝ ✝ ✝

"용사 서준아래."

"모습이 좀 다르지 않나? 검은 머리의 이계인이라고 했잖아?"

"야, 침입을 위해 모습을 바꾸는 정도는 당연한 거겠지. 수단 방법 안 가리는 놈이잖아."

"드디어 여기도 그 저주스러운 여신의 손에 끝나는 건가?"

"죽기 싫어! 젠장!"

게다가 맨 앞에서 호기롭게 외치던 신관과 다르게 뒤에서 서준아를 향해 무기를 겨누고 있는 이들은 떨고 있었다.

서준아의 명성과 그가 가진 공포의 무게는 자는 아이도 벌떡 일어날 정도였다.

'게다가 특별히 강한 녀석은 한 놈도 없네. 신관들도 한 명 빼고는 수준이 안 높고 말이야.'

상대의 수준을 가늠해 보니 싸우면 이길 것 같았지만 그래도 싸워선 안 된다고 생각한다.

말에서 내린 뒤, 메고 있던 검과 챙겨 둔 무기를 모두 던지며 싸울 의사가 없다는 것을 알린다.

"뭐, 뭐야?"

"오늘은 싸우러 온 게 아니다, 대사제. 암흑신교에 귀의하러 온 거다."

"무, 무슨 말도 안 되는 소리냐? 니가? 극검 서준아가? 무표정한 얼굴로 서큐버스 퀸을 세로로 동강 내고, 재보의 악마인 다르키네스의 황금 분수에 마족과 악마의 피가 반 년을 흐르게 하고, 마왕의 투사인 사카다로우의 양팔을 잘라 기둥으로 세운 그레이트 다크 슬레이어 서준아가?"

'모두 사실이긴 하지만……. 잠깐, 근데 그레이트 다크 슬레이어는 어디서 붙은 호칭이지?'

자신에게 여러 명칭이 붙은 건 알고 있지만 '그레이트 다크 슬레이어'는 처음 들었기에 그는 고개를 갸웃한다.

그러나 지역과 문화가 달라도 모두들 자신을 칭송하는 건 마찬가지고, 암흑신교에서도 특별시 여기기에 온갖 칭호가 있을 거라고 생각하며 대수롭지 않게 넘어간다.

"아무튼 싸울 생각도 없고, 지금 나는 암흑신교에 귀의할 이유가 있다. 그런데 용케 알아봤군. 역시 대사제급은 영혼을 볼 수 있는 건가?"

"아, 아니, 나는 대사제이기는 하나 상급자가 모두 죽어서 임명된 것뿐. 그 정도 경지엔 이르지 못했소."

"그러면 어떻게?"

서준아가 되묻자 대사제는 목에 핏대를 세우며 말하기 시작한다.

"하? 어떻게에? 하핫! 말리피샬에 있는 우리 신전에 단신으로 쳐들어와 4,500명의 병사, 8천의 마족, 40명의 신전 기사, 72명의 암흑 신관과 대신관님을 홀로 베고 돌아가던 네놈의 그 투기와 살기를 잊을 수 있을쏘냐? 그때 신전

창고에 숨어 벌벌 떨며 네놈이 벌인 무참한 짓을 바라본 게 나다. 그런 기운이 공기를 통해 전해지는데 내 어찌 모르겠는가! 콜록콜록!"

피를 토하듯 감정을 토해 내며 서준아에게 증오를 뿜어내는 암흑신교의 대사제였다.

하지만 서준아는 전혀 개의치 않았다.

그 싸움은 그에게 있어 소중한 집과 가족에게 돌아갈 수 있는 유일한 방법이었다.

애초에 암흑신교 녀석들이 세상을 위협하는 바람에 여신에게 부름을 받았으니 죄의식이 있을 리가 없었다.

"저, 저기… 벤 님? 이게 무슨……? 벤 님이 용사요?"

어차피 혼란스럽든 말든 서준아가 이런 분위기에서 할 수 있는 행동은 단 하나뿐이었다. 그럴싸한 변명을 할 머리도, 좌중을 압도할 언변이 있는 것도 아니었으니 말이다. 그저 정직하게 말하는 것뿐이었다.

"나는 망할 여신과 이 세계에 속아 모든 것을 잃어버리고 배신당했다. 7년간 죽어라 싸웠는데 결과물은 아주 개판이었지. 그 위선과 거짓말로도 모자라 날 죽이기까지 하더군. 지금 이 자리에 있는 것도 암흑신님의 은총 덕분이다."

"뭐라고?"

"내 목적은 여신교를 섬기는 모든 나라를 멸망시키는 것뿐. 난 그 목적 하나를 위해 이곳에 온 것이고, 암흑신에게 귀의한 것이며, 그것을 위해 마왕을 부활시키고 싶다. 이 게 내 전부다. 다른 말이 더 필요한가?"

서준아가 할 수 있는 건 이런 것뿐이었다.

이세계에 오기 전에는 가족을 사랑하는 성실한 청년, 이 세계에 와서는 마왕을 잡겠다고 무력에만 집중하다 보니 주변머리가 없어져서 직설적으로 말하는 게 습관이 되어 버렸으니 말이다.

"으음……. 용사 서준아는 거짓말을 못하는 자로 대륙에 소문이 나 있지. 제국의 황제가 총애하는 황녀에게 '돼지 같이 살쪘으니 좀 빼십시오.'라든가, 공작에게 '적당히 해 쳐 먹어라.'라는 말을 했지."

"…그걸 어떻게?"

서준아는 자신의 일화를 언급하는 대사제의 말에 깜짝 놀란다.

"그리고 '누군 사람 하나 구하려고 아등바등인데 넌 욕심 하나 때문에 100명을 죽이냐?'라고 직설적으로 말한 영웅담은 우리에게도 소문이 나 있을 정도지. 그 속 안에 끓는 증오와 어렴풋 느껴지는 암흑신의 기운을 보아하니 그대의 말은 모두 사실인 것 같다."

"…그것참 다행이군."

"다들 물러나라. 적어도 지금은 싸울 생각이 없는 것 같다."

진심을 밝히자 대사제는 감정이 누그러진 태도였다.

비록 호구처럼 이용당했지만 서준아 자신의 인망이 그들과의 대화에 도움이 된 것 같아 조금은 뿌듯해졌다.

대사제가 손을 들어 내리자 병사와 기사들이 무기를 내리고 뒤로 물러선다.

"이야기가 빨라서 좋군. 속임수라는 생각은 안 해 봤나?"

"그대는 명실공히 대륙 최강의 무를 보유한 자이고, 죽일 생각이었다면 대화 같은 번거로운 일을 하지 않고 입구부터 모조리 주륙하면서 왔을 테니 말입니다."

"…그 최악의 살인마 같은 평판은 그렇다 치고, 마왕의 부활 방법에 대해 이야기하고 싶다."

"일단 자리를 옮깁시다."

서준아는 대사제의 안내를 받아 공동 내에 흙과 벽돌로 만들어진 집들을 지나 가장 큰 건물로 들어간다.

동굴 내부에서 생활의 부실함이 절실히 느껴진다.

7년간 이세계에 있으면서 적응했다고 생각한 각종 오물 냄새가 다이렉트로 코를 찌르고 있었다.

게다가 지나오면서 보이는 사람들의 상태도 안 좋아 보였고 말이다.

'주변에 강이 있겠지만 동굴에서 대부분의 시간을 보내는 만큼 위생도 개판이고, 농사를 못 짓고 채집을 해야 하는지라 영양 상태도 좋지 않아. 게다가 대부분의 야생동물들은 몬스터들의 주식이 되고, 이 교단 사람들은 인육도 주식이

니 말이야.'

집 사이사이에 해골과 인간의 뼈가 보인다. 7년간 수없이 인간과 몬스터를 베고 전쟁터를 누비면서 온갖 꼴을 본 서준아였기에 틀리게 알아보는 경우는 없었다.

그렇게 생각하니 정신이 번쩍 든다. 이곳은 제정신이 아닌 곳이라고 확신할 수 있었다.

"그럼 앉으십시오. 누추한 곳이지만 말입니다."

"알았다."

"어디서부터 이야기를 해야 할까요? 그대가 귀의하게 된 자세한 사정을 좀 듣고 싶군요. 마왕 루미네시아 님이 죽고, 그대는 지금쯤 이세니아 왕국에서 영웅으로서 기념식을 열거나 프리실라 왕녀와 뜨거운 밤을 보내는 게 정상적인 영웅담 아닙니까?"

"그 개 같은 년 이야기는 좀 안 했으면 좋겠군."

고오오오!

적대하지 않는다는 걸 알자마자 도발하는 대사제의 말에 자신도 모르게 스킬이 발동된 건지 살기와 투기가 솟아오른다.

'아차!'

서준아는 간신히 마음을 누그러뜨리고 스킬창을 열어 끈 뒤 한숨을 내쉰다.

'내가 생각해도 정말 나란 놈은 단세포 같군.'

"으음! 바로 그겁니다. 공기를 떨리게 하는 투기와 살의! 그것이 프리실라에게 향하고 있으니 확실하군요. 암흑신께서 아직 우릴 버리지 않으신 것 같습니다."

아군이라는 걸 확신한 것일까? 대놓고 좋아하는 대사제였다.

하긴 한때는 대륙을 제패할 기세로 폭발했던 암흑신교의 세력이었다.

하지만 그동안 패배로 쫓겨 다니며 이런 동굴에 처박혀 사는 작은 세력이 되었는데, 서준아가 가담해 준다니 전화위복이라는 생각이 들 것이다.

'그 암흑신 양반은 지금도 책이나 읽으며 나태하게 지낸다고 말하면 무슨 표정을 지으려나? 아무튼 중요한 건 이게 아니지.'

"귀의는 환영하지만 당신의 목적이 듣고 싶군요. 지금 우리 교단은 당신 덕분에 멸망한 것이나 마찬가지입니다. 이미 1년여 전부터 모두 연락이 끊긴 상태라서 말이지요. 복수를 하고 싶은 건 알겠습니다만, 지금 우린……."

"내가 원하는 것은 마왕을 부활시킬 방법과 암흑신교에 내려오는 치유 마법이다. 두서없는 이야기로 시간 낭비 하고 싶지 않다."

"으음……. 얻을 것만 얻고 갈 생각인가 보군요. 그런데 마왕을 부활시키는 방법은 그렇다 쳐도, 치유 마법은 어째서 찾는 겁니까?"

"배우려고 찾지, 다른 이유가 있나? 스킬 포인트가 남아서 말이지. 아, 이건 이세계인들의 특전이라서 알아듣기 힘들겠군."

다시 1레벨부터 시작한다는 이야기는 굳이 하지 않는 서준아였다.

그들과 깊게 어울릴 생각은 없었다. 멀쩡한 동료들도 자신의 뒤통수를 쳤는데, 누군가를 믿다가 배신당하기 싫었으니 거리를 두고 거래를 하려는 것이었다.

"그 전에 하나 묻지요. 가져온 시체는 대부분 우리가 간신히 인연을 맺어 놓은 산적의 것들이었는데, 보아하니 그대가 그곳을 처리한 것 같은데 말입니다?"

"암흑신교가 있는지 확인하기 위해서 그랬지. 다른 목적은 없었다."

"우리의 중요한 생명 줄이자 유일한 식량 공급원이었는데, 그것을 끊어 놓고는 원하는 것만 가져가겠다는 건 너무 제멋대로이지 않습니까?"

"그래서? 협조 안 하겠다는 건가? 저 밖에 녀석은 어차피 제물이 될 거라면서 별거 아닌 듯 이야기하던데?"

"그건 저놈이 살려고 한 거짓말일 겁니다! 히, 히익! 죄송합니다."

아무래도 자기네 교단의 사정을 악화시킨 만큼 대사제는

서준아에게 딜을 제안하는 것 같았다.

하지만 그는 한시라도 빨리 마왕을 부활시켜 세상을 멸망시키는 계획을 구체화하고 싶었기에 이런 사소한 일에 시간을 끌긴 싫었다.

어차피 저들이 살든 죽든 큰 계획이 틀어지는 것은 아니니 말이다.

"정말 알기 쉬운 반응을 하고 있군요. 자신의 목적이 이루어지지 않으면 금방이라도 벨 듯한 살기를 띠다니……. 알겠습니다. 원하는 정보를 주도록 하지요. 우선 마왕 부활 의식은 정확히 말하자면 암흑 소환이나 악마 소환으로 다시 불러내는 것입니다. 하나 그에 필요한 제물의 양이 엄청나지요."

"즉, 소환술에 따른 제물만 지불하면 된다는 건가?"

"그렇습니다. 소환 마법은 어렵기도 하지만 불러내고 싶어 하는 것을 적중시키는 건 더더욱 어렵고, 불러낸 악마나 마왕의 격에 맞는 제물의 양을 준비하지 않으면 오히려 죽을 수도 있으니 조심해야 하지요. 혹시나 불러낸 악마나 마왕 쪽에서 허락하더라도 제물이 부족하면 본래의 힘보다 약하게 나타날 수도 있습니다."

방법은 제물 소환이라는 것을 안 서준아는 고개를 끄덕인다.

마왕을 되살리려면 제물이 얼마나 필요할까?

쇠락한 자들

계산이 안 나온다. 천 명? 2천 명? 아니면 만 명 정도는 바쳐야 하나?

의문이 들었지만 혹시 정확한 통계가 있나 싶어 물어보는 서준아였다.

"마왕 루미네시아를 살리려면 어느 정도 필요하려나? 옛날에 한 번 소환했을 테니 기록이 있지 않겠나?"

"그분을 완전체로 살리려면 족히 100만의 목숨이 필요하지요. 물론 순수 인명 100만이 아니라 개중에 고결하거나 뛰어난 능력을 지닌 인간의 목숨은 가치를 높이 쳐주곤 해서 백 인분, 천 인분, 만 인분이 가능한 목숨도 있습니다."

생명의 가치를 다르게 본다고 생각하며 서준아는 계속해서 그의 말을 듣는다.

"여신의 사랑을 받는 종족은 더 큰 가치를 쳐주고 말이지요."

"으음······. 그러면 용사나 고위 신관을 노려야 하나? 가장 적은 수로 루미네시아를 부르는 방법은 없나? 나에게 필요한 건 그녀의 지혜이니 말이다. 완전한 부활은 무리더라도 대화라도 할 수 없겠나?"

서준아에게 중요한 것은 그녀의 힘이 아니었다.

그가 마왕과 이야기하려는 것은 이 나약한 심성을 바꾸는 일과 세계를 불태울 계획이 담긴 지혜를 빌리기 위함이었다. 말만 할 수 있으면 그걸로 족했다.

"으음, 그렇다면 제물은 그리 많이 필요하지 않습니다. 하지만 마왕의 눈에 들어야 하기 때문에 어설픈 제물로는 그분께서 직접 나오지 않으시겠죠."

"격이 있는 제물이어야 한다는 거군. 그러면 대사제인 그대 정도면 충분하려나?"

서준아는 사냥감을 보는 눈빛으로 기세를 바꿔 대사제를 바라본다.

시간 낭비를 줄일 수 있다면 무엇이든 할 그는 당장이라도 검을 뽑을 기세였다.

"아, 아닙니다. 저는 무리입니다. 애초에 윗분들이 다 죽어서 맡은 대사제이지 보, 본래라면 아직도 혀, 혀, 현역에서 열심히 수행해야 하는 모, 몸입니다. 마, 마왕분들에게 제물로 바쳐 봐야 오히려 분노… 하실 겁니다."

행여나 진짜로 자신을 제물로 삼을까 두려워하면서 기겁하는 대사제였다.

서준아의 모습을 보면 일말의 거짓이나 허황된 말을 하지 않고 있었다.

마왕을 만나기 위해 수단 방법 가리지 않을 생각인 그는 대사제가 제물로 적합하면 바로 검을 휘두를 것이다.

"운이 좋군. 그래, 그럼 뭐로 해야 하나? 격이 높은 제물을 구해야 한다고 했는데, 그게 쉬울 리 없는데 말이지."

"마족과 악마들에게 제물 하면 역시 신의 사랑을 받는

엘프죠. 순결한 영혼, 아름다운 외모, 고대부터 신과 함께 세계를 가꾸었다는 전설과 축복을 받은 존재. 그중에서도 하이 엘프를 제물로 삼는다면 한 명으로도 마왕님과 대화의 문을 열 수 있을 겁니다. 하지만 말은 쉬워도 하이 엘프는 고사하고, 엘프를 찾는 것부터가 매우 어려운 일이라서 말입니다."

현재 암흑신 교단은 모두 절멸한 상태고, 마족과의 전쟁으로 엘프들도 더 이상 숲에서 마을 단위로 분리해서 살지 않았다. 나무로 된 도심과 요새, 결계를 만들어 방어 대책을 확실히 마련한 채 지내고 있었다.

'숲 도시(Forest City)로 가야 하나? 일단 이건 그렇다 치고 다음은······.'

하이 엘프를 제물로 한다면 한 명으로 충분하다는 이야기를 머릿속에 넣은 서준아는 하나의 답을 찾았다 생각한다. 그리고 바로 다음 화제로 넘어간다.

✝ ✝ ✝

"다음은 치유 마법이다. 엘프 문제는 내가 알아서 하겠다. 치유 마법 책이나 스킬을 전수해 줄 만한 자가 있는가? 보조 마법이라도 상관없다."

"그게··· 교단 내에도 7대 죄악으로 나뉜 종파상 저희는 '식탐(Gluttony)'의 종파이기에 치유 마법은 쓰지 않습니다. 관련 마법과 스킬은 모두 식(食). 먹는 것과 관련된 것을 사용하지요. 공격 마법 같은 건 교단 공용으로 익힐 수 있는 축복과 마법이 있습니다만… 보조나 치유 마법은 다른 것으로 대신합니다."

"생각해 보니 그런 것도 있었지. 다른 것으로 대신하는 건 뭐지?"

같은 여신을 섬기는 대륙의 교단들도 해석에 따라 분파가 다르듯이 암흑신교 또한 7대 죄악으로 분파가 나뉘어 있었다. 그에 따라 쓰는 스킬들이 달랐다.

서준아는 그들의 분파에 치유 마법은 없지만 다른 스킬이 있다는 것에 듣고자 한다.

"썩은 시체나 음식을 먹고도 살아남을 수 있는 '위장의 어두운 축복'부터 시작해서 인간을 먹고 체력과 마력을 회복하는 '카니발리즘', 손실된 육체를 같은 부위를 먹어 복구시키는 '동종동식'과 먹음으로써 무한히 육체를 성장시키는 '헝거 인피니티', 심장과 뇌를 먹어 대상의 스킬과 능력을 얻을 수 있는……."

이름만 들어도 불쾌감이 올라가는 스킬들에 서준아는 인상을 찌푸린다.

"그런 구역질 나는 능력들은 필요 없다."

"그, 그래도 '위장의 어두운 축복'은 익히는 데 부담도 적고 실용성도 있어서 꽤나 쓸 만합니다. '카니발리즘'도 전쟁터를 누비는 데 이만한 스킬이 없죠. 사방에 포션이 널려 있는 셈이니 말입니다. 식인을 부정하시는 분이라면 껄끄럽겠지만 말이죠."

효율로만 보자면 '식탐(Gluttony)' 종파 스킬은 조직도 없고 홀로 움직여야 하는 서준아에게 도움이 될 만한 것들뿐이었다.

하지만 생리적으로 받아들이기 힘든 구역질 나는 스킬들임은 틀림이 없다.

예를 들어 저 동종동식은 팔이 잘리면 사람의 팔을 잘라 먹으라는 것이었으니 말이다.

'이런 걸 익히면 내 정신 상태를 좀 바꿀 수 있지 않을까?'

서준아는 살짝 고민한다. 그래도 저런 스킬을 익히고 쓰다 보면 답 없는 정신 상태에 균열을 조금이라도 낼 수 있을 것 같았으니 말이다.

"으음, 그러면 '위장의 어두운 축복'만 부탁하지."

하지만 그의 본능은 절대로 '카니발리즘'을 용납할 수 없는 건지 '위장의 어두운 축복'만 받자고 입을 열고 있었다.

본래라면 여기서 '카니발리즘', 아니 얻을 수 있는 걸 모두 얻어 제대로 미쳐야 했는데 말이다.

서바이벌에 좋은 평이한 스킬만 원하다니, 자기혐오가 계속 올라오는 서준아였다.

"무리하시는 거 아닙니까?"

"시끄럽다. 안 그러면 네놈을 제물로 여기서 마왕을 소환시켜 줄까?"

"아, 아뇨. 그건 사양하겠습니다. 그러면 스킬을 알려 드리도록 하지요."

[위장의 어두운 축복을 배울 수 있습니다. 소모 스킬 포인트는 1입니다.]

대사제가 알 수 없는 주문을 외우자 눈앞에 창이 갱신되면서 스킬을 익힐 수 있다고 뜬다.

'프라이멀 드래곤 브레이커'라는 클래스는 최상위급으로 그 어떤 스킬을 익히는 데도 제약이 없었다.

서준아는 석연치 않은 기분을 이겨 내며 복수를 다짐하고 해당 스킬을 익힌다.

[(희귀)위장의 어두운 축복을 익혔습니다. 당신은 이제 무엇을 먹어도 배탈이 나는 일이 없을 겁니다.]

이세계인의 장점이 드러나는 순간이다.

이것을 익힌 순간부터 서준아는 오래되거나 썩은 음식도 주저 없이 입에 댈 수 있게 되었다. 맛은 보장 못하지만 말이다.

'비인외도의 첫걸음. 참아 내고 익히자. 사용은……. 사용도 해야 하는데? 우웁!'

밖에 널브러져 있던 썩은 시체들을 먹는다는 생각을 하니 헛구역질이 난다.

그래, 이게 문제다. 이 나약한 정신이 문제였으니 이것을 바꾸기 위해 익힌 것이었다.

육체를 단련하기 위해 근육을 비명 지르게 하고, 숨이 막히도록 노력한 것과 같은 이치다.

일단 부서져야 더 단단해진다.

"괜찮으십니까?"

"아니다. 아무튼 좋은 스킬은 고맙군. 그리고 혹시 쓸 만한 무기 같은 거 있나?"

"무, 무기요? 하지만 서준아 님이라면 지고의 보구들을 지니고 있지 않으십니까?"

"배신당할 때 다 털렸지. 왜? 무구가 없으면 이길 수 있다는 생각이 들어서 덤비고 싶은가?"

"아, 아뇨. 이기지 못할뿐더러 방금 스킬을 드렸고, 기껏 온 기회를 버릴 생각도 없습니다. 무기를 원하신다면 하나 있습니다만, 따라오셔야 합니다."

보통 암흑신교 녀석들은 제정신이 아니고 비겁함에 물들어 있는 놈들인데, 이 대사제는 주제를 아는 걸까? 말이 금방 통해서 다행이라 생각하는 서준아였다.

그는 대사제를 따라서 신전을 나간 뒤, 동굴 외곽에서 또 아래로 나 있는 구멍으로 들어가기 시작한다.

"혹시 날 파묻으려는 셈인가?"

"그럴 리가요? 지금 제가 앞장서고 있어서 저도 파묻힙니다만? 의심이 많으시군요."

"배신당해서 귀의한 처지라서 말이야. 민감할 만하지."

"여기입니다."

동굴 외곽에 판 구덩이 아래로 들어가자 하나의 헬버드가 땅에 꽂혀 있었다.

도끼날과 창의 뾰족함을 겸비한 이 장병기는 도끼날과 창 부분은 검은색이었고, 장대 부분은 검붉은 빛이었다.

또한 전체적으로 붉은 기운을 은은히 뿜어내는 것이 불길해 보이는 물건이었다.

"음, 저 무기 어딘가 낯익은데?"

수많은 악마와 암흑 기사를 상대한 만큼 저런 무기를 하나둘 본 것은 아닌 서준아였다. 그래도 어디선가 본 듯 낯익은 기분이 들고 있었다.

대사제는 고개를 끄덕이면서 설명한다.

"그야 암흑신교의 기사가 썼던 것이고, 당신과도 싸웠던 물건이니 말입니다. 무기의 이름은 '끝없는 피의 굶주림'. 저희 종파의 기사였다가 암흑신의 축복을 받아 악마가 되었고, 오랜 전쟁 이후 죽게 되자 그를 깃들게 한 무기입니다. 사용자에게 강한 힘과 파괴적인 능력을 발휘하게 해 주지만, 대가로 계속 누군가의 피를 마시고 싶어 하는 충동을 일으킵니다."

"하여간 정상적인 물건이 없는 동네군."

저벅저벅…….

메마른 땅을 건너 서준아는 헬버드의 장대 부분을 잡고 들어 올린다.

오랜 시간 방치되었음에도 녹 한 점 없는 모습은 보통 무구가 아니라는 것을 말해 주고 있었다.

그때 무기에서 뿜어져 나오는 붉은 기운이 그를 덮치면서 머릿속에 묘한 목소리가 들려오기 시작한다.

-내 목소리가 들리나? 흐흐흐! 이번에도 꽤나 재미있는 인간이 날 집었……. 흐으응? 뭐, 뭐지, 이 느낌은?

"……."

-으아! 자, 잠깐! 뭐냐! 이, 이건? 아, 아흐응! 손에 잡혀 있는 것만으로도 들어오는 이 만족감은? 생전에도 느낄 수 없던 이 포만감은? 이 테크닉은? 뭐지? 아, 안 돼! 나는 끝없이 피를 먹길 원하는데 이런 마, 만족감은? 아, 안 돼에에에! 후아아아앙!

'내 스킬 효과지만 이런 건 기분 나빠. 이래서 마검 같은 건 잘 쓰고 싶지 않았지.'

[무구친애의 효과로 페널티가 제거됩니다.]

사용에 불편함을 없애 주는 '기프트 스킬'이 작용했으니, 이제 이 무기는 서준아에게 아무런 해 없이 온전히 사용될 것이다.

다만 무기에 있던 인격이 황홀한 비명을 지르는 것이 기분 나쁜 서준아였다.

'2회 차에선 엄청 좋은 스킬이군. 처음엔 기사단장도, 다른 이세계인들도 비웃었던 스킬인데 말이야.'

당시엔 악평 일색이던 스킬이 지금은 최고의 취급을 받는 것에 격세지감을 느낀다.

서준아는 무기를 휘둘러 보면서 간격에 익숙해지고자 한다.

'하지만 무위를 갖춘 지금은 최고의 스킬이 되었지.'

이제 '끝없는 피의 굶주림(Endless Bloody Hunger)'은 주인을 현혹시키는 페널티가 없는 파괴적인 무기가 되었다.

스킬의 내막을 모르는 대사제는 저주받은 무기를 잡고도 태연한 그의 모습에 박수를 치면서 감탄한다.

"역시 최강의 용사 서준아 님답군요. 마의 무구도 제압하실 줄이야."

"좋은 무기를 줘서 고맙군."

부웅! 붕!

예리한 창날과 도끼 부분도 그렇고 장대 부분 역시 금속이라 매우 단단했기에 전체적으로 마음에 든 서준아였다.

암흑신교 측 무구는 리스크를 지면서 강력한 힘과 파괴력을 보장했다.

서준아의 경우 고유 스킬로 리스크를 삭제해 원본보다도 더 위력적으로 쓸 수 있었다.

'예전엔 그래서 좀 쓰고 싶었는데, 다른 애들이 다 난리 쳤었지.'

언젠가 한번 사용자를 타락시킨다는 최강의 마검인 '극마검-헬 오브 아포칼립스'를 입수했었다.

다들 타락이니 현혹이니 하는 우려를 하며 습득하자마자 빼앗았다.

그 당시의 서준아는 그들의 찜찜한 심정을 이해해 줬고, 결국 그 검은 봉인되었다.

'아마 이세니아 왕국 대신전에 봉인되어 있겠지? 아니면 왕궁 지하이거나 말이야.'

"서준아 님, 이제부터 어떻게 하시겠습니까?"

"제물을 구하러 간다. 그런데 넌 상당히 침착하군. 무기를 주었으니 대가를 요구하거나 부탁을 할 거라고 생각했는데 말이지."

"입은 재앙의 근원이지요. 게다가 서준아 님이 마왕 부활을 위해 움직이신 이상 저희로선 더할 나위 없습니다. 그분이 돌아오는 것만 해도 암흑신께서 거대한 축복을 내리실 테니 말이죠. 우린 얌전히 서준아 님이 차린 밥상에 숟가락만 올리면 됩니다."

대사제는 솔직하면서도 정중하게 서준아를 지원하겠다고 말한다.

하긴 마왕이 부활해서 세력을 모으기만 해도 그에겐 손

해가 아니었다.

　신뢰하지는 않지만 이용할 만한 자임은 틀림없다.

　무기를 챙긴 서준아는 미소 지으며 그의 말에 대답했다.

　"맛있는 밥을 해 오도록 하지. 시간이 너무 오래 걸리면 내가 실패한 걸로 알도록."

　"기대하겠습니다. 그리고 오시는 길에 엘프 시신이라도 어떻게 안 되겠습니까? 아, 어른이 아니라도 상관없습니다. 어린아이인 경우가 훨씬 좋죠. 살도 야들야들하고, 손가락이랑 눈알도 뭐, 별미라서 말입니다. 허허허! 옛날에 먹은 그 맛이 아직도 잊히지 않는데……."

　'…정중해도 암흑신교는 암흑신교군. 저 답 없는 식탐이라니…….'

　등 뒤로 들리는 대사제의 말을 듣지 못한 척하면서 그는 무기를 들고 나온다.

　이 지역의 지리는 산적을 습격하기 전 마을에서 파악해 두었기에 어디쯤에 엘프들의 마을이 있는지 잘 알고 있는 서준아였다.

　'하이 엘프인가? 이젠 몇 명 남지도 않아서 다 알고 있는 이들인데 말이지.'

　원래 숫자가 적었지만 암흑신 세력과의 전쟁으로 다수가 희생당하는 바람에 10명 남짓 남은 걸로 알고 있었다.

　그 하이 엘프 중에 자신을 배신한 자가 하나 있으니 죄책감을 가질 필요가 없다고 생각하며 위치를 떠올린다.

'보자. 제국 쪽에는 아마 5명인가 있던 걸로 아는데 말이지.'

인간 우선주의를 주장하면서 이종족을 배척하는 란탈 후작 때문인지 하이 엘프들이 절반가량 파견되어 있다.

왜냐하면 그의 영토 내에 있는 엘프 도시에 대륙의 세계수 중 하나가 있기 때문이다.

세계수는 그들의 희망이자 정신적 지주이기 때문에 버리고 떠나라는 것은 엘프들에겐 결코 용납할 수 없는 문제였기에 분쟁 지역이나 다름없었다.

'나만 해도 집에 돌아가는 일만큼은 양보 못하니까 말이지. 그들이 분쟁을 겪으면서 남는 것도 이해할 만하군.'

아무튼 '끝없는 피의 굶주림'을 인벤토리에 넣어 두고 서준아는 동굴을 나가기 위해 움직이기 시작한다.

그는 일단 용병으로 위장해서 엘프를 노리는 용병대라든가 노예 사냥꾼들에게 합류할지, 여러 방법들을 고심한다.

제7장

숲 도시

대륙 최강의 복수는 2회 차부터

"자, 잠시만요! 잠시만요! 벤 님! 아, 아니, 용사님!"

"음? 너는?"

동굴 입구에 묶어 놓은 말을 타고 가려는 순간, 멀리서 손을 흔들면서 그를 부르는 견습 암흑 신관인 러니의 모습이 보인다.

허겁지겁 달려온 그는 숨을 고른 다음 급하게 말하기 시작했다.

"하아! 하아! 대, 대사제님께서 벤, 아니 서준아 님을! 도우라고 하셨습니다. 그보다 왜 진작 말씀 안 해 주셨나요? 주신교 놈들과 이세니아 왕국 성녀에게 배신당하셨다는 게 사실인가요?"

"사실이다. 그보다 넌 필요 없어. 혼자 가도 돼. 내가 다른 이세계인처럼 여기 지리랑 문화를 모르는 것도 아니고 말이야."

"그거야 그러시겠지만, 대사제님이 '귀의했음에도 여전히 우직하고 한 점의 그늘도 없어서 걱정이 된다.'라면서 저보고 보필하라고 하셨습니다. 아차! 이건 말하면 안 되는데!"

대사제 앞에서 대놓고 '제물로 삼을까?'라고 겁박을 주었으니, 그런 말을 자신에게 직접 하지 않은 그의 행동이 납득이 되는 서준아였다.

그러나 앞에선 말도 못하고 뒤에서 웅성거리는 게 기분 나쁜 건 사실이었다.

'역시 죽일 수밖에……'
'아쉽지만 어쩔 수 없죠.'
'그 분노의 칼날이……'

'그 망할 것들이 떠오르는군.'

여러모로 안 좋은 기억이 살아나는 행동이었다.

그 자식들처럼 겉으로는 아닌 척하면서 수작을 꾸미는 것 같아 불안감이 솟는다. 그들은 지금쯤 기념 파티와 행사를 치르고 깔깔거리며 웃고 있을 테니 말이다.

"대사제 놈, 그렇게 말했다는 거지? 제물을 구하고 돌아가면 그놈도 덤으로 제물로 삼아 주지."

종로에서 뺨 맞고 한강에서 푸는 격 같았지만, 서준아가 화가 났다는 걸 알자 러니는 당황하며 부정한다. 자칫하면 한순간에 시체가 되니 겁이 나는 것도 당연했다.

"그, 그건 안 됩니다. 모어모어 님은 우리 '식탐' 종파의 정식 암흑신교 사제라서 돌아가시면 곤란합니다. 용사님, 아무튼 죄송합니다."

"그 용사님이라는 호칭부터 집어치워. 지금은 벤이다, 벤. 복수하겠다고 나서는 자가 이름을 그대로 할 리가 없지 않나?"

"그, 그렇습죠, 벤 님. 아무튼 따라 모시겠습니다."

그렇게 녀석 또한 마차를 끌던 말을 하나 풀어 안장을 올리고 서준아를 따라온다.

'암흑신교라서 문제가 되려나?' 하고 생각해 봤지만, 녀석은 견습 암흑 신관이라 그런지 외양이나 기색으로는 암흑신교라는 것을 파악할 수 없었다.

"음, 따라오는 건 좋지만 넌 뭘 할 수 있지? 대략 알아 둬야 해서 말이야."

"일단 이 지역 대부분의 마을과 도시를 통과하는 데 대한 신원 보증도 해 드릴 수 있고, 도적 길드에서 위조 신분증을 만들어 드리는 것도 가능합니다. 또 공식 석상에서 구입하지 못하는 장물의 매입 및 판매, 용병단에 의뢰를 해서 사람을 고용하는 일, 용병단에 들어가는 신원 보증 등등 암흑신교의 사제라는 점을 빼도 도와드릴 일이 많지요. 노잣돈도 관리하고 있습니다."

이 정도면 훌륭한 인재라고 할 수 있었다.

말이 견습이지, 실질적인 행동 요원이라고 할 수 있는 능력이었다.

'괜히 대사제가 붙여 준 게 아니군. 이 녀석 대단한데?'

한 산적단의 참모로서 활동하던 인재다 보니 주변 마을과 도시에서 다양한 인맥과 신분을 만들 수 있었다. 견습 암흑신관이라고 우습게 볼 녀석이 아닌 것이다.

"굉장하군. 좋아. 동행하도록 하지."

"서, 설마 쓸모없으면 안 할 생각이셨습니까?"

"방해되면 그냥 없앨 생각이었다. 무능한 아군은 적보다 더 무서운 존재니 말이야."

"히익! 분명 도움이 될 겁니다, 용사님."

동행을 허락한 덕에 안심했는지 서준아가 한 말이 농담으로 돌아온다.

신경 쓸 정돈 아니었지만 저놈의 용사라는 말이 찜찜한 서준아였다.

"그 망할 용사 소리 집어치우라고 했지? 암흑신교에 귀의했으니 그건 아니지 않은가?"

"아, 그렇죠. 워낙 서준아 님이 유명해서 말이죠. 아, 맞다. 마침 본인이 왔으니 듣고 싶은 게 있는데요. 천람(天覽)의 절벽 요새에 홀로 침투하셔서 1만의 악마와 암흑신교 5만 명을 쓰러뜨리고 요새를 차지했다는 게 사실인가요?"

"그건 과장된 거다. 너무 부풀렸어."

"그렇죠? 역시~"

서준아는 마치 오버라는 듯 고개를 저으면서 그의 착각을 바로잡아 준다.

"토벌한 악마는 5,703마리, 암흑신교는 약 2만 7천이다. 그리고 누가 보면 한순간에 차지한 줄 알겠지만 걸린 시간은 한 달 반이다. 식량은 내부에서 얻었고, 수면은 숨어서 조금씩 취했지. 그 요새가 워낙 커서 말이야."

"저, 정말 죄송합니다. 물어서 죄송합니다."

"왜 그러나? 정정해 준 건데 말이지."

그의 진실 된 무용담을 듣자 갑자기 얼굴이 새파래지면서 고개를 숙이는 러니였다.

그리고 잠시 후, 러니는 다시 기운을 차렸는지 행선지를 묻는다.

"그런데 어디로 가실 겁니까?"

"일단 하이 엘프가 있을 만한 마을과 숲 도시 근처에 있는 란탈 후작의 영지로 간 뒤, 용병으로 위장하고 쳐들어가서 조진다."

"그게 전부인가요?"

"그럼 뭐가 더 필요한가? 세세한 건 하면서 조율해 나가면 충분하다."

"하아? 저, 저기 말이죠, 용, 아니 벤 님. 아무리 그래도 너무 막무가내 아닌가요? 엘프 마을과 도시의 위치를 대강 아시는 것 같은데 조, 조금 다른 방법은 없나요?"

러니는 황당하다는 얼굴로 서준아의 계획을 반대한다.

서준아는 이 방법 이상으로 좋은 방법이 있나 하는 모습이다.

하이 엘프가 있는 곳을 대략 알고 있으니, 란탈 후작의 세력권의 용병대로 들어가서 조지고 하이 엘프만 빼돌려 돌아간다.

서준아의 계획은 간단했다.

"저기, 언뜻 보면 설득력 있는 것처럼 보이지만요. 세세하게 보면 문제가 많습니다. 일단 란탈 후작의 세력권이라곤 해도 전부 란탈 후작만큼 이종족 혐오를 가지고 있는 것도 아닙니다."

이종족 혐오는 란탈 후작과 직계 가신들 소수가 가지고 있을 뿐, 그 외 사람들은 같이 마족과 싸운 이종족에 대한 반발감이 적은 것이 현실이었다.

또 제국 정부로서는 방대한 영토에 전선을 늘리지 않기 위해서라도 왕국처럼 이종족 우호 정책을 펼치고 싶어 했다.

"그저 정치적 상황과 가문의 인연, 혈족으로 맺어진 사정, 금전적 이득을 보고 그쪽에 가세한 척하면서 빌붙고 있는 지역도 많습니다. 엘프들도 그 사실을 모르는 게 아니라서 암암리에 공작을 하고 있을 정도인데, 생각이 있는 겁니까?"

"……."

러니의 말은 마땅한 지적이었지만 이게 서준아가 낼 수 있는 책략의 한계였다.

속을 박박 긁는 말이었지만 사실이기에 부정할 수 없었다.

'마족과의 싸움에 관련된 것이 아니고는 하나도 모르는 먹통이란 말이야. 그래서 마왕을 부활시키려는 건데……. 젠장!'

그나마 전략 전술과 군대에 관한 것은 스승님에게 배워서 군을 다루는 일은 할 수 있었다. 그러나 납치 계획 같은 것을 짜는 건 무리였다.

'정보는 무슨, 그냥 알려 주는 대로 가서 부수는 게 답이었는데…….'

정보를 모으는 것부터 서준아에겐 갑갑한 일이었다. 자신의 편협한 지식의 한계는 일개 견습 신관에게 밑천이 드러날 정도였다.

'그렇다고 약한 모습을 보일 수도 없고……. 둘러대야 하나?'

숲 도시 • 261

약점을 내보이면 결국 그것이 맹점이 된다.

서준아는 자신이 망할 이세니아 왕국 놈들에게 뒤통수 맞은 것도 그것들이 약점이라고 할 수 있는 '집으로의 귀환'을 손에 쥐고 있었기 때문이라는 것을 기억한다.

더 이상 약점을 드러낼 수 없다고 생각한 그는 인벤토리에 넣어 둔 '끝없는 피의 굶주림'을 꺼내 러니에게 겨눈다.

"생각? 그러면 너는 얼마나 잘난 생각을 할 수 있지? 한번 들어 볼까? 아까 전에 도움이 된다고 했으니 말이야. 네 생각도 쓸모없으면 지금 당장 머리통을 분리시켜 주지. 1분 이내로 짜내라."

"히, 히이익!"

불길한 붉은 기운이 넘실넘실 흐르는 도끼날 부분이 목에 닿자 얼굴이 다시 새파래지는 러니였다.

지금 서준아가 할 수 있는 유일한 수단은 이것뿐이다. 오로지 목숨을 걸고 무력으로 호소하는 것뿐이었다.

"59… 58……."

"서, 서준아 님의 계략이 안 좋다고 생각한 건 아닙니다. 그 압도적인 무력이 있으면 확실히 파괴 공작은 좋을 수도 있죠. 하나 과정부터 생각하면 꼬이는 게 많고, 시간 낭비도 엄청납니다. 후우! 후우!"

숨이 차는지 러니는 심호흡을 한 번 하고 말을 이어 나간다.

"일단 엘프 마을이나 숲 도시의 위치를 알아도, 란탈 후작의 휘하나 노예 사냥꾼을 운용하는 용병대로 들어가는 것부터가 시간이 많이 걸리는 일! 그들의 작전 개시일과 일정에 휘둘리는 것도 시간을 많이 소모하니, 서준아 님이 말한 건 단기간에 목적을 이루기가 불가능한 계획입니다! 도저히 생각을 하고 짰다고 볼 수 없습니다."

"큭! 30초 경과."

겉으로는 엄숙히 말했지만 자신이 세운 계획이 얼마나 생각 없는 것인지 팩트로 찌르니 가슴이 아파 오는 건 어쩔 수 없는 서준아였다.

"그렇기에! 만약 빠르게 신전까지 돌아가는 계략을 세울 거라면, 저라면 우선 란탈 후작에게 바칠 이종족의 목이 필요하다는 구실로 엘프 사냥을 할 용병들을 고용하고, 소집합니다."

"20초."

"알다시피 란탈 후작은 정기적으로 부하와 자기 영향력 아래에 있는 영지에 충성에 대한 표시로 이종족의 목이나 시체를 바치라고 하고 있습니다. 그중 실적이 뛰어난 영지는 세금을 4분의 1로 해 줄 정도로 후한 정책을 취하고 있죠."

"15초 남았다."

"그래서 돈을 들여 용병대를 소집해 바로 움직이게 한

다음, 서준아 님이 이 정보를 가지고 엘프들의 마을이나 숲 도시로 가서 하이 엘프에게 침입자가 온다고, 경보라는 식으로 말하는 겁니다."

"10초 남았다."

"당연히 엘프들은 쳐들어오는 용병대와 싸울 것이고, 그 사이에 용사님이 하이 엘프만 몰래 기절시키든 반쯤 죽이든 한 뒤에 납치해서 도망치면 됩니다."

"5초."

"이 전략은 동양에서 말하는 이이제이 계략에 배신을 끼얹은 방법으로, 서준아 님의 무위라면 하이 엘프의 근처에만 가면 목을 따는 거야 손쉬울 듯합니다! 그러면 제가 용병들에게 임무를 완수하게 만들어 보상을 주고, 서준아 님은 은신처로 돌아가서 마왕 부활 의식을 치르면 되죠."

'역시 전문가는 뭔가 다르다는 건가?'

"이 경우 가는 동안 세세한 계략을 짜 놓으면 도착하자마자 실행할 수 있습니다! 사실 원래 다루던 산적 녀석들이 있었으면 더욱 쉽게 할 수 있었겠지만 그래도 이 정도면! 후아… 후아……. 어라? 5초 넘은 것 같은데……. 저기?"

'내가 생각한 것보단 확실히 나아.'

1분을 조금 넘었지만 그래도 상당히 디테일하고 세심한 계략이었다.

불확실성을 최대한 줄이고 목표물인 하이 엘프를 확실

하게 노릴 수 있는 점도 좋았다.

무엇보다 자신을 배신한 놈들에게 그 방식 그대로 되갚아 줄 수 있다는 점이 서준아의 마음에 들었다.

"흠, 인정하지. 쓸 만한 계획을 내뱉었으니 살려 둘 수밖에 없겠군."

"후… 후아아……. 하아… 하아… 하아……."

"그럼 한번 네 말대로 해 보도록 하지. 설마 말로만 하고 현실로 만들지 못하겠다는 건 아니겠지?"

"무, 물론이죠! 그럼 세부적인 계획을 바로 짜겠습니다!"

서준아의 엄포에 넘어간 것인지 자세한 계획으로 화제를 넘긴다.

그는 녀석이 보이지 않는 방향을 보면서 가슴을 쓸어내린다. 녀석이 좀 더 간교한 암흑 신관이었다면 분명 자신의 약점을 알아챘을 테니 말이다.

'그랬다면 그냥 죽이면 그만이지만, 아무튼 계획을 받은 건 다행이군.'

그렇게 서준아와 러니는 말을 몰아 가까운 도시로 향한다.

✢ ✢ ✢

러니가 세운 계획은 서준아의 것보다 좋았다.

하나 아무리 좋은 계획이라도 실행할 능력이 없으면 허

황된 꿈이나 다름없었다.

좋은 계획에 처음에는 분위기가 좋았지만, 그것을 구체화하던 중 아주 커다란 문제가 있다는 것을 발견하자 험악해진다.

"다시요! 다시! 아니, 감정과 표정을 바꾸라니까요. 엘프들과 하이 엘프를 속이고 들어가서 전령을 하셔야죠! 좀 더 감정을 담아서! 원고까지 써 드렸는데 그것도 못해요, 서준아 님? 자, 다시! 시작!"

"…에, 그, 그러니까 저는… 요……. 근처에서 용병 일을 하며 살던 베, 벤입니다. 지그음~ 제가 이곳에 오게 된 것으은……."

"안 돼! 안 돼! 어조가 하나도 안 변하잖아요! 그래선 백 퍼센트 수상하게 여길 겁니다."

일류 영화감독처럼 깐깐하게 다그치는 러니는 답답할 지경이었다.

"아니, 진실도 의심하게 만들 수준이에요! 용사 때 이런 경험 많으셨잖아요. 급박한 상황과 절망적인 파도가 몰려올 때 그것을 알리는 심정! 그때의 기분으로 하시란 말입니다."

"……."

서준아 또한 불쾌한 건 마찬가지라 순간 인벤토리에서 '끝없는 피의 굶주림'을 꺼내 반 토막 내 버리고 싶은 심정이었다.

'복수를 위해 참자.'

그러나 이를 악물며 참는다.

연기에 재능이 없는 것. 극단에서 수행이라도 한 게 아니니 어쩔 수 없는 서준아는 곧바로 사과한다.

"미안하군. 이건 도저히 무리다."

"하아~ 이러면 곤란한데 말이죠. 아니, 그런 체질로 어떻게 마왕 루미네시아 님의 군세를 이기고 마왕성에 들어간 건가요?"

"그런 일은 다른 녀석들이 다 해 주었지. 몇 번 시도는 해 봤지만… 재능이 없다고 해서 말이야."

도적 출신이자 용병단장인 자칼과 왕녀인 프리실라가 주로 이 역할을 담당하던 사람들이다.

서준아는 잠입이나 누굴 속이고 들어가는 일에서는 입을 꾹 다물고 그들을 따라가는 역할이 주였다. 혹은 노예 같은 걸로 위장해서 말을 할 필요가 없는 상황으로 만들어 넘기곤 했다.

'그래서 마왕을 부활시키려고 하는 건데 말이지. 하아~'

자신에게 없는 것을 충족시키기 위해서 마왕을 부활시키는 거라 생각한 서준아는 불평을 하고 싶었지만 소용없기에 입을 다문다.

러니는 한숨을 크게 쉬더니 이마를 짚으면서 다시 말하

기 시작한다.

"으음~ 설마 이 정도로 벽창호일 줄이야. 무명(武名) 이외의 것은 알려져 있지 않아서 긴가민가했는데……."

"나에 대해 연구라도 한 것 같군."

"어떻게 암흑신교에서 서준아 님에 대해 연구를 안 할 수 있겠습니까? 3년씩 걸려 만든 귀중한 거점과 조직망이 하루에 대여섯 개씩 사라지고, 천 명 만 명의 혼을 바쳐 소환한 막강한 대악마들의 부고가 들려오는데 말입니다."

서준아는 대륙의 구원자였지만 암흑신교에겐 대재앙 같은 존재로 그 공포는 암흑신교의 후대들에게도 알려져 있었다.

"루미네시아 님이 인간들과 주신교의 공포였다면 서준아 님은 암흑신교의 공포입니다. 대사제님들과 암흑 기사들에게 절망을 심어 주셨죠. 그런데 그런 사람이 이런 전투 바보일 줄이야."

서준아가 전투 바보라는 말에 이맛살을 찌푸리며 노려보자 그는 금방 자신의 실수를 깨닫고 사죄한다.

"아, 아뇨! 죄송합니다. 알맞게 수정하겠습니다. 예! 원인을 분석했으니 수정은 금방이지요! 제, 제발 살려만 주십시오."

'쳇! 눈치 엄청 빠르네.'

서준아는 그의 태세 전환 솜씨와 연기력이 대단하다고

느끼면서 인벤토리를 닫는다. 아쉽다고 생각하며 말이다.

"으음……. 이걸 이렇게 하고, 저걸 이렇게 해서! 수정했습니다! 역할을 바꾸면 그만입니다, 이런 건! 군대는 지휘할 줄 아시죠? 알자스 성과 메카폴란 요새를 지휘하셨던 건 진짜니까 말이죠. 설마 그것도 다른 분이 한 건데 싸우다 보니 이름이 알려진 겁니까?"

"아니, 군대 지휘는 할 수 있다. 대리 아니다. 스승님이 강해지는 데 도움이 되는 학문이니 같이 배우라고 하셔서 말이야."

행여나 군사 지식도 무식하다고 여겨질까 봐 급히 변명하는 서준아였다.

"휴우~ 그러면 다행입니다. 그것마저 안 됐으면……. 히, 히익! 아, 아무것도 아닙니다."

'지혜는 있지만 담이 저 정도인가? 저놈에게 큰 그림 같은 건 무리겠군.'

이야기를 들으면서 서준아는 러니의 한계를 알아챈다.

머리는 좋았지만 경험은 둘째 치고 대범함이 부족한 녀석은 결국 삼류 악당에서 더 올라가지 못할 거라는 생각을 한다.

그와 별개로 지금은 도움이 확실히 되는 것도 사실이었다.

'아무튼 러니 녀석 덕분에 제물 구하는 일은 좀 더 쉽게 되겠군.'

"이걸 이렇게 하고 서준아 님을 이곳에 배치해서⋯⋯. 됐다! 이거면 됩니다. 이거면 서준아 님은 한마디도 안 해도 되니 그 어설픈 연기력을 내보일 일 없이 마음껏 무기만 휘두르시면⋯⋯."

"사실이지만 굳이 내 연기력이 어설프다는 이야기는 좀 안 하면 좋지 않냐?"

아무리 사실이라도 안 좋은 점을 계속 이야기하면 가슴 아프니 말이다.

서준아는 이런 것을 원래 세계에선 팩트 폭력이라고 했던 것을 떠올린다.

'오⋯⋯. 오랜만에 떠오른 현대의 단어. 잊고 있었는데 말이지.'

오랜만에 현대의 단어를 떠올리자 살짝 기분이 나아진 그는 다른 단어를 떠올리기 위해 기억을 곱씹는다.

✢ ✢ ✢

며칠 뒤⋯⋯.

게르마니아 제국, 휠더 지역 삼림 지대.

흔히 엘프의 숲 하면 그저 숲이 가득한, 촌락 단위로 적은 인구가 모여 조촐하게 살고 있는 곳을 떠올리기 쉽다.

실제 이 세계의 엘프들도 그렇게 살았었지만, 마왕 루미네시아의 군세가 세계를 위협하고 난 이후 종족의 수장들이 모여 종족의 명운과 미래에 대해 새로이 생각하게 되었다.

흩어진 동족들을 모아서 인간들의 거대한 성과 도시 같은 단위로 살기 시작한 것이다.

숲 도시(Forest City).

말 그대로 숲으로 이루어진 도시로 흔히 생각하는 다듬은 목재와 석재들로 이루어지고, 도로를 깔아서 만든 친환경 도시.

뿔뿔이 흩어져 사는 엘프들을 끌어모아 규율과 전통만을 준수했던 엘프의 문명을 바꿔 나가기 시작한 것이었다.

'그런 변화를 받아들인 게 엄청난 혁명이었지.'

기존의 촌락 단위였던 엘프들의 마을을 '세계수'를 중심으로 재편성해서 거대한 도시로 만든다.

아무리 혁명이라도 '세계수'는 엘프들이 무슨 일이 있어도 지켜야 하는 삶의 터전이라 버릴 수 없는 존재였다.

암흑신 세력과의 전쟁으로 대지가 황폐해지고 많은 수의 '세계수'들이 파괴당해 남은 '세계수'를 지키기 위해 모이는 건 당연한 일이었으므로, 어쩌면 '숲 도시'화는 엘프들에게 자연스러운 발전이었을지도 모른다.

"란탈 후작군의 움직임은 단순한 훈련이었던 걸로 밝혀

졌습니다. 다행히 이 도시를 건드리거나 정찰할 목적은 아니었던 걸로 보입니다."

"수고하셨습니다, 론시드 정찰대장님. 슬슬 그것을 할 때라 생각되어서 말이죠."

빌딩처럼 거대한 나무의 속을 파내서 만든 건물의 방 안에서 두 엘프가 대화를 나누고 있었다.

론시드라고 불린 자는 나무로 된 갑옷을 입고, 활과 화살을 메고 있었다. 그는 앞에 있는 여성 엘프에게 예를 갖추며 말했다.

"수고라고 할 게 있습니까? 동족들의 안위를 위한 것인데 말이죠. 정말이지 인간들은 너무나 뻔뻔합니다. 수천 년 전부터 이루고 있던 우리의 삶의 터전을 자기네 땅이랍시고, 또 적이랍시고 노리고 있다니!"

"란탈 후작의 세대만 어떻게든 넘기면 될 겁니다. 우리의 삶에 비하면 찰나 같은 시간. 그때까지만 조심하도록 하죠. 론시드 정찰대장님, 도시 수비 임무를 계속 부탁합니다."

"예, 세틴에일 님. 그럼 물러가겠습니다."

인사를 하고 물러나는 론시드.

남아 있는 여성 엘프인 세틴에일은 그가 나가자 한숨을 쉰다.

암흑신 세력을 무찌르고 나서도 이곳 게르마니아 제국

엔 종족의 위협이 남아 있었다.

그녀는 안심할 수 없는 처지였고, 이 도시의 책임자이기에 지는 부담도 컸다.

이곳의 세계수를 지키고, '숲 도시'를 건설하는 역할을 맡은 그녀는 보고받은 것을 보며 생각을 정리한다.

"휴우~ 말은 찰나의 시간이라고 했지만 인간의 집념은 보통 무서운 게 아닌데 말이지. 첩보에 의하면 란탈 후작의 자식들도 아버지와 같은 성향이라고 하니 말이야. 물론 셋째 도련님은 우리에게 우호적이지만······."

우공이산이라는 이야기가 있듯이 란탈 후작의 이종족 혐오와 증오는 단순히 그 한 명만을 넘어 대물림되고 있었다.

그렇게 되면 그의 수명이 끝나고도 인간을 경계해야 하는 시간이 지속될 것을 우려하는 세틴에일이었다.

그녀는 창밖으로 보이는 숲 도시의 전경을 바라본다.

"세계수 주변에 나무 몇 그루만이 있던 곳을 간신히 재건했는데······."

꽃과 풀로 장식되고, 살아 있는 나무와 정령들과 연계해서 만든 거대한 '숲 도시'의 모습.

몇 년 전까지만 해도 패도적인 암흑신 세력에 의해 폐허 직전까지 갔던 것을 필사적으로 복구시켜 놓은 것이었다.

마왕 루미네시아가 죽고 그 세력이 와해되었지만, 이곳

만은 란탈 후작 때문에 평화가 찾아오지 못하고 있었다.

"프리실라 왕녀, 아니 이젠 왕비가 되었지? 그녀의 말대로 란탈 후작의 셋째 아들을 지원하고 있지만 효과가 확실할지……."

본래 엘프들이라면 인간의 정치나 귀족의 후계자 계승에 간섭하지 않는 것이 보통이었다.

하나 암흑신교와의 싸움 이후로 그들의 문화가 많이 바뀌었다. 가혹하리만큼 수많은 삶의 터전을 잃고 동족이 죽었기에, 이후로 동족의 안위를 위해선 무엇이든 해야 한다는 주의로 바뀐 것이었다.

"그가 후작의 작위를 잇는 것 말고는 다른 방법이 없는 건가? 혹시나 내전이라도 일어나면……."

세틴에일, 그녀가 망설이는 이유는 루미네시아가 죽고 평화의 시대가 열리려는데, 인간들의 집안 후계자 싸움에 참여하며 다시 전쟁이 시작되는 것이 부담스러웠기 때문이다.

'하지만 셋째 아들을 지원하지 않으면 결국 그의 시대가 이어진다.'

하나 그렇지 않으면 결국 란탈 후작의 정신을 이어받은 장남이나 차남이 가문을 계승할 것이다.

"더 문제는 그들이 이종족 차별주의자라는 것만 빼면 완벽하다는 건데……."

이종족 노예상을 허가하거나 사냥꾼들을 운용하고 지원하는 자들은 대부분 오만한 귀족이라는 이미지가 강하다.

 타 종족을 차별하는 만큼 마찬가지로 약자에 대해서도 가차 없는 독선적이고 부패한 귀족상이 떠오를 것이다.

 '돌연변이 같은 자라니……'

 하나 란탈 후작은 이 점만큼은 선입견을 거부하는 케이스라고 할 수 있었다.

 기본적으로 청렴하고, 사생아가 넘쳐 나는 중세시대에 정부인에게서 낳은 3명의 아들만을 두고 있다.

 영주로서 봐도 가신들과 백성들에게 자비롭고, 세금도 법적으로 정한 것 이상 거두지 않았으며, 불법적인 징수나 노동을 금지시켰다.

 재난이나 사고가 있을 경우 가신들과 신관을 보내 주고, 복구에 필요한 예산을 편성할 정도로 우수한 영주라고 할 수 있었다.

 "그래서 더 골치 아픈 인간이지. 어떻게 그런 인간이 생길 수 있지?"

 이런 만큼 민심의 지지가 매우 높은 데다 본인은 암흑신의 군대와 싸운 전적이 있는 장군이었다.

 거기에 인재를 매우 아껴 문무에 뛰어난 가신들이 그를 보좌하고 있고, 다수의 귀족들이 지지하고 따르는 만큼 그의 영향력은 거대하다고 할 수 있었다.

숲 도시 • 275

'실제로 선제후고, 제국의 3분의 1에 영향을 끼치니…….'

딱 하나, 이종족을 증오한다는 점을 빼면 모든 게 완벽한 자라고 할 수 있었다.

그 딱 하나가 바로 엘프들의 삶의 터전인 이곳 '숲 도시'를 총괄하는 하이 엘프 세틴에일에겐 골치 아픈 일이었다.

"아무튼 그자의 군대가 접근하지 않는다니 정말 다행이네. 슬슬 '머리 사냥'을 할 때라서 두려웠는데 말이야."

'머리 사냥'. 엘프들이 부르는 호칭으로, 란탈 후작은 충성의 맹세로 휘하 가신과 귀족에게 이종족의 머리를 몇 개씩 가져오라는 명령을 내린다.

'이종족의 머리를 가져와라! 란탈 후작님께서 그 머리 하나당 엄청난 포상을 약속하신다!'

영지의 세금을 깎아 주거나 숫자가 많을 경우엔 상을 내리고, 평민에게는 그 해 세금을 면제해 주며, 집을 다시 지어 주거나 각종 공물을 주는 등 파격적인 혜택이 있었다.

'사실상 우리 종족을 노린 정책…….'

'머리 사냥'의 대상은 겉으론 넓어 보이지만 사실상 엘프를 목적으로 한 것이다.

그럼에도 문서에 이종족으로 표기한 것은 황실에서 엘프들을 비호하려고 애쓰고 있기 때문이었다.

제국의 귀족인 그는 예의상 호칭은 살짝 바꿔 놓았지만, 보상은 '엘프'의 머리를 가장 비싸게 쳐주었기에 '숲 도시'들은 항상 노림을 받고 있었다.

"빨리 '란탈 후작'의 시대가 끝나게 해야 이 재앙도 끝나는데……."

주변국들과 협력해 제국의 황실을 통해서 란탈 후작의 '머리 사냥'을 금하게 하려고 했다.

하나 제국 황실은 새로운 황제가 즉위한 지 얼마 안 되었고, 현 황제는 선제후인 란탈 후작이 표를 던져 주어서 되었기 때문에 그저 형식적인 서찰만 오고 간 것이었다.

란탈 후작도 교묘하게 호칭을 바꾸고 말이다.

그런 것보다도 가장 큰 문제는 란탈 후작의 영향력과 힘이 제국 3분의 1을 차지하고 있는 점이었다.

'괘씸한 놈들! 올해 엘프 모가지 보상은 2배로 올리겠다!'

엘프들이 압박을 넣었다는 것을 알게 된 란탈 후작은 그해의 '머리 사냥'에서 엘프의 머리에 2배의 보상을 때리는 것으로 복수해 버렸다.

세틴에일은 하루가 멀다 하고 노예 사냥꾼과 인간들이 동족을 노리던 지옥 같던 나날을 떠올린다.

물론 그것은 현재도 진행 중이지만 말이다.

"세틴에일 님! 큰일입니다!"

"무슨 일인가요, 아라스 경비대장님?"

"근처를 얼쩡거리던 암흑신교의 신관 하나를 붙잡았습니다. 놈은 하이 엘프님에게 말할 것이 있다면서 급히 면회를 요청하고 있습니다. '머리 사냥'에 대한 정보를 알리려는 것 같은데 말입니다."

한창 안 좋은 기억을 떠올리던 차에 아라스 경비대장이라는 무장을 한 남성 엘프가 들어와서 그녀에게 보고를 한다.

암흑신교 신관이 어째서 자신들에게 '머리 사냥'에 대해 알려 주러 온 것인지는 알 수 없었다.

그래도 올해 슬슬 때가 되었다고 생각했기에 세틴에일은 바로 끌고 오라고 명한다.

✛ ✛ ✛

"아이고, 이거 안녕하십니까? 숲 도시가 참 아름답게 잘 지어졌네요. 어이쿠! 폭력적이지 않은 대접 감사합니다아~"

"전신에서 나는 부정한 기운의 냄새를 보니 필시 암흑신교의 끄나풀이 맞군."

"이제 다 망해 버리고 저 같은 부랑자나 남은 곳이지만 말이죠. 헤헤헤!"

진흙과 오물로 더럽혀져서 냄새가 나고, 곳곳이 찢어지는 바람에 암흑신교의 심벌까지 넝마 쪼가리가 된 신관복을 입고 있는 젊은 남성이었다.

하이 엘프이자 숲의 신의 사제이기도 한 세틴에일은 그에게서 느껴지는 암흑신교의 냄새로 정체를 알아맞힌다.

"무슨 목적으로 이곳에 온 거죠?"

"마, 말씀드렸지 않습니까? '머리 사냥'에 대한 정보를 팔려고 왔다고 말이죠."

헤실거려서 그들의 판단을 흐리고자 하는 러니는 계속해서 말을 이어 나간다.

"란탈 후작이 최근 이 주변 영지에서 올라오는 이종족의 머리들이 마음에 들지 않는다고 화를 내는 바람에 본보기를 보여 준답시고 비밀 부대를 투입할 예정이랍니다."

"흐음……. 하지만 그 정보를 어떻게 믿을 수가 있죠? 평소에는 '머리 사냥'이 있어도 코빼기도 비치지 않던 당신들을 말이죠."

"헤, 헤헤! 그야 그동안은 이곳 엘프분들께서 감당할 수 있는 수준이라서 말을 걸지 않았던 겁니다. 이번에 '머리 사냥'을 나서는 분들은 아주 굉장한 분들이거든요."

러니는 태연한 얼굴로 세틴에일에게 말했다.

그녀는 경악과 동시에 이해할 수 없다는 표정을 지었고, 건장한 남성 엘프 경비대장인 아라스는 포박되어 있는 그의 목에 단검을 겨누며 낮은 목소리로 심문을 계속한다.

"굉장한 분? 그게 누구냐? 우리 쪽이 가진 정보원과 순찰 부대들의 움직임에는 그런 것이 전혀 없었는데? 무슨 근거로 말하는 거지? 제국의 무인들 중 명성이 있는 자들의 움직임은 보이지 않았는데?"

마족과의 싸움에서 명성을 떨친 제국의 무인과 장군들은 특히나 요주의 대상이다. 미인계는 물론이고 수단 방법 가리지 않고 그 정보를 끌어모으고 있었다.

"하! 근거라! 그럼 반대로 묻겠습니다. 당신들이 신용하는 그 정보원과 순찰 부대는 어디서 어디까지 움직이고 있는지 아십니까?"

그러나 러니는 그들의 정보력을 깔보면서 자신 있게 말한다.

"기껏해야 이곳 주변 몇 개의 영지와 대도시뿐이겠지요. 그러나 우리 암흑신교는 망했더라도 그 정보망은 대륙 전역에 있습니다. 마왕님이 죽은 지 며칠 되지도 않았는데 그게 다 망했겠습니까?"

이것은 러니의 필사적인 거짓말이었다. 이미 주 세력은 마왕에게 향하면서 토벌당한 지 오래였고, 각종 거점들 역시 모조리 털려 버린 상태였다.

더 웃긴 것은 지금 이 거짓말을 하는 이유가 바로 자신들의 거점을 모조리 파괴하고 다닌 '용사 서준아'를 위해서라는 것이었지만 말이다.

"흐음……. 어떻게 하시겠습니까, 세틴에일 님?"

"일단 자세한 내막을 듣도록 하죠. 우선 설명을 한번 해 보시지요. 누가 오는지, 규모는 어느 정도인지? 들어 보면 합당한지 아닌지 알 수 있을 겁니다."

일단 러니에게 자세한 이야기를 듣고 판단하자는 세틴에일의 말에 발언권을 얻은 그는 천천히 말하기 시작했다.

여기서부터가 매우 중요했다. 어떻게든 자신의 말을 믿게 만들어야 했으니 말이다.

'여기서 내 거짓 정보를 믿게 해서 서쪽을 방비하게 만들고, 동쪽을 서준아 님이 치게 해야 하니 말이지.'

서준아와 새로이 짠 전략으로, 한쪽에 방비를 집중하도록 허위 정보를 누설한 다음 얇아진 쪽으로 돌진하는 것이었다.

산적들을 지휘하면서 그들이 행동하기 쉽도록 여러 곳에서 사기를 치고 다닌 전적이 있는 덕분에 표정의 변화 없이 술술 거짓 정보를 내뱉는 그였다.

"…이렇게 된 겁니다. 아마 내일이나 모레쯤에 서쪽 루트를 통해 습격할 겁니다."

"음, 그렇습니까? 그렇다면 상당히 위험하겠군요. 하지만 이 정보를 알림으로써 당신들이 얻는 건 뭐죠?"

"이, 일단 정보값으로 식량을 좀 주셨으면 합니다. 저, 저도 그렇고 교단 사람들도 굶은 지 오래돼서 말이죠."

정말 배고프다는 연기를 하기 위해 오늘 하루 종일 굶은 러니였다.

"그리고 엘프님들이 잘 살아 계셔야 란탈 후작이 저희를 안 노릴 테니 돕는 건 당연하지 않습니까? 하하핫! 이이제이라는 거죠."

그렇다. 란탈 후작은 기본적으로 이종족 차별주의자이긴 했지만 그렇다고 암흑신교를 좋아하지 않는 정상적인 인성과 성향을 가진 자였다.

그의 세력권에서 몰래 살아가는 암흑신교들로선 그의 어그로를 끌어 주는 엘프들이 무사해야만 조용히 세력을 회복할 수 있다는 논리를 근거로 제시하는 러니의 말은 틀린 점이 하나도 없었다.

"그렇군요. 맞는 말입니다. 이렇게 말하니 의심할 여지가 없죠. 언뜻 들으면 진실이라 생각될 정도로 이치에 맞는 '거. 짓. 말'이군요."

"예? 거짓말이라뇨? 그럴 리가 없습니다만? 이건 저희 정보망으로 얻은 확실한······."

"습격이 온다는 것은 확실하겠죠? 서쪽으로 온다는 것도 말입니다."

"물론이죠. 확실합니다."

표정에 한 점 변화 없이 능숙한 거짓말을 하는 러니였고,

세틴에일이 뚫어질 듯 노려봄에도 태연하게 그녀의 눈을 똑바로 바라본다.

여기서 물러서거나 당황하면 끝이라는 것을 알고 있기에 러니는 태연한 척했다.

그러나 세틴에일은 피식 웃으면서 옆에 있는 아라스에게 지시를 내린다.

"아라스 님, 이자를 가두십시오. 그리고 수비 병력을 동쪽 방향으로 집중시키고 방비하라고 전하세요."

그녀의 입에선 충격적인 발언이 나오고 있었다. 자신이 말한 것과 반대로 대비한 것. 즉, 서준아가 오는 방향의 방비를 두텁게 한다는 뜻이었다.

"넷? 제, 제가 분명 서쪽이라고 했는데? 왜 동쪽입니까? 게다가 저는 왜 가두시는 건지? 저는 정보를 팔았을 뿐인데 왜 이러시는 겁니까?"

"음……. 동쪽이 맞군요."

자신도 모르게 당황해서 실언을 했지만 이미 그녀는 모든 것을 안다는 듯 방비를 했으니 상관없다.

"아니, 대체 어, 어째서 그걸?"

동쪽에서 오는 건 맞지만 지금의 맥락에서 어떻게 그걸 확신하는지 알 길이 없는 러니는 황당해하면서 반박하지만, 세틴에일은 가소롭다는 듯 그를 노려보면서 입을 연다.

"당신은… 제가 누군지 모르고 온 자 같군요. 이렇게 우둔한 암흑신교는 처음입니다. 저는 하이 엘프 세틴에일."

그녀는 같잖다는 듯 미소 지으며 러니에게 자신의 소개를 한다.

"이 숲 도시의 지도자로 이름이 나 있지만 내가 마족과의 전쟁 때 불리던 이름은 '진실의 사제'입니다. 신이 사라지지 않는 한 내 앞에서는 아무리 진실에 가깝게 꾸며도 거짓은 있을 수 없습니다."

"…엑? 자, 잠깐! 잠깐만요? 에엑? 하필이면 그 '진실의 사제'였다고? 이런 망할!"

그녀가 숲의 사제로서 가진 것은 '진실의 사제'라는 명칭.

그 명칭에 걸맞듯 그녀에게는 거짓말을 알아낼 수 있는 '신력(神力)'이 있었다.

아무리 뛰어난 연기력으로 속이려 한들 그 안에 거짓말이 있으면 바로 알아낼 수 있다.

그녀는 처음부터 러니의 말을 들으면서 자신을 속이려는 것을 눈치챘고, 자세한 대화를 통해 그가 어떤 목적으로 거짓말을 하고 있는 건지 알아낸 것이었다.

"그래, 당신이 설명한 게 거짓이라는 걸 알았을 때, 당신의 목적은 동쪽에서 내통한 자들의 습격을 수월하게 하는 것이라는 사실을 알아챘죠."

묶여서 제압된 러니를 불쌍한 듯 바라보는 세틴에일이었다.

"성동격서라는 동방의 속담은 저희도 알고 있습니다. 자세한 심문은 동쪽에서 오는 당신 동료를 잡고 난 뒤에 할 테니 목 씻고 기다리세요. 아, 자결 못하게 구속하는 것도 잊지 마십시오."

"자, 잠깐……. 하! 하하핫! 내가 어리석었군. 이 숲 도시에 하이 엘프가 있다는 건 알았지만 그것이 누구인지는 정보가 없어서 이런 낭패를 볼 줄이야."

자신이 한 방 먹었다는 생각을 했지만 러니는 그래도 기가 죽지 않는다.

"제길! 설마 '진실'을 알아보는 자가 있을 줄이야! 하지만 상관없겠지. 동쪽에서 너희가 맞이할 재앙은 엄청 무서운 것일 테니 말이야. 희생양의 피로 숲을 적시게 될……. 으읍! 읍읍!"

구속이 되고 입에 재갈이 물리면서도 러니는 발악하면서 또 다른 '진실'을 알려 준다. 그러곤 아라스에게 끌려 나간다.

주변의 경비와 다른 엘프들은 신경 쓰지 말라며 그녀를 위로한다.

"암흑신교가 저주의 말을 퍼붓는 건 일상적인 겁니다."

다들 암흑신의 사제인 그가 발악하는 걸로밖에 보지 않았지만 세틴에일은 등골이 오싹해짐을 느낀다.

'…마지막 말은 진실이었어.'

러니의 말이 진실이라는 것을 깨달은 그녀는 식은땀을 흘렸다.

허세나 협박이 아닌 순수한 진실.

동쪽에서 자신들을 습격해 오는 것은 진짜 재앙이라고 말할 정도로 무서운 것이라는 의미였다.

얼굴이 새파래진 그녀는 어떻게 해야 할지 고민하기 시작했고, 시급히 정찰대장과 경비대장을 호출해 대책을 논의해야겠다고 생각한다.

잠시 뒤 호출에 응한 정찰대장 론시드와 러니를 가두고 돌아온 아라스 경비대장이 도착했고, 그녀는 그들과 대책을 논의하기 시작했다.

일단 습격의 위치는 알아냈지만 그곳으로 쳐들어오는 것이 재앙이라는 사실을 말해 준다.

"하지만 최근 병력의 움직임이나 전령을 통해서 얻은 인간들의 움직임에는 그런 대규모 군세가 다가오는 흔적은 없었습니다."

정찰과 정보 수집을 게을리하지 않은 그들은 확신하며 말하고 있었다.

"'머리 사냥'이라면 필시 란탈 후작의 영지나 근처에서 반응이 와야 할 텐데 말입니다. 병력의 움직임도 없을뿐더러 '머리 사냥'을 위한 용병들이 고용되거나 하는 움직임도 없었습니다."

"론시드 님 말대롭니다. 저희도 지난 전쟁 이후로 계속 인간들에게서 정보를 얻는 것에 집중했기 때문에 손 놓고 당하진 않습니다."

모험가로 위장까지 하고, 미인계와 뇌물도 불사해 가면서 세계수와 영역을 지키기 위해 힘쓰는 그들이었다.

"그리고 주변에 있는 오크, 트롤의 영토는 모두 토벌한 지 오래라서 급작스럽게 습격해 올 존재는 없습니다. 또한 이 주변에 있는 암흑신교의 세력은 자취를 감춘 지 오래고 말이죠."

"하지만 그는 분명 재앙이라고 했고, 그 말엔 거짓의 기색이 없었습니다."

논리적으로 설득해서 안심시키는 론시드와 아라스였지만, 러니의 말이 마음에 걸리는 세틴에일은 우려를 멈추지 않았다.

분명 그들의 말은 사실이었고, 이곳 숲 도시는 쉽게 적들에게 함락되거나 쓰러질 만큼 허술하게 방비한 곳도 아니었다.

수많은 정령들과 결계로 방비되어 있고, 훈련된 엘프 레인저들은 50만의 병력이 와도 지킬 자신이 있었다.

"그래도 불안하십니까? 그저 광기에 미쳐서 내뱉는 소리에 너무 신경 쓰지 않으셔도 됩니다. 시대는 이제 평화로 나아가고 있고, 란탈 후작의 움직임은 모두 체크하고 있습니다, 세틴에일 님."

"예. 그러면 좋겠군요. 다만 동쪽에서 습격이 오는 것은 사실일 테니 그에 대한 대비는 꼭 해 두십시오."

"알겠습니다. 걱정 붙들어 매십시오."

결국 아라스와 론시드가 계속 설득한 끝에 안심하게 된 세틴에일은 확실히 올 적을 격퇴하는 것에 집중하자고 생각하며 그들에게 대비를 명령했다.

러니의 말이 아무리 진실이라 해도 이미 자신들은 충분한 대비와 정보력을 갖추고 있다는 것을 다시 확인한 그녀였다.

'그래, 아마 암흑신교의 기준으로 재앙이라는 거겠지. 우리가 막을 수 없는 재앙은 아닐 테니 말이야.'

자신이 '진실의 사제'라는 것도 몰랐고, 그가 생각하기에 강한 자가 온다는 것이 반드시 이 숲 도시에 대한 위기라고는 할 수 없었다.

그렇게 해석한 그녀는 다시 안심하면서 본연의 임무로 돌아온다.

대비도 해 두었고, 병력도 대기시켜 두었으니 더 이상 두려워할 문제는 아니었다.

오히려 올 때가 된 '머리 사냥'을 막았다는 사실로 안심하게 된다.

"슬슬 움직일 시간인가?"

그러나 러니가 말한 동쪽의 재앙은 그들이 상상하는 영역에서 아득히 벗어난 엄청난 것이었다.

다음 날 밤, 숲 도시 동쪽 외곽.

서준아는 숲 외곽에 자리를 잡은 채 잠입할 준비를 마치고 있었다.

용병들은 일단 후방에 대기하고 있다가 그가 잠입해서 안을 혼란스럽게 한 뒤 불꽃으로 신호를 보내면 돌입하기로 약속했다.

즉 돌입은 서준아 혼자서 해야 했고, 그가 곧 정찰반이었다.

'보자. 준비는 다 됐군.'

서준아는 마지막으로 새로 갖춘 무장을 점검한다.

상반신만 사슬 갑옷을 안에 입고 위에 가죽 갑옷을 덧입어 최대한 가볍게 하고, 한 손에는 근처 마을에서 사 온 적당한 길이의 숏 소드와 버클러 하나를 장비한 상태였다.

'음, 좋아.'

'끝없는 피의 굶주림' 같은 장병기는 나무가 많은 숲에서는 쓰기 어려웠기에 무장을 바꾼 것이었다.

숏 소드는 나무에 걸리지 않고 베고 찌르기도 좋았으며, 버클러 또한 나무나 장애물에 걸리지 않는 사이즈면서 화살을 막아 줄 수 있으니 말이다.

'가볍고 빠르게 움직이는 게 좋지.'

그는 엄연히 7년이나 이세계에서 구른 몸이고, 경험은 거짓말을 하지 않는다.

'이렇게 잠입하는 게 보자……. 2주 만인가?'

몇 주 전에는 마왕성에 잠입했었는데 이제는 엘프의 숲 도시에 잠입하는 처지라니. 자신의 인생이 참 기구하다는 생각이 드는 서준아였다.

달을 보며 시간이 되었다 생각한 그는 천천히 숲으로 들어가기 시작했다.

이곳엔 용사로서 와 본 적이 있었기에 최대한 조용히 다가갈 수 있었고, 곧 첫 고비를 만나게 된다.

-너 누구야아?

은은한 푸른빛을 띠는 작은 소녀의 형상을 한 무언가가 서준아의 머리 위에서 말을 건다. 바람의 정령으로 이곳 숲의 결계를 이루는 존재 중 하나일 것이다.

그는 당황하지 않고 손을 흔들면서 정령에게 인사를 한다.

"안녕?"

-아~ 아! 서준아다아~ 어서 와아~ 무슨 일이야아? 무슨 일이야? 놀러 온 거야아?

나긋한 목소리를 내며 바람의 정령은 반가운 듯 서준아에게 다가와 뺨을 비비적거린다.

'음, 적대할 줄 알았는데…….'

암흑신에 의해 되살아나긴 했어도 그의 권능이나 힘을 받은 건 아니라 그런지, 아니면 자신의 영혼이 타락을 넘어서 정령들에게도 인기가 있을 정도로 순수한 건지 모르지만 아무튼 정령들이 조용히 해 주는 것은 다행이라고 생각한다.

'아직도 나를 좋아해 줄 줄이야.'

게다가 서준아는 이곳 세계수를 지키기 위해 싸웠던 적도 있기에 정령들에게 사랑받을 수 있는 것 같았다.

이곳 주변 환경을 해치던 오크나 리자드맨까지 모조리 족쳐 줬으니 사랑을 안 받으려야 안 받을 수가 없는 처지였다.

"저기… 좀 조용히 들어가려는데, 괜찮을까?"

-우우웅? 조용히? 왜에? 서준아가 온 거 알면 다 좋아할 텐데?

그건 두고 봐야겠지만 지금 서준아의 목적은 한가롭게 정령과 수다나 떠는 것이 아니었다.

그는 최대한 양심의 가책을 억누르면서 정령과의 대화를 무사히 넘기려고 애쓴다.

"그, 그래서 그런 거야. 뭐라고 해야 할까? 깜짝… 쇼라고 해야 하나?"

-꺄항! 그거 좋은 생각! 나도 깜짝 파티 좋아해! 그러니

비밀로 해 줄게~

'으으윽······.'

거짓에 속는 정령의 순진무구한 모습에 서준아는 가슴이 찔리듯 아파 온다. 지금부터 자신이 하는 일은 깜짝 파티가 아니라 지옥의 파티였으니 말이다.

천진하게 미소 지으면서 자신의 어깨에 살포시 앉은 바람의 정령의 깜찍한 모습에 서준아는 결심해야 했다.

심호흡을 한 뒤 숏 소드를 뽑아 정신을 집중하여 마력을 실어 넣는다.

'마치 첫 싸움 때 같은 느낌이군.'

본격적으로 살인을 하게 될 거라는 긴장으로 심장이 두근거렸던 옛 추억을 더듬으면서 서준아는 자신의 어깨에 있는 정령을 바라보며 결의한다.

이제부터 해야 하는 일은 자신의 생을 바꾸는 행동이었고, 돌아오지 못할 강을 건너는 셈이었으니 말이다.

-우우웅?

두근두근!

이세계에 와서 상대를 죽이지 않으면 죽는다는 거센 압박 속에서 첫 살인을 했던 때의 그 기분을 떠올린다.

그래도 그때는 자신이 살기 위해 상대를 죽여야 하는 것이라며 어떻게든 합리화했지만 지금은 그럴 수 없었다.

'이 선을 밟아 넘지 않으면 복수는 무리다. 얼마나 이를

갔던가? 그러나······.'

그때의 서준아는 약자였지만 지금은 강자였다.

지금 그가 하는 것은 자신보다 훨씬 나약하고 무력한 존재를 죽이는 일이었다.

'해야 한다.'

-우웅? 왜 그래? 서준아, 어디 아파?

'해야 해!'

파삭!

갈등을 이겨 내고 숏 소드를 휘둘러 정령을 벤다.

마력을 실은 채 순식간에 이루어진 일이라 애교를 부리던 바람의 정령은 그대로 기운을 흐트러뜨리며 사라지고, 땅에 부산물인 가루가 떨어진다.

그리고 이 정령이 담당하던 부분의 결계는 자동으로 해제되며 아무런 역할을 하지 못한다.

'크헉! 젠장!'

동시에 서준아의 가슴에 죄책감과 고통이 몰려온다.

엄연히 정령들도 이세계에 존재하는 생명이었다. 그것을 다시 소생도 못하게 마력으로 베어 버렸다. 진정한 의미에서의 죽음이었던 것이다.

자신이 행한 일을 다시 한 번 확인하자 손이 덜덜 떨리고 호흡이 막히기 시작한다.

'끄윽! 제기라알!'

가슴이 너무 아팠다.

할 수만 있다면 심장을 칼로 도려내 차갑게 식힌 다음 다시 넣고 싶을 정도로 뜨거운 고통이 지속된다.

악마도 아니고, 전쟁터에서 만난 적 병사도 아닌 무고한 존재를 죽였다는 사실에 죄책감이 치솟아 올랐다.

"끄으으윽!"

이것은 마치 스스로 심장을 벤 것 같은 아픔이었다.

✝ ✝ ✝

"하아… 하아……. 안 돼. 이건 안 돼. 무리야……."

자신이 얼마나 나약한지 알게 되는 서준아였다.

너무 깨끗해서 쓰레기조차 되지 않는 자의 고뇌.

차라리 더러운 쓰레기가 되고 싶은 심정이었다.

자신의 나약함을 원망하면서 너무 맑은 물에선 왜 물고기가 살지 않는 건지 이해한다.

'내가 이렇게 한심했다니……. 끄으윽!'

대체 그동안 마족과 악마들은 어떻게 죽였는지 생각을 돌아보게 된다.

어떻게 왕국을 위협하는 적을 쓰러뜨렸지?

혼란이 찾아온다.

애초에 내가 용사였던 거 맞나?

자괴감을 넘어 자신에 대한 의심까지 든다.

'아무것도 없이 아무것도 못하네.'

용사라는 가면과 집으로 돌아간다는 목적을 잃어버리고, 이유가 없이는 아무것도 죽일 수 없다니. 자신은 어디까지 나약한 걸까?

용사라는 위선의 가면이라도 있어야 할 것 같았다.

"왜… 왜 난 안 되는 거야. 제기라알……."

싸워 오면서 동족을 배반하거나 타락한 이들을 수없이 상대했다. 그들은 양심의 가책이라는 단어가 마음에서 사라진 듯 태연하게 적으로 돌아서며 자신의 목숨을 위협했다.

"나는 왜 안 되는 거냐고!"

서준아는 자기 자신이 답답했다. 그런 이들을 많이 봤고, 누구나 할 수 있다고 생각했는데 말이다.

현대식으로 말하면 누구나 하는 운전을 혼자만 못한다거나, 아니면 모두가 태연히 쓰는 인터넷을 못 쓰는 미개인이 된 기분이었다.

"제길……. 어쩔 수 없나?"

인간은 쉽게 변하지 않는다는 사실을 다시 깨달은 그는 눈물을 닦고 다시 앞으로 나아가기 시작한다.

여러 굴욕과 슬픔은 있지만 의지는 변하지 않는다.

마왕을 부활시키고 복수로 나아가기 위해 서준아는 모

자라면 모자라는 대로 싸우고자 정찰을 계속해 나간다.

'죽이지 않는다면 어떻게든 되려나? 하! 멍청하네.'

스스로를 바보 같다고 생각한다.

하이 엘프가 있는 숲 도시를 지키는 엘프 레인저들이 어떤 실력을 갖추고 있는지 잘 알고 있다. 어쩌면 마스터급 엘프들이 있을지도 모른다.

그런 곳에서 하이 엘프를 납치하려는데 적을 죽이지 않겠다니, 오만한 것도 정도를 넘어섰다.

게다가 지금 자신은 예전보다 레벨도 낮은 상태고, 무장도 형편없었다.

'병신 같아.'

한마디로 병신같이 무모한 결정이었다.

하지만 그것밖에 방법이 없었다.

"…근데 어째서 몸은 이 길이 맞다 생각하는 걸까? 하하!"

그렇지만 서준아의 몸과 마음은 그 결심을 하니 차분해진다.

스스로를 고행으로 밀어 넣는 마조히스트의 기질이 있는 걸까? 아니면 멍청하지만 무고한 이들을 죽이지 않고 갈 수 있다는 사실에 만족하는 것일지도 모른다.

"후우……. 얼른 가야지. 아, 맞다. 가기 전에 이거……."

자신이 벤 정령이 떨어진 자리에 남은 흐릿한 빛의 가루를 그는 바쁘게 수습한다. 그리고 미리 '러니'에게서 챙겨 온

약품과 그것을 섞어 머리 위로 뿌린다.

결계의 일부를 해제하기 위해 정령을 해친 점도 있지만, 정령술을 쓰는 엘프들이 자신의 정체를 알아보지 못하도록 조치를 취하는 것이었다.

"휴우~ 이걸로 조치는 됐고. 가 볼까? 흡!"

휘익!

서준아는 예전에 이 '숲 도시'에서 엘프 레인저들과 교육을 받은 적이 있기에 무리 없이 나무를 올라타면서 날렵하게 움직인다.

숲 도시에서 있어 본 결과 야간의 숲의 땅에는 각종 덫과 마법적 결계가 작동하기 때문에 정해진 나무를 타고 가는 게 가장 좋았다.

'설마 적이 나무를 타고 오리라는 생각은 안 하겠지.'

서준아는 나무 위와 가지의 흔적들을 보면서 엘프 레인저들의 순찰 루트를 확인하고 서서히 다가간다.

어둠 속에서도 잘 보이는 만큼 나무 몇 개를 조용히 타고 넘어가자 나무 속에 모습을 감추고 있는 엘프 레인저의 모습을 하나 발견한다.

'찾았다. 저기 잘 숨어 있네. 아직 날 눈치 못 챈 것 같고 말이지.'

상대 레인저보다 더 먼저 적을 발견하는 센스가 중요하다는 건 당연한 사실이다.

자신이 유리한 점은 저기 숨어 있는 엘프의 시선이 숲 아래로 향하고 있다는 것이었다.

'역시 나무 위로 가는 게 답이었군.'

그들의 경계 대상은 보통 인간, 오크, 리자드맨 같은 나무 위를 날렵하게 기동할 수 없는 종족들이었다.

그 감시 영역이 제한되어 있는 것은 서준아가 먼저 기습하기엔 좋은 조건이었다.

"무······. 읍!"

"잠깐 기절해 있어. 그리고······."

퍽! 우득!

피가 남으면 흔적이 생기고, 몸에 묻으면 피 냄새를 동물로 쫓을 수 있기 때문에 목 뒤를 후려치고 팔을 꺾어 놓은 다음 조용히 나무 위에 걸쳐 놓는다. 그리고 다음 나무로 사뿐히 이동한다. 설마 적이 엘프 레인저 교육을 받은 인간이라고는 상상도 못할 테니 말이다.

'생각 외로 가뿐할 수······.'

"적이다! 메이온이 당했어! 적습!"

'그렇지. 여기 레인저들은 생각만큼 무능하지 않지. 아니면 정령들이 알린 건가? 젠장! 난 그런 적성이 없어서 정령들이 스스로 안 나타나면 모른다고!'

한 명 처리한 것을 걸어 놓으니 어떻게 알아낸 건지 다수의 시선이 자신에게 향하는 것을 느낀다.

방금 쓰러뜨린 녀석에게 깃든 정령이 교감하고 있는 다른 엘프들에게 알린 것 같았다.

'온다!'

서준아는 멀리서 마법 같은 것이 번쩍이고, 화살 같은 투사체가 날아오는 것을 느낀다.

'쉬운 일이 없군.'

채앵!

숏 소드를 뽑아 그것을 쳐 내고 나무 위를 헤쳐 나간다.

날아가듯 나무 위를 넘어가면서 자신을 노리고 달려오는 엘프 레인저의 단검을 피한 뒤, 발차기로 밀어 버리고 도약을 한 번 더 한다.

"크헉! 말도 안 돼!"

'…뭐, 죽진 않겠지. 다들 이 정도 나무에서 전투 연습 하면서 백번은 더 떨어졌을 테니 말이야.'

발차기로 땅에 밀어 넣는 충격량도 있지만 아래는 수풀이 많아서 충분히 충격을 흡수해 줄 것이다.

아무튼 다가오는 엘프 레인저들에게 시선을 집중하며 서준아는 검과 버클러를 고쳐 잡고서 날아오는 마법과 화살에 신경을 기울인다.

숲 도시 서쪽 경비 초소.

세틴에일의 활약으로 누군가의 침입을 예상하고 있었지

만 그 방식에 대해선 깜짝 놀라고 마는 아라스였다. 가장 먼저 방비되어 있는 정령과 결계에 걸리지 않고 들어오는 상대일 줄은 상상도 못했기 때문이다.

초소에서 방비하던 아라스 경비대장은 숲에서 난리가 났다는 소식을 듣고 온 전령의 말에 깜짝 놀라 벌떡 일어선다.

"뭐라고? 지금 그게 사실이란 말이냐!"

놀랄 만도 했던 것이 공을 들여서 장치해 놓은 결계와 정령들은 그동안 적의 침입을 완벽하게 감지해 주었다.

암흑신교와의 오랜 전쟁과 노예 사냥꾼들에게 큰 효과를 본 장치들이었다.

그런데 이번엔 그것들이 통하지 않은 채로 먼저 기다리고 있었음에도 기습을 당해 버리고, 오랜 훈련을 받았던 레인저들이 유린당하고 있었다.

"적에 대해서 뭔가 알아낸 게 있나? 지금 상황은?"

"적은 하나고, 숏 소드 하나와 버클러, 가죽 갑옷으로 무장하고 있는 인간입니다. 얼굴은 가리고 있었습니다."

어두운 밤이긴 했지만 납치하러 왔으니 얼굴을 가린 서준이었다.

"놈은 매우 민첩한 움직임으로 숲을 돌파하면서 레인저들을 상대하고 있습니다. 벌써 부상자만 열일곱인 상태입니다. 다행히 사망자는 없습니다만, 모두 놈에게 속수무책으로 당하고 있습니다."

"…뭐라고? 그게 정말 인간이란 말인가? 그런데 왜 사망자는 없지?"

"그건 잘 모르겠습니다만, 적은 팔과 다리에 상처만 입히고 나무 밑으로 던지거나 제치면서 나무 위를 달리듯 오고 있습니다. 어두운 숲인데도 마치 밝은 곳에 있는 것처럼 말이죠. 신체적 특징을 보면 절대 동족이나 다크 엘프는 아닌데 어떻게 그럴 수 있는지가……."

어두운 숲속에서, 그것도 정예 엘프 레인저들을 상대로 압도적인 전투력을 발휘하는 인간이라니?

"말도 안 돼!"

아라스가 기겁할 만도 했다.

적어도 숲에서는 그 어떤 종족과 싸워도 지지 않는다는 자신감으로 뭉친 엘프 레인저들이 단 한 명의 인간에게 유린당하는 현실이라니!

"정말 말도 안 되지만 사실입니다. 마법과 정령술도 써보곤 있습니다만, 놈은 능숙하게 숲을 이동하면서 피해 다녀서 여기까지 앞으로 몇 분이면 도달할 겁니다. 지금도 동료들은 그 침입자 한 놈에게 유린당할 것으로 보입니다. 아라스 경비대장님이 직접 나서셔야 할 것 같습니다."

'정말 세틴에일 님의 말대로 재앙이 닥친 것인가?'

경비대장 아라스는 급히 자신의 무장을 챙기고 나설 채비를 한다.

아무래도 오늘 침입한 자는 세틴에일의 말대로 재앙이 찾아온 것이라고 느낀다.

"어서 가자!"

그는 심각한 표정으로 빠르게 대원을 이끌고 초소를 뛰쳐나간다. 대원들의 희생이 시시각각 늘어나는 상황이니 한시라도 빨리 움직여야 했으니 말이다.

"너는 정찰대장 론시드 님에게 가서 이 사실을 알리고, 휘하 레인저들을 모두 이끌고 와 달라고 해라."

"알겠습니다, 경비대장님!"

'도대체 어떻게 된 놈이지? 마왕군과도 싸워 이기고, 철저히 대비한 우리 수비대를 단 한 놈이 뚫고 있다고? 이게 무슨 소리야?'

상대가 누군지 모르지만 엄청난 실력자임을 짐작한 아라스는 빨리 확인해야 한다고 생각한다.

"흡!"

그리고 급히 숲으로 뛰어가 나무를 타고 달려 나가기 시작한다.

한창 소란스럽고 어두운 밤이다 보니 정령술과 마법으로 교전 중인 장소가 확실히 보였다. 그곳에서 검과 방패를 휘둘러 대응하고 있는 서준아의 모습까지 말이다.

"저놈인가? 내가 상대하겠다."

'어? 아라스 경비대장?'

한창 싸우던 서준아는 자신에게 달려오는 엘프를 알아본다.

그가 오래전 같이 이 숲 도시를 지킬 때 등을 맞대고 싸웠던 아라스 경비대장인 것을 눈치챘고, 과거의 기억을 떠올리기 시작한다.

'맞다. 여기 있었지.'

서준아는 자신의 기억을 뒤져 그에 대해 떠올린다.

'아라스 경비대장'.

연령은 420살쯤이다.

왜 저 녀석의 나이를 이렇게 기억하냐면 자기 나이를 소개해 줄 때 이따위로 설명을 했기 때문이다.

'재수 없고 극단적으로 보수적인 엘프였지.'

여기가 아직 '숲 도시'가 아닌 시절, '세계수'를 지키는 일족의 전사의 장으로서 자부심이 높고 인간들의 도움 따위는 필요 없다고 생각하는 보수적인 엘프 중 하나였다.

'돌아가라, 인간. 너희 도움은 필요 없다.'
'하지만 마족군은 4만이나 오고, 사천왕 중 하나가 직접 옵니다만?'

기껏 지원하러 동료… 라고 말할 가치도 없는 예전 동료 쓰레기들과 갔을 때를 떠올린다.

처음 만났는데 싸가지도 없고, 인간을 자신들의 아래로 보는 오만방자한 엘프 지상주의자의 전형이었다.

'필요 없다. 우리 '세계수 수호대'는 이런 때를 대비해서 오랫동안 단련해 왔다. 그러니 어서 꺼져라. 우리 숲에 인간 냄새와 드워프 똥내가 배기 전에 말이다.'

'세계수'를 위협에서 지켜야 한다는 사명을 가졌기에 되도록 그 어떤 것과도 어울리지 않도록 교육받은 놈인 만큼 우리를 반기지 않았다.
도리어 모욕을 주면서 나가라고 하던 엘프로 기억했다.
그런데 지금 생각해 보니 프리실라에게 모욕을 준 것이 고소했다.

'크윽! 젠장! 어떻게 이런 일이!'
'크하하하!'

그리고 아니나 다를까?
수천 년을 외부와 단절된 채 살아온 '세계수 수호대'는 역대 최강이자 재앙이라 불리는 마왕인 루미네시아의 흑천군(黑天軍)을 이길 수가 없었다.

'암흑신을 위하여!'

애초에 숫자도 월등히 많고, 사천왕급 고위 마족까지 대동. 거기에 전략 전술도 압도적인 마왕의 군대 앞에 패배하기 직전까지 몰린다.

'도움이 필요해 보이는군.'
'크윽! 우, 웃기지 마! 아직 쓰러지지 않았다. 우린 너희들의 도움 따위 없어도…….'
'종족의 자존심이 고향보다 소중하다면 물러나지. 나도 집의 소중함은 알고 있으니 말이야.'
'…크윽! 알았다.'

대충 이런 식으로 화해한 다음 같이 마왕군을 쓰러뜨리고, '세계수 수호대'와 '숲 도시' 건설 사업을 함께하며 티격태격했던 녀석이다.
서준아는 이 이후 엘프 레인저들의 교육을 받으면서 그들의 전투 기술 및 환경 파악 능력을 배우게 된다.
'교육은 좋았지.'
저 망할 극단적 보수주의 엘프 놈이 끊임없이 이종족들에게 나가라니, 못 배운다니 헛소리를 지껄이면서 신경을 벅벅 긁어 대던 기억만 남아 있었다.

'이 자식은 죽일 수 있을 것 같은데?'

마족을 몰아냈다고 해서 전우로서의 감정이 솟아나 사이가 좋아진 것은 아니었다.

저 보수주의 엘프는 '숲 도시'를 건설하는 데 인간과 드워프들의 도움은 다 받으면서 칼로리 및 노동자의 사기를 위한 음식인 고기를 먹는다고 난리를 치거나, 야영을 해야 하는데 죽은 나무로만 땔감을 쓰라고 하는 등등 융통성이라곤 하나도 없었다.

"저놈이군! 왜 갑자기 움직이지 않는지는 모르지만 일단 다들 포위 진형을 갖춰라. 내가 상대하지."

'죽일 수 있다. 저놈은 죽일 수 있어.'

안 좋은 기억들을 살리면서 살의를 돋운다.

정령 하나 죽이고도 가슴이 찌를 듯 아팠지만 저놈은 다르다고 생각한다.

자기네 종족만 우선시하고, 타인에 대한 배려는 손톱만큼도 없었던 나쁜 녀석이었기에 놈이라면 죽일 수 있다고 생각하며, 숏 소드를 더 강하게 잡고 사냥감을 노리는 눈으로 놈을 노려본다.

'레벨은 낮지만 스탯은 예전 이상으로 좋고 놈의 습성, 움직임 모두 알고 있다! 일격에 죽일 수 있어!'

놈은 그저 침입자라고 생각하고 있을 테지만 서준아는 그에 대해서 잘 안다.

싸우는 모습도 지겹게 봤고, 대련도 많이 한 만큼 놈이 싸울 때의 버릇과 다음 행동을 예측하는 일은 식은 죽 먹기였다.
　'온다. 찌르기군.'
　눈짓 하나, 근육이 움찔하는 것만으로도 어떤 수를 쓸지 눈치챌 만큼 놈에 대해 잘 아는 서준아였다.
　달려오는 녀석을 보면서 한 번에 심장을 찔러 끝낼 각오를 한다.
　'좋아! 잡았다!'

　'너는 다른 세계의 인간이라고 들었다. 그리고 고향에 가기 위해 싸운다고 하더군. 나는 이 '세계수 수호대'에서 태어나 일생을 여기서 살아왔지. 그렇기에 너의 고향에 대한 소중함이 느껴지더군. 이건 세계수의 축복을 받은 신주(神酒)다. 무사히 고향에 돌아가 다시는 이곳에 발붙일 일 없기를 빌어주지.'

　'아니, 하필 왜 지금 이 기억이!'
　아라스 경비대장을 죽이려고 마음먹고 나무에서 뛰어 거리를 점점 좁히는 가운데 갑자기 '숲 도시'를 떠나는 날의 기억이 떠오르는 서준아였다.
　고향을 생각하는 마음에서 서로를 이해할 수 있는 부분

을 찾은 서준아와 아라스 대장은 마지막 날 귀중한 술을 나눠 마시면서 고향을 지키는 자와 고향으로 돌아가려는 자로서 이야기를 나누었다.

'이러면 다 꼬이잖아! 빌어먹을!'

"크억!"

퍼어억!

결국 검으로 찔러 들어가는 궤도를 바꾸고 반대편 주먹으로 날아오는 아라스 대장을 떨어뜨리고 마는 서준아였다.

동시에 균형을 잃고 땅으로 떨어진 그는 괜한 생각을 했다면서 후회하고 있었다.

'젠장할!'

"잡아! 아라스 님과 같이 떨어졌다!"

"침입자를 잡아……."

다른 엘프가 달려오자 서준아는 급히 자세를 고치고 대응한다.

'너희 같은 순둥이들에게 잡힐까 보냐!'

번쩌억!

주변에 있던 엘프 레인저들이 달려들어 포위하기 전에 서준아는 품에 있던 신호탄을 꺼내 섬광이 깃든 불꽃을 쏘아 올리고 잽싸게 앞으로 뛰기 시작한다.

"으악!"

"누, 눈이!"

"망할 자식!"

엘프들이 섬광에 대한 대비를 할 리가 없고, 청각만큼 시력도 좋았기에 눈과 귀를 부여잡으면서 괴로워할 뿐이었다.

'전쟁에 대해서 좀 공부하라니까! 그것도 안 했군.'

전쟁 경험 차이가 크기에 어쩔 수 없다고 생각한 서준아는 그들을 제치고 '숲 도시' 안으로 숨어 들어간다.

이제 이곳은 뒤이어 들어올 용병들로 인해 더더욱 난장판이 될 테니 말이다.

✛ ✛ ✛

'도시로 들어오면 내가 유리하지.'

엄연히 도시라고 칭할 정도로 번영한 곳인 만큼 외곽 숲 지역을 제치고 들어가면 서준아가 훨씬 유리했다.

그도 도시 설계에 참여했기 때문에 어디에 비밀 통로가 있는지, 어떤 용도로 쓰이는 건지 다 알고 있어서 내부로 들어온 이상 누구에게도 쫓기지 않을 자신이 있었다.

'식은 죽 먹기네.'

도시로 접어드는 근처에 있는 표식이 새겨진 나무의 집 뒤편에서 통로를 발견한 서준아는 안으로 들어간다.

이 통로는 세계수 바로 옆에 있는 나무로 이어지며, 그곳엔 당연히 세계수를 관리하는 하이 엘프가 있는 곳으로 가는 길이 있다.

'원래는 도주용이지만 역으로 들어갈 수도 있지.'

비밀 통로는 거대한 나무를 파서 만든 길로 마치 곤충들이 드나드는 곳 같은 모습이었다.

"적습이다! 적습!"

"인간 용병대가 쳐들어왔다!"

"다들 빨리 움직여! 동쪽이다! 동쪽!"

"서쪽의 예비대를 모두 돌려!"

'병력이 전부 몰리면 나야 좋지.'

통나무로 된 비밀 통로에서 밖의 상황을 지켜볼 수 있게 된 서준아는 작전이 잘 진행되고 있다고 생각한다.

'좀 더 빨리 움직일 필요가 있을 것 같군.'

그리고 좀 더 빨리 움직이기 위해 발걸음을 재촉한다.

올라가던 중 문득 지금 이 '숲 도시'를 지배하는 하이 엘프가 누군지 생각한다.

'금방 만나게 되는데 말이지.'

서준아가 건설할 당시에는 같이 다니는 '세라에일'이 있어서 그녀가 '숲 도시'를 총괄하고, 다른 하이 엘프들이 전선에 나가거나 외교를 했었다.

완성 이후 후임 지도자가 누구인지는 알 수 없었다.

남은 하이 엘프 10명 중에서 누가 오는지 소식을 못 들었기 때문이다.

'기왕이면 날 모르는 녀석이면 좋겠는데……'

그렇게 바라면서 통로를 힘겹게 올라간 다음 방 안으로 쑥 빠져나와 착지하는 서준아였다.

"어머나! 세상에!"

'…아, 젠장! 왜 하필이면 세틴에일이야. 설마 '진실의 사제'일 줄이야.'

"서, 서준아 님? 어째서 여기에?"

'진실의 사제' 세틴에일. 그녀를 보자마자 서준아는 인상이 구겨진다. 지금 아무리 육체가 바뀌었어도 본질인 영혼을 파악할 수 있는 사람이었으니 말이다.

"여긴 도대체 무슨 일이세요? 아니, 연락도 없이 갑작스럽게 방문하실 줄은……"

'내가 공격하러 왔다고 하면 안 믿으려나? 아니, 진실을 파악할 수 있으니 믿기는 할 텐데……'

"본래라면 이세니아 왕국에 계셔야 할 텐데……. 무슨 난리라도 난 건가요?"

세틴에일은 난리가 난 것도 잊고 화사한 얼굴로 그를 맞이하고 있었다.

"아무튼 와 주셔서 감사합니다!"

이런 사태에 도움이 되는 최강의 패가 나타난 셈이니 말이다.

 서준아는 지금 사태를 일으킨 주동자가 자신이라는 것을 상상도 못하는 그녀에게 조용히 다가간다.

 "암흑신교를 쫓아서 왔다. 놈은 어디 있지?"

 그리고 러니 녀석이 어떻게 되었는지부터 물었다. 그를 찾아온 것도 일단 '진실'이니 말이다.

 "아, 그랬던 거군요. 암흑신교 사람은 저희가 만들어 놓은 감옥에 가둬 놨어요. 그러고 보면 그가 '재앙'에 대해 이야기한 것과 서준아 님이 온 걸 보니 큰일이 날 것 같은 게 사실인가 보네요. 그곳에서 무슨 일이 있었던 건가요?"

 '맞다. '진실의 사제'는 약점이 있었지?'

 하나의 질문을 넘기니 다른 질문이 돌아온다.

 그사이에 서준아는 그녀에 대한 정보를 기억 속에서 꺼낼 수 있었다. 신의 축복을 받아 진실과 거짓을 구분할 수 있는 능력을 가진 그녀에게 약점이 있다는 사실을 말이다.

 '그래, 맞아. 세틴에일은 '진실의 사제'의 능력을 얻은 대신에 진실밖에 말을 못하지. 거짓말을 하면 신벌이 내린다고 해야 하나? 강제로 진실을 말하게 되는 페널티가 있지.'

 '진실의 사제'인 세틴에일은 타인의 말에서 진실과 거짓을 판별할 수 있는 대신에 자신은 절대 거짓말을 못한다는 특성이 있다.

 만약 하면 신벌이 내린다나? 어떤 건지 보지는 못했지만 그녀가 스스로 말해 준 것이기에 기억하고 있었다.

'좋아.'

그렇다면 그녀에게서 알아내고 싶은 것들을 기탄없이 물어볼 수 있을 것이다.

그녀는 절대 거짓말을 할 수 없는 처지라는 걸 알고 있으니 역으로 확실하게 정보를 판별할 수 있었다.

"무슨 일이 있긴 있었지. 왕국 수도에서 며칠 전에 말이야. 혹시 기별이 오기라도 했나?"

"아뇨. 그런데 왕국 수도에서 여기까지는 어떻게 오신 거죠? 며칠 만에 올 거리는 아닌 걸로 아는데?"

세틴에일은 질문에 대답하고 금세 반문을 해 온다.

그녀의 말대로였다. 지금 이곳은 게르마니아 제국 북동쪽 방향에 있는 '란탈 후작'의 영지. 그리고 서준아가 속했던 이세니아 왕국은 남동쪽 끝에 있는 곳으로 말을 이용해도 한 달은 족히 걸릴 거리였다.

'역시 하이 엘프라 그런지 똑똑하네.'

이세니아 왕국에 있던 서준아가 여기 있는 것은 물리적으로 불가능한 일이었다.

'마법 평계도 댈 수 없지. 난 마법사도 아니고, 그렇다고 마법사를 데려온 것도 아니니까. 게다가 여긴 란탈 후작의 세력권이라 마법진 설치도 안 되어 있고 말이야.'

제국의 란탈 후작은 인간 우선주의를 표방하고 있고, 이세니아 왕국은 모든 종족의 평등을 표방하는 국가다.

 사이가 나쁜 정도를 넘어 서로를 죽이지 못해 안달인 관계인데, 왕국의 용사인 서준아가 이곳의 마법진을 쓰는 것도 말이 안 되는 사실이었다.

'그냥 손을 써도 되지만······.'

어차피 제물로 바칠 것이기에 고민할 필요 없이 기절시켜 데려가면 되지만, 진실만을 말하는 그녀에게선 얻을 정보가 많았으니 말이다.

"뭐, 물리적으론 무리지만 죽다 살아나면 가능하지."

'어? '진실'이라고?'

당황하기 시작하는 그녀였다.

죽다 살아나면 가능하다는 이야기는 비유적으로 생명력을 다해 노력했다는 표현과 진짜 죽었다가 살아났다는 표현 두 가지로 해석할 수 있었고, 한 명제에 대해 중의적인 표현일 경우 하나만 진실이어도 그녀의 신력은 진실로 해석했기에 서준아의 대답을 분명 '진실'로 알아들었을 것이다.

"이제 내가 물을 차례군. 세라에일, 혹은 다른 하이 엘프와 마왕을 잡고 난 이후 나에 대해 이야기한 게 혹시 있나?"

"그, 그건······. 그러니까······."

"우선 있는지 없는지만 이야기해도 좋아."

"이, 있습니다."

거짓말을 못하는 '진실의 사제'답게 살갑게 다그치자 있다고 대답했지만, 안색이 점점 새파랗게 변하면서 식은땀을 흘리는 그녀였다.

그녀의 체온이 차갑게 내려감과 동시에 서준아의 가슴도 차가워지기 시작한다.

어쩌면 자신을 죽이고자 한 배후엔 단순히 동료들과 왕국만이 있는 게 아닐 수도 있다는 생각이 들었다.

"그렇군. 그러면 혹시 왕국에서 날 못 돌려보낸다는 것도 알고 있었나?"

"……."

침묵. 유일하게 그녀가 자신의 약점에 대처할 수 있는 방법이었다.

대답을 하지 않으면 되는 것.

그러나 그것도 정확히 대답하지 않으면 안 되는 질문에서나 효과를 얻는 법이지, 이런 간결한 질문에 부정을 부정하는 것은 긍정이라는 결론이 나오는 간단한 논리였기 때문에 멍청한 서준아도 이 침묵은 긍정이라는 것을 눈치챌 수 있었다.

"'진실의 사제'가 입을 열기 싫으면 그걸로 답은 나온 거지. 알고 있었다는 거군. 정말 세틴에일이 이곳에 있을 줄이야. 이것도 암흑신의 축복인가? 예전엔 되는 일 하나 없

숲 도시 • 315

어서 뭐 하나 구하려고 해도 여기저기 돌아다녀야 했는데 말이야."

진실만을 말해야 하는 그녀를 만난 건 정말 큰 행운이라 생각한 서준아였다.

"…어째서 당신 입에서 암흑신…… . 커억!"

"침묵을 할 거면 끝까지 해라. 쓰레기 같은 년."

"쿨럭!"

그녀가 자신의 죽음에 관여되었다는 사실이 밝혀진 것 때문인지 어느새 명치 쪽에 주먹을 날리고 있었다.

이미 배신자로 판별되었는지 거침이 없었다.

"아차! 좀 심했나?"

푹 쓰러진 그녀를 본 서준아는 깜짝 놀란다. 감정을 담아서 쳤기 때문에 순간 늑골이나 내장이 나가지 않았을까 걱정한 것이다.

그녀를 살피다 중요한 사실을 깨닫고 정신을 차린다.

"아니잖아, 이 멍청아. 어차피 마왕 부활의 제물로 쓸 건데 죽지만 않으면 되잖아. 제길!"

그녀가 기절했기에 망정이지, 안 그랬으면 바보처럼 자괴감을 느끼는 장면을 보여 줬을 것이다.

자신이 때려 놓고 몸 상태를 걱정하다니. 꽁트 찍는 것도 아닌데 말이다.

아무튼 서준아는 그녀만 데리고 빠져나가면 되기에 비

밀 통로에 집어넣고 움직인다.

'맞다. 그놈 데려가야지.'

챙겨 온 밧줄과 재갈로 묶어 두고서 빠져나가기 전에 데려갈 녀석을 떠올린다. 바로 잠입해서 빠져나오겠다고 호언장담하던 러니였다.

잡혔다면 있을 곳은 뻔했기에 이 숲 도시의 감옥으로 향한 서준아는 안에 갇혀 있는 그를 발견한다.

"오오? 역시 용사니이임! 구하러 와 주셨군요! 제 계략이 하필 '진실의 사제'한테 간파당하는 바람에 못 오실 줄 알았습니다. 오시는 데 문제는 없었습니까?"

"아무 문제 없었다."

엘프들의 감옥은 결계식으로 되어 있었기에 경비 병력을 배치하지 않고 특별한 암호를 대면 통과할 수 있게 되어 있었다.

굳이 인원 배치를 하지 않는 이유는 '숲 도시'의 구조상 결계 밖에서 오는 외부자만 조심하면 되고, 누군갈 잡아도 장기간 가둬 두는 일이 없었기 때문이었다.

"빨리 나와."

"결계를 잘도 통과하셨네요."

"내가 설계했는데 통과 못할까? 물러서라."

"아, 옙."

콰직!

결계를 빼면 조잡한 나무와 덩굴로 이루어진 감옥이라서 숏 소드로 단숨에 베어 낸 다음 녀석을 빼내고, 비밀 통로를 통해 유유히 '숲 도시'를 빠져나간다.

  나가는 길에 시선을 끌어 준 용병들에게 퇴각하라는 신호탄을 쏴 준다. 그다음 미리 말과 마차를 대기시킨 곳까지 가서 엘프들의 영역을 빠져나간다.

  "역시 용사님이네요. 숲 도시에 쳐들어가서 대놓고 하이엘프를 납치할 줄이야."

  "용사님이라는 호칭은 이제 쓰지 마라. 벤이라 부르라고 몇 번인가 이야기했을 텐데? 학습 능력 없는 그 대가리를 열어 봐 줘야 정신 차릴 텐가?"

  "아, 아뇨. 죄송합니다, 벤 님. 그렇지만 정말 든든합니다. 최강의 용사님이 암흑신교에 가세해 주신다는 게 정말……."

  "헛소리하지 마라. 마왕과 함께 대륙에 번성했던 암흑신교를 동굴에서 숨어 사는 꼴로 만든 게 나다. 증오하거나 기회가 되면 등 뒤에 칼을 꽂을 생각을 못할망정 그런 식으로 생각하다니. 하긴 그러니까 아직 견습인가?"

  러니 녀석의 말이 어이없다는 듯 하는 이야기였지만, 사실 이건 서준아가 스스로에게 하고 싶은 말이었다.

  '젠장!'

  증오하고 분노하면 정말로 변해야 하는데, 말과 마음은 세계 멸망이니 대가를 받아 내니 하면서 외치고 있지만 정령

하나 죽은 것도 가슴이 아파서 견디지 못하니 말이다.

'그래서 더 화가 나.'

결국 이건 자신에게 화가 나서 어린애처럼 투정을 부리는 것에 지나지 않았다.

어떻게 해야 할지도 모르겠고, 무엇을 해야 변하는지도 모르니 더욱 답답했다.

'답답해.'

자신은 지금도 허우적대고 있다.

진흙탕 속에서 어둠을 묻히려고 발버둥 치지만 어째서 인지 발버둥 치면 칠수록 예술가가 심혈을 기울인 석고상처럼 티 없이 하얗고 맑다는 것을 깨달았고, 결국 이것도 자신을 얽매는 뿌리였다.

'하지만 이제 길이 열린다. 모든 걸 바꿀 수 있어.'

그래도 마차 안에 결박된 세틴에일을 보면서 복수의 희망을 품는 서준아였다.

소환술이 아직 시작되지도 않았고, 거기서 루미네시아가 나올지도 모르는 상황이었다.

다른 마왕이 불릴지도 모르고, 그들이 협력해 줄지도 모르는 일이지만 지금 서준아에겐 유일한 방법이었다.

'하아……. 그러니 암흑신이시여, 부디 이런 저를 굽어 살피소서. 거짓으로 만들어진 깨끗함을 부수고 깨끗한 어둠으로 다시 태어나 세계를 뒤엎게 하소서.'

서준아는 그렇게 처음으로 이세계의 신과 원래 세계의 신에게도 안 하던 기도를 하며 말을 몬다.

2권에 계속

www.mayabooks.co.kr

www.mayabooks.co.kr